개밥

| 최성배 소설집 |

청어

개밥

최성배 지음

발행처 · 도서출판 **청어**
발행인 · 이영철
기　획 · 이진수 | 손영국 | 이동호
편　집 · 김인현
디자인 · 오주연
영　업 · 정수완

등　록 · 1999년 5월 3일(제22-1541호)

1판 1쇄 인쇄 · 2005년 10월 15일
1판 1쇄 발행 · 2005년 10월 20일

주소 · 서울시 서초구 서초동 1588-1 신성빌딩 A동 412호
대표전화 · 586-0477
팩시밀리 · 586-0478

E-mail · ppi20@hanmail.net
ISBN · 89-89232-81-3 (03810)

개밥

CONTENTS

찢어진 밤 **009**

한순간 **037**

개밥 **069**

새벽버스 **103**

잿빛 그림자들 **129**

세탁기와 숨소리 **161**

한파주의보 **191**

어둠 속의 사마귀 **223**

산일포의 밤 **263**

해설 **298**

작가의 말 **317**

복도를 사이에 두고 사무실들이 양 옆으로 붙어있었다. 수사관들은 평소에 근무하던 소속 팀 별로 사무실이 달랐다. 여느 날처럼 밖으로 나가지 않고 출동명령이 떨어질 때까지 모두 대기했다. 오늘따라 늘 구청을 때리던 로터 블레이드 돌아가는 소리도 들리지 않았다.

찢어진 밤

복도를 사이에 두고 사무실들이 양옆으로 붙어있었다. 수사관들은 평소에 근무하던 소속팀 별로 사무실이 달랐다. 여느 날처럼 밖으로 나가지 않고 출동명령이 떨어질 때까지 모두 대기했다. 오늘따라 늘 귀청을 때리던 로터 블레이드 돌아가는 소리도 들리지 않았다.

햇볕이 힘을 잃은 오후였다. 그는 부
대원들과 함께 국장 방으로 불려갔다. 그들 앞에는 총무국장인 K대령과 차돌처럼 생긴 H대령이 가죽점퍼를 입고 미리 와 있었다. 두 사람은 수사업무와 직접 관련이 없는 자들이었다. 우람하게 생긴 K대령이 모두를 쓱 훑어보더니 걸걸한 목소리로 뱉었다.

"총장을 잡아 와야겠어요!"

그 말을 들은 열댓 명의 수사관들은 표정이 갑자기 돌처럼 굳어졌다. 자칫 고양이의 목에 방울을 달아야 하는 쥐의 운명이었다. 사무실 안에는 일순간, 무거운 긴장감이 감돌았다. 그는 하얗고 마른 얼굴로 무리의 맨 뒤에 서 있었다.

"만약 저항이 있으면, 어떤 수단방법을 강구해서라도 돌파해야 합니다. 모든 일은 오늘 밤 안으로 결판이 납니다. 이 일이 우리에게 얼마나 중요한지는 아마 여러분이 더 잘 알 거요."

"자, 시간이 없으니, 행동을 같이 할 팀을 삼 개조로 편성하겠습니다."

H대령이 날카로운 경상도 억양으로 옆에서 거들었다. 그는 신남기 준위가 인솔하는 3조에 들어갔다. 1조는 H대령과 K대령이 직접 팀을 이끌어 총장을 체포하는 것이고, 2조는 W대령이 공관 밖에서 경계와 엄호를 지원하며, 3조는 혹시 공관에서 갑자기 저항할지도 모르는 수행원들과 경비요원들을 사살하라는 임무가 주어졌다.

바깥이 차츰 어둑신해지자 모두 지시가 떨어지기를 기다렸다. 그는 서성거렸다. 한강 옆의 수사 분실 유리창 밖에서 잎들을 잃어버린 은사시나무가 바람에 오들오들 떨고 있었다. 앙상한 나뭇가지에 차올랐던 수액은 땅 속에 묻힌 뿌리가 머금고 있을 것이리라. 하나의 몸에서 찬바람을 맞는 가지와 미지근한 땅 속의 뿌리가 처한 환경이 다를진대, 개체의 동물들이랴. 하물며 살아야 하는 자와 죽어야 하는 자의 길이 같을 수는 없었다. 배반은 빠를수록 좋았다. 그는 양미간을 찌푸려 놓고는 엉겁결에 옆을 두리번거렸다. 혹시 누군가 자신의 얼굴을 이상하게 볼 수 있다는 생각이 언뜻 스친 것이다. 하지만 그것은 기우에 지나지 않았다. 이곳에 와서 생긴 버릇이었다. 지금은 뭐가 뭔지 머릿속이 어수선하기만 했다.

 절대 권력에 암세포가 급속히 퍼질 때부터 위계질서는 이미 깨진 상태였다. 군대 울타리 안에서는 상명하복과 계급이 법이라고 귀가 따갑게 들었던 터였다. 오랫동안 몸담았던 전투부대와 정보기관이 다르다고는 하지만, 이건 너무 아니었다. 그러나 이곳에 와서 체질화된 자신 내부의 질서를 바꾸기는 갈수록 힘이 들었다. 아니, 이분법으로만 생각할 수 없는 복잡함이 켜켜이 쌓여만 갔다. 총장을 잡아와서 죄인으로 수사하는 일이 과연 합당한지 않는지는, 이미 자기 자신이 판단할 노릇이 아니었다. 그렇지만 지금 자신에게 부여된 명령에 대하여 아무리 생각해봐도 얼른 이해가 되지 않았다. 수사 초기단계에서는 총장의 관련혐의가 배제되었다는 말을 분명히 들었다. 밑에서는 모두 그런 분위기로 이해하고 있었다. 그런데 다시 조사를 해야 하다니. 총장을 잡아오는 거기까지는 아직 상상해 본적이 없었다. 우선, 무엇보다 자기 자신에게 납득이 되지 않았다. 계엄사령관인 총장은 합동수사본부장의 직속상관이었기 때문이다. 총잡이의 믿음은 어디에서 오는가. 피아의 식별이 확연하게 구분되지 않는 혼란스러움이 혼자만의 고민일까. 군인이 되어 적군과 아군으로 판단하도록 길들여진 탓이기도 했다. 총잡이에게 자신감이 없으면, 어쩐지 불안하여 조준선은 흔들리기 마련이었다.

그가 소속된 팀은 다섯 명이었다. 조장인 신남기 준위는 마흔 중반으로 땅땅하게 생겼지만, 날렵했다. 수사관으로 잔뼈가 굵은 사람이었다. 신남기가 매섭게 째진 갈색 눈빛으로 조원들을 훑으면서 그를 뚫어지게 바라보았다. 날카롭고 살기가 감도는 써늘한 시선이었다. 밤색 가죽점퍼의 지퍼를 올리면서 신 준위가 말을 꺼냈다.

"김 중사? 너는, 사격실력이 끝내준다며? 그래서 이번에 합동수사본부로 특별히 차출한 거야. 잘해봐. 우리 모두 잘 되면 충신이고, 못되면… 쓰발! 역적이지."

복도를 사이에 두고 사무실들이 양 옆으로 붙어있었다. 수사관들은 평소에 근무하던 소속 팀 별로 사무실이 달랐다. 여느 날처럼 밖으로 나가지도 않고 출동명령이 떨어질 때까지 모두 대기했다. 오늘따라 늘 귀청을 때리던 로터 블레이드 돌아가는 소리도 들리지 않았다. 부근에는 미군 사령부의 헬기장이 있었다. 겉으로는 일상과 비슷했지만 왠지 어수선한 분위기였다. 자투리 시간을 메꾸려고 장기와 바둑을 두는가 하면 담배를 피우며 잡담을 늘어놓던지, 책상에 엎드려 잠이 든 대원도 있었다.

옆 사무실에는 전입한지가 얼마 되지 않은, 같은 또래의 하사관들과 고참들이 고스톱을 치고 있었다. 그는 아무런 생각 없이 지루한 구경을 하다가 슬그머니 사무실로 돌아왔다. 그들은 전국 각 군부대에서 선발되어 함께 근무한 지가 얼마 되지 않아 서로 서먹서먹했다. 그러나 붙임성이 있는 자들은 벌써부터 고참들과 호형호제하는 눈치였다.

책상에 앉아서 깜박 졸았던 그는, 와자지껄한 소리에 슬며시 눈을 떴다. 언제 들어왔는지, 옆 사무실에 있었던 동료 두 명이 텔레비전을 켠 상태였다. 그는 충혈된 눈으로 그들을 쳐다보았다. 그리고 면도를 못한 거무데데한 턱을 가죽점퍼 깃 속으로 끌어당겼다. 그러자 긴 머리털이 앞으로 쏠렸다. 이곳에 왔을 무렵부터 기른 머리털이 제법 자라서 흉터가 있는 그의 앞이마를 가려주었다. 그는 근지러워서 자꾸 내려오는 머리칼을 버릇처럼 손으로 쓸어 올렸다. 왠지 입이마른 느낌이었다. 구내식당에서 점심으로 카레라이스를 먹은 탓인지 자꾸 물이 먹혔다. 더부룩한 뱃속을 항문이 끌어당기자 꼬르륵 소리가 났다. 마치 누런 토사물처럼 생겨먹은 카레 국물이 위장에 가득 차있을 거였다.

문득 점심때의 일이 생각났다. 식당에는 수십 명의 직원이 밥을 먹고 있었다.

박운철의 꼬락서니는 살코기를 날카로운 이빨로 찢어 발겨먹는 맹수와 같았다. 어쩌면 유전적으로 전이된 약육강식의 습성일지도 몰랐다.

"야! 나는 왕근이로 골라서 가져와라!"

누군가 주방 안에다 큰소리를 질렀다. 박운철이었다. 카레에 들어간 소고기 덩어리를 많이 퍼 담아서 가져오라는 말이었다. 노랗게 물든 고기 덩어리가 움푹 패인식기에 가득 담아져 식탁에 놓였다. 살점이 박운철의 입에 들어갈 때마다 볼때기에 굵은 혹이 오르락내리락 거렸다. 고기를 우걱우걱 씹어 먹는 본능의 욕망. 단순히 생존을 위한 습성만은 아닐 것이었다.

복도를 지나서 화장실로 들어갔다. 남녀 구분이 없는 화장실이었다. 오륙십 명 중에 몇 사람의 여직원이 있기는 했지만 거의 대부분이 남성이었다. 그는 바지를 까 내리고 양변기에 걸터앉았다. 칸막이 밖에서 누군가의 인기척이 나는가 싶더니 소변기에 오줌줄기 떨어지는 소리가 났다. 조금 후에는 뚜벅뚜벅 또 다른 발걸음 소리가 들렸다.

"팀 편성은 괜찮아?"

신 준위의 껄렁한 목소리였다.

"우리가 뭐, 언제는 팀으로 일했수. 마무리는 언제나 형님과 내가 다 했지. 쫄병 새에끼들, 많이 있어봐야 걸리적거리기만 하고."

나중에 들어온 박운철의 목소리가 바로 대꾸를 했다.

"야, 그래도 오늘같이 호랑이 소굴로 들어갈 적에는 그게 아니지."

"아이구 형님도. 맨날맨날, 사람 새끼들 잡으러 댕기는 데 이골이 난 형님께서도 그런 말을 할 때가 있구려. 하기 야 나도 오늘은 어찌 좀 슬슬 긴장이 되네요. 그래도 뭐 결판은 지어야 할 거니까. 저쪽 애들은, 제대로 무장이나 했 겠어요? 우리가 쳐들어 갈 줄도 모르고 천하태평이겠지."

"그래도 조심은 해야지."

"그러니까 씨바알. 저번 날 밤에 사령관하고 총장이 만났을 적에 확 잡아 버렸으면, 이렇게 복잡하지 않았을 텐데."

박운철이 짜증스런 목소리로 되받았다.

"비겁하게 그 자리에서 끝낼 수야 없었겠지. 명분이란 게 있잖아. 이봐! 호랑이가 죽은 시체를 먹는 거 봤어?"

"그러니까 위에서도 정면 돌파를 결정했겠지만, 잘못하면 우리 희생이 크니까 하는 말이죠."

"어허, 도박하면서 늘 이길 수만은 없지."

"형님? 이제 어떤 방향으로 갈 것 같아요?"

"그거야… 오야 맘이겠지."

"그래도, 아직 명령 계통과 법대로 하는 척 해야 하니까, 이 눈치 저 눈치를 봐야 하고…영 걸리는 게 많겠지요."

"이봐? 어두운 뒷골목에서는 주먹 센 놈이 알아서 하는 거야."

"언론이나 정치에서 자꾸만 시끄럽게 법을 따지니까, 하는 말이죠."

"어이, 그런 법들은 사람이 안 만들고, 하늘에서 떨어졌나? 다 밟아놓은 다음에, 우리 입맛대로 만들면 되는 거지 씨팔."

"하긴 듣고 보니, 그렇기도 하겠네요."

"그런데, 말이야. 전방에서 늦게 온 아이, 관찰해봤어?"

"글쎄요. 전투 경험이 있는 놈들은 나이를 먹어 농땡이칠 것 같고, 우리가 통제하기 힘들 것 같아서 순진한 녀석들로 받았는데, 추천한 부대에서는 사격솜씨가 좋고 몸이 날렵하다고 하던데… 그래서 데려왔는데, 체격도 빈약한 게 어찌 좀 얼뜬 것 같아 보이지요?"

"그렇게까지는 아닌데, 애가 너무 말이 없고 좀 그렇지?"

"어때요 뭐. 우선은 급한 대로 써먹다가 아니다 싶으면, 다른 데로 보내버리지요 뭐. 형님 말 한마디면 국장이 알아서 조치해 줄 텐데 뭐."

"그럴까? 하여튼 자넨, 머리 하나는 끝내준단 말이야. 으흐흐."

두 사람의 웃음소리가 화장실 안을 가득 울렸다. 그는 두루마리 화장지의 매듭을 끊으면서 생각했다. 그들이 지목하여 말하는 사람이 자신이거나 함께 전입신고를 한 해군 중사일거라고. 수컷들끼리의 배신은 언제나 이런 식이었다. 가까운 곳에서 불티가 날면 금방 불꽃은 타오르고 재만 남을 터. 그런 노름은 순식간에 피아가 바뀌는 수컷들의 이전투구였다. 욕망의 근저에는 숙명적인 본능이 혀를 날름거리고 있었다.

 문이 열리며 한 사람이 검정색 큰 가방을 끌고 왔다. 회의용 탁자 위에 놓인 가방이 열렸다. 가방 속에서 권총 여러 정과 실탄이 쏟아져 나왔다. 뒤로 따라온 다른 사람이 자동소총들을 우르르 쏟아져 내렸다.
 "영점 사격은 필요 없어! 다 잡아놨거든."
 "총장만 잡아 오면 상황은 일단 끝이야. 이곳에 붙잡혀 와서 조지면 다 끝나게 되어있어."
 신남기의 말에 누군가 나누어 준 실탄들을 권총의 알집에 박으며 대꾸했다. 잡았다는 낱말의 의미는 전혀 다른 뜻으로 둔갑이 되었다. 쓸데없는 말장난이었다. 허기가 질 때 헛기침을 하는 것과 전혀 다를 바 없었다. 한 밤중에 으스스한 느낌을 떨쳐버리기 위하여 큰 소리로 노래를 부르는 것과 같았다. 어쩌면 갑자기 엄습한 무섬증이 자기 자신을 향하여 다가오려는 것을 미리 쐐기라도 박으려고 엉겁결에 뱉어버린 말이었을 것이다.

"남기 형님? 아이고 떨려 죽겠네."

문이 열리고 큰 목소리가 들렸다. 박운철 준위가 훌렁 까진 머리를 들이 밀고 레슬링 선수처럼 커다란 허우대를 흔들면서 사무실 안으로 나타났다. 그리고 뻐드렁니를 보이며 모두 들으라는 듯 거드럭거리더니 다시 풀풀한 목소리로 지껄였다.

"특명이 떨어졌을 때 내 손으로 고위층 놈들 여럿 잡아들인 적은 있지만, 현직 참모총장은 처음이야. 간 떨려 죽겠구먼."

신남기가 호들갑을 떠는 박운철에게 가까이 다가서면서 의미 있는 눈웃음을 쳤다.

"야! 너 같은 프로가 그런 말을 하는 걸 보니, 이거 오늘은 진짜로 재미있겠군. 이봐, 운철이 나, 담배 하나 줄래?"

박운철이 반쯤 구겨진 담뱃갑을 신남기에게 건네주었다. 담배를 물고 있는 신 준위에게 다가선 박 준위가 라이터를 켰다. 신남기는 빨아들인 불을 연기로 길게 내뱉었다. 그는 대령들조차 은근히 두려워하는 신 준위의 속내를 알 수 없었다. 이들은 위기가 기회라는 것을, 짐승을 사냥해봤던 감각으로 잘 알고 있을지도 모른다. 불현듯 그의 뇌리에 중대장의 얼굴이 스쳤다. 인생에 있어서 세 번의 기회가 있다는 그 말. 평소에는 담배연기 근처에는 얼씬거리지도 않았던 신 준위가 두 개피 나 연거푸 피워댔다.

  그 날벼락 같은 사건은 한밤중 대통령 관저 옆 골목에 있는 정보부 비밀건물에서 일어난 것이다. 쿠데타로 장기 집권한 대통령이 가끔 들르는 술자리였다. 그 자리에는 뚱뚱하고 눈썹이 시커먼 경호실장도 함께 있었다. 대통령을 떠받드는 두 사람은 정치적 라이벌이었다. 두 여자가 함께 불려졌다. 예쁜 광고모델과 인기 가수였다. 몇 년 전 영부인이 암살된 후 대통령은 부쩍 늘어가는 외로움을 이런 식으로 달랬다. 술자리는 암살을 미리 염두에 둔 정보부장이 마련했다. 정보부장은 고향 후배였고 쿠데타를 함께한 동료이기도 했다. 청순하게 생긴 여 가수가 죽은 영부인과 너무나 닮은 목소리로 통기타를 뜯으며 노래를 끝낼 무렵, 정보부장이 느닷없이 허리춤에서 꺼낸 권총을 쏘았다. 대통령은, 오랜 친구였던 부하에게 어처구니없이 총탄을 맞고 확인 사살까지 당한 것이다. 물론 정보부장과 앙숙인 경호실장 역시 옆방으로 도망치다가 총알을 맞고 죽었다. 그러나 어설프게 일을 꾸민 작은 체구의 정보부장은, 국방부 벙커에서 잡혔다. 대통령의 양아들로 소문 난 보안사령관에 의해. 이튿날 거리에 신문사들의 호

외가 뿌려졌다. 대통령의 유고.

비상계엄령은 그렇게 선포되었다. 보안사령관은 자동적으로 합동수사본부장이 되어 시해사건을 수사하는 책임자였다. 어지러운 시대일수록 힘을 가진 자의 말이 곧 법이었다. 힘은 물살처럼 급류 쪽으로 흘렀다. 대머리 사령관에게로 정규 육사 후배들이 모여들었다. W헌병 대령은 수사국장으로 차출됐다. 그런데 사건의 윤곽이 대략 밝혀졌으나, 관련된 혐의자 중에서 아주 껄끄러운 사람이 나타났다. 계엄령을 총괄 지휘하는 비육사 출신의 참모총장이었다. 대통령이 죽은 바로 그 시간에, 같은 곳 옆 건물에 있었다는 게 혐의였다. 그 이면에는, 힘을 중심으로 벌어진 암투가 샅바싸움의 단초였다. 아무튼 수사를 제대로 하자면 부하가 상관을 잡아와야 할 판이었다.

그는 사령부의 조직이 급작스레 커지는 바람에 전방 부대에서 차출되어 서울로 오게 되었다. 인사명령 (을) 777호 소속부대 변경 및 전출. 중사 김순식. 일변 및 신고 일자 11월 11일부. 어둠이 스멀거리는 추운 저녁에 그는 자신의 뜻과는 상관없이 인사 명령지 한 장을 받았다. 군인에게 있어서 반발할 처지도 아니거니와 거부하면, 자신의 의도와는 달리 최전방으로 쫓겨 갈 판이었다. 누구에게나 마찬가지였다. 명령이었다. 자신은 거부할 권리가 없었다.

듣지 않으면 전쟁터에서는 바로 즉결처분이었다. 벌써 그 자신이 그런 식으로 길들여진 것도 오래전이 아니던가.

처음에 군인이 되었을 때도 겨울이었다. 인사명령 (을) 4호 임명 및 전출. 하사 김순식. 일변 및 신고 일자 1월 4일부. 맨 처음 자신을 하나의 소모품으로 만든 물품번호와 탁송지시서처럼 인쇄된 종이 한 장이었다. 대학을 중도에서 포기하고 장기하사관으로 말뚝을 박은 문서이기도 했다. 반년 이상 고된 훈련을 마치고 군대생활은 시작됐다. 군인이 된 사람의 이름 앞에는 언제나 계급과 군번이 붙어 있었다.

"잘된 일이야. 김 중사? 너처럼 모범적으로 군대생활을 하다 보니, 좋은 일도 생기는구나. 이 까짓 전방에서 맨 날 찬바람이나 맞으며 하 세월을 보내는 것보다야, 얼마나 좋아. 끗발 날리겠다, 서울에서 사복을 입고 근무한다면 뭐, 장군도 안 부럽겠다야. 그래, 서울로 가서 네가 원하던 야간대학도 마치고, 노총각 딱지도 떼고 출세해야지."

친형처럼 그를 아껴주었던, 대대 인사계가 아주 부러운 표정으로 말했다.

"사단 내에서는 사격솜씨가 제일 낫다 싶으니까, 서울까지 소문이 난 모양이구만. 사람이란 기회가 있는 법이지. 기회는 늘 있는 것이 아니야. 이런 기회가 생기면 야무지게 잡아야 해. 이런 기회는 자주 오는 게 아니거든. 나도 든든한 빽 하나 생겨서 좋고."

 중대장이 히죽히죽 웃으면서 반말로 거들었다. 어찌되었건 간에, 그는 주위 동료들이 부러워하는 보안부대로 소속이 바뀌었던 것이다. 머리를 기르고 군복 대신 사복으로 근무를 하게 되었다. 표지판이 바뀌면 사수의 자세가 바뀌는 것처럼.

 아군이, 적과 내통하거나 변심하지 않도록 아군을 감시하는 일이 보안부대의 주된 임무였다. 말 그대로 대 전복 업무였다. 조직은 여러 분야로 구분되어 있었다. 그가 보직을 받은 자리는 수사업무를 하는 곳이었다. 시일이 지날수록 그에게는, 전방 부대에서는 생각조차 못한 일들이 기다리고 있었다. 그는 짧은 기간 중에도 야전 부대와는 전혀 다른 부대의 생리에 적응해야만 했다. 그야말로 조직원으로서 정치적인 냄새가 물씬 배일수록 자신의 능력을 인정받았다.

 사건이 나고 달포가 지날 무렵, 전군에 내려진 비상계엄령은 '진돗개 하나'에서 '진돗개 둘'로 한 단계가 낮아진 상태였다.

 하늘은 점점 컴컴한데 시내 쪽은 불빛이 늘어만 갔다.

바쁘게 저녁을 먹고 나서 신 준위가 대원들에게 행동요령을 일러주었다. 행동대의 차량 다섯 대는 조별로 대원들을 나누어 태우고 출발했다. 한강 부근의 수사 분실을 빠져 나온 차량들이 간선도로에 접어들었다. 곧 '진돗개 하나'가 다시 발령될 터인데, 시내는 여느 날과 다름없이 시끌벅적했다. 승용차는 교차로 부근이나 교통체증으로 막힌다 싶으면 빨간 비상 나이트를 켜고 질주하였다. 이윽고 큰 길을 지나 남산 순환도로를 돌아서 한적한 곳으로 접어들었다. 네 명이 탄 승용차 안에서 그는 주변을 살폈다. 자신이 와있는 위치가 어렴풋이 짐작이 되었다. 멀리 한강의 물빛이 어둠 속에서 잠깐 반짝거렸다. 하늘은 무섭도록 조용히 가라 앉아 있었다. 어느 날인가 캄캄한 밤에, 최전방의 철책 선을 수색하면서 인민군과 맞닥뜨렸을 적에도 이렇게 긴장되지는 않았었다. 그러나 늘 이상하리만치 오랜 동안 긴장이 지속되면 습성처럼 냉정이 찾아들었다. 체념도 아니고 면역 또한 아니었다. 달리는 차 안에서는 모두 눈빛으로 서로를 헤아리면서 가급적 말을 아끼는 것 같았다. 차량이 멈추면 곧 바로 행동을 개시하기로 약정이 되었던 것이다.

행동대는 각 조별로 공관 앞 골목길에서 재빨리 내렸다. 그는 점퍼 속 멜빵에 찬 권총을 만지작거렸다. 차디찬 바람이 숨어 있다가 게릴라처럼 급습하여 그의 얼굴을 할퀴고 지나갔다. 컴컴한 하늘은 사위를 짓누르고 있었다. 장막처럼 높은 담장 위로 성깃한 미루나무들이 서 있었다. 중간 중간에는 시커멓게 우람한 향나무들의 우듬지가 거인들의 모가지처럼 밖으로 쭈뼛이 고개를 내밀었다.

  무슨 일이 일어난 모양이었다. 그런데 먼저 검정색 승용차에서 내린 것은 1조였다. 정문을 지키던 위병들과 옥신각신하여 엄호 경계 병력들과 공관 경비 병력 간에 일이 벌어진 듯했다. 예상하지 못했던 충돌이 발생한 것이다. 모두 마음이 다급해졌다. 그 틈을 타서 신 준위는 그가 속한 3조를 이끌고 안으로 뛰어 들어갔다. 공관 안은 바깥에서 짐작한 것보다는 훨씬 넓었다. 사방의 담장 주변을 가로등 불빛들이 비추고 있었다. 잔디밭을 지나서 재빨리 본관 건물로 들어가려는 찰라, 옆 부속 건물에서 두 사람이 걸어 나왔다. 바로 뒤따라온 1조 요원들이 그 두 사람을 비껴서 우르르 본관으로 몰려 들어갈 때였다.

  "당신들 누구야? 뭐야?"

  "너는 뭐냐?"

  사내와 신남기가 주고받았다. 전투복에 하얀 소령 계급장을 단 사내가 부속 건물 밖으로 완전히 나왔다. 부속 건물의 처마에 달린 경계등 불빛이 밖으로 나온 두 사람의 윤곽을 드러냈다. 소령은 군용탄띠에 매달린 4.5구경 권총을 허리에 찼고 탄창은 왼쪽에 붙어있었다. 닫혀 진 탄창 집모서리로 끄트머리가 삐죽이 고개를 내밀었다. 까만 쇠붙이의 모서리를 하얀 빛이 날카롭게 되쏘았다. 슬리퍼를 신은 채, 마주친 소령이 그들 앞으로 우뚝 섰다. 돌부처처럼 요지부동인 소령의 앞모습을 불빛이 사선으로 비추었다.

"누구요?"

깔끔한 얼굴이었지만 카랑카랑한 목소리로 소령은 다시 말문을 열었다. 소령을 뒤따라 나온 병사의 앞을 그가 가로막아 섰다. 앳된 얼굴로 보아 숙소 당번병사가 분명했다. 병사는 엉거주춤 어쩔 줄 몰랐다. 소령이 다시 그들에게 반문할 때, 본관 쪽에서 몇 발의 자동소총의 총성이 울려 퍼졌다. 신 준위는 그 쪽을 얼른 돌아보고 몇 걸음을 옮겼다. 소령은 그가 서있는 위치에서 열 시 방향에 있었다.

바로 그 때, 소령의 눈과 고개를 약간 돌린 그의 시선이 마주쳤다. 그 역시 이마를 가린 머리털 아래 힘이든 눈빛을 거두지 않았다. 소령이 다시 한번 이쪽의 정체를 눈으로 물었다. 소령의 눈빛은 전혀 흔들리지 않았다. 흐릿한 조명아래서도 소령의 눈은 또렷했다. 아니, 어둠을 뚫고 내던진 전조등 불빛처럼 강렬했다. 그는 와락 멍한 느낌이

들었다. 그러자 소령의 눈빛이 이글거리는 해 덩어리처럼 그의 머릿속을 하얗게 꽉 채워버렸다. 뭔지는 모르지만, 갑자기 그는 온몸이 가위눌리는 것 같았다. 숨이 막힐 듯이 그의 가슴은 이상하게 떨리기 시작했다. 그의 눈에 힘이 풀리자 목표물은 흔들리며 어른거렸다. 짧은 순간임에도 불구하고 시간은 아득하게만 여겨졌다. 여태까지 표적을 눈앞에 두고 이런 느낌은 처음이었다. 표적이 다시 움직였다. 소령이 오른 손을 허리춤으로 가져간다고 생각되는 찰나, 그는 잠깐 망설였다. 본능처럼 적을 분석하고 판단했다. 아니야. 아닐 것이다. 탄창이 삽입되어 있지 않는 총이 분명할진대, 소령의 손은 왜 더듬거리는가. 어쩌면 소령의 오랜 습관일지도 모른다. 켜켜이 겹치다가 만, 그의 혼미한 생각의 순간들은 별똥별보다 빨랐다. 그는 본능적으로 재빨리 지퍼가 열린 점퍼 안에서 권총을 꺼내 방아쇠를 당겼다. 방아쇠 울 속에 집어넣은 손가락이 짱짱했는지는 의식조차 없었다. 이제 움직이던 표적은 멈췄다. 표적이 멈추면 게임은 끝난 것일 터. 소령의 오른 팔을 쏘았다고 생각한 그는 자기 자신의 귀를 의심했다. 분명히 한 발을 쏘았는데, 세 발의 총성이 동시에 그의 귀청을 뚫었기 때문이다.

 소령이 앞으로 푹 고꾸라졌다. 앞에 쓰려진 것은 이미

사냥꾼에게 찍힌 한 마리의 짐승에 불과했다. 엎어져 있는 소령은 짐승의 소리를 흘렸다. 그는 자신도 모르게 뒤를 돌아보았다. 오른 손으로 권총을 거머쥔 신 준위가 버티고 있었다. 두 개의 총알을 소령의 가슴팍에다 신 준위가 박아 버린 것이다. 쓰러져 있던 소령이 약간 꿈틀거렸다. 그때, 신 준위의 눈빛이 싸늘하게 빛났다. 그리고 얼굴이 일그러지며 뒤로 물러서더니, 다시 소령의 머리를 정 조준하여 한 발을 더 쏘았다. 가까운 곳에서 또 한 발의 총성이 들리자 부속 건물로 도망을 가려던 병사가 쓰러졌다. 신 준위의 뒤에 있던 박 준위가 자동소총으로 쏜 것이다. 모든 일은 눈 깜박할 사이에 일어났다.

그는 얼떨결에 고개를 돌렸다. 신 준위의 째진 눈이 그를 노려보고 있었다. 증오에 불타는 섬뜩한 눈빛이 금세 경멸로 가득 찼다. 그의 눈빛은 슬며시 풀어지며 눈꺼풀을 내렸다. 이상하게도 소령이 죽을 때보다 더 소름 끼치는 검은 그림자가 어른거렸다. 그는 비슬거리며 옆으로 물러났다.

사방에서 갑자기 총들이 미친 소리를 질러댔다. 매서운 소리를 지르며 마구 쏟아지는 총탄들. 열렬하게 움직이고 저항이 있는 모든 표적을 향하여 피를 불렀다. 동시다발적으로 부딪치는 총탄들은 간헐적인 신음 소리를 냈다. 총알은 정직했다. 오로지 자신을 소유한 자들에게만 충성한 것이다. 아니, 늠렬한 시대에는 무단히 실실거리는 것조차 모두 적일뿐이다.

"야! 안되겠다. 저 쪽이 어려운가 보다."

신 준위는 빠른 감각과 상황판단으로 그들을 이끌었다. 그들은 신 준위를 따라서 본관으로 뛰어 들어갔다.

그 때까지도 합동수사본부의 대령들은 선배이자 계엄사령관인 총장을 어쩌지 못하고 있었다. 거실로 들어선 신 준위가 엉거주춤한 H대령을 쳐다보았다. H대령이 눈을 깜박하는 찰라, 신 준위의 째진 눈이 먹이를 본 맹수처럼 빛났다. 신 준위는 차디찬 눈빛으로 총장에게 총을 겨누며 걸어가더니 발 앞에다 대고 한 발을 쏘았다. 안경을 쓴 총장의 얼굴은 금세 공포에 질리더니 사시나무처럼 떨었다.

"야! 너희들 지금, 뭣들 하고 있어! 쓰발, 이 새끼를 빨리 체포하란 말이야!"

총장의 목덜미에 총을 들이대며 신 준위가 버럭 소리를 질렀다. 양팔을 붙잡힌 총장은 밖으로 질질 끌려 나왔다.

"이거 놔라! 내 발로 갈 테니".

총장이 부르짖는 목소리는 차라리 애원에 가까웠다. 아직 뭔가 남아있으리라는 권위의 환상을 버리지 못한 것일까. 그래서 그런지 한편으로는 체념하지 않으려는 모습으로 연신 사방을 두리번거렸다. 키가 작은 그 인간은 마치 도살장으로 끌려가는 황소와 다름없었다. 이미 별 넷은 그 빛과 의미를 잃어버렸다. 높은 계급장일수록 힘을 잃었을 때는 인간을 더욱 비참하게 만들었다. 행동대 몇 명이서 총장의 작은 몸을 차 안으로 떠밀었다.

"좋은 말로 할 때 들어가쇼. 괜히 망신을 당하기 전에."

안타려고 발버둥치는 총장의 팔을 뒤로 확 비틀고 꺾어 승용차 뒷자리에 짐짝처럼 꾸겨 넣은 것은, 박운철의 우람한 어깨였다. 안경이 벗겨진 채 총장은 입에서 신음을 흘렸다. 그 순간은 짐승끼리의 싸움에서 승자와 패자만 있을 뿐이었다. 어디선지 멀리 개 짖는 소리가 가느다랗게 들려왔다. 그렇지만 사냥꾼의 수효는 많았고, 숨이 붙어있던 맹수들은 이미 풀이 죽어있었다. W대령은 어찌된 영문인지 경계병들이 쏜 총을 하반신에 맞고 쓰러져 짐승 같은 소리를 내고 있었다. 전속부관은 두개골이 붉게 물든 채 누워있었다. 사냥꾼이 맹수에게 물린, 예상하지 못한 일도 순식간에 함께 일어난 것이다.

이틀이 지난 뒤, 수사 분실에 나타난 K대령은 무용담을 늘어놓으면서 그에게 다가와 불쑥 내뱉었다.

"자네가 김 중사야? 너 같은 특등사수가 그렇게 가까운 거리에서 못 맞췄다는 게 이해가 안가. 설마 일부러 서툴

게 쏜 건 아니겠지?"

"저는……."

"도망가다가 죽은 수행부관 G소령 말이야. 알고 보니 자네와 같은 남도출신이던데."

소파에 앉아서 신문을 들고 있던 신 준위가 그를 흘긋 쳐다보았다. 검은 표지로 된 활동일지를 덮고 나서 그가 일어났다. 그는 금세 후회했다. 차라리 묵묵부답으로 그냥 있었다면 어설프지 않았을 것이라는 생각이 들었다. 모든 사람의 시선이 동시에 그를 겨냥하고 있음을 느낀 것이다. 신남기는 이쪽의 대화에 전혀 관심이 없는 것처럼 신문에서 눈을 떼지 않았다.

그는 어쩌다가 교묘한 틀 속에 갇혀버린 느낌이었다. 그렇지만, 죽은 소령의 눈빛과 부딪친 아주 짧은 순간, 운명은 처음부터 빗맞은 총알의 예각처럼 그들과 다른 방향으로 동떨어져 갔다. 어쩌면 그들로부터 기회주의적인 사람으로 인식되었을 것이다. 우연한 일을 그럴싸한 알리바이로 만들어버린 일. 토사구팽이라고 했던가. H, K, W대령들의 억양은 모두 경상도 사투리였다. 변명은 필요 없었다. 아주 가느다란 느낌이 스쳐지나갔다. 빼지도 박지도 못한 올가미에 걸렸다는 것을. 빼려고 하면할수록 올가미가 점점 조여 오리라는 것을. 마음이 흔들려서 그랬을지 모릅니다. 능글맞게 미리 정답을 만들어서 끌고 가는 K대령에게 그렇게 말하고 싶었다. 자기 자신을 쓰레기로 만드는 말을. 그는 목구멍까지 밀고 나오려는 말을 울컥 삼키느라고 하마터면 울음이 터질 뻔 했다. 그렇지만, 살아야 하는 일이 때로는 울음 섞인 감정까지도 작신작신 눌러야 한다는 것을 그는 알고 있었다.

"김 중사. 나하고 얘기 좀 할까?"
 어두운 구내식당에는 눈 덮인 절벽 위에서 호랑이 한 마리가 뒤를 돌아보는 커다란 동양화 그림이 벽에 걸려있었다. 사무실이나 본관 강당의 홀 같은 곳에서도 호랑이 그림들은 눈에 띄었다. 호랑이는 부대의 상징이었다. 총장과 부하들에 대한 수사가 거의 마무리되고 세 번째 눈이 내리는 무렵이었다.

 그는 이틀 동안 감찰관에게 조사를 받았다. 고의적으로 범법자들을 두둔하여 정당방위를 한 부대원들에게 위험을 초래하게 했다는 혐의였다. 인사위원회에 회부되어 부대원으로 자질이 없다는 이유로 부적합 판정을 받았다. 인사명령 (을) 9호 타 부대 전출. 육군 중사 김순식. 일변 및 신고 일자 1월 29일부.

 신남기는 감색 저고리와 회색 바지를 콤비로 입은 모습

이었다. 신남기가 점퍼를 벗고 신사복을 입었을 때는 급한 임무가 없거나 평온할 경우였다. 바지 주머니에 한 손을 찌른 자세로 신남기가 그를 칙살스럽게 불렀다.

"자네 말이야. 자네가 왜 이렇게까지 되었는지 짐작이 가나?"

"잘 모릅니다."

"잘 모른다?"

"그러니까, 자넨 아직 멀었다는 거야."

다른 부하들에게 부르듯 여느 때처럼 너라고 하지 않았다. 그가 수그렸던 고개를 들고 신남기를 바라보았다. 두 사람의 눈빛이 마주쳤다. 눈웃음이 감돌던 신 준위의 눈빛이 천천히 냉소로 변하면서 아주 은근하고 낮은 목소리로 말을 이었다.

"사격만 잘한다고 프로가 되는 건 아니지. 총을 들었으면 적은 무조건 죽여야 되는 거야. 그렇지 못하면 내가 죽는 건 당연하지. 인간이 죽으면 아무것도 아니지. 내가 살아 있는 게 세상의 정의야. 특히 군인은 말이야, 힘을 가져야 중심이지. 세상의 중심 말이야. 그날 밤 잘못되었으면 우리 모두는 자동차 바퀴에 깔린 개새끼만도 못했을 걸. 그러니까, 그 날 자넨 이미 죽은 거나 마찬가지야."

"나는 그렇게 생각하지 않습니다!"

"뭐라고?"

그는 상관인 신남기에게 처음으로 눈을 똑바로 뜨고 대답했다. 더럽게라도 살아야 하는 것이 군인의 정의입니까라는, 말은 머릿속에서 빙빙 돌다가 미처 나오지 못하고 목구멍 안에서 머물렀다. 순간, 신남기의 얼굴은 묘하게 일그러졌다. 그리고 눈썹 끝이 미세하게 떨렸다. 그가 손으로 앞머리를 넘기며 찬찬하게 말했다.

"그 자는 권총에 탄창을 끼우지 않았습니다."

"무어? 네가 그걸 어떻게 알아?"

머리끝까지 잔뜩 오른 화를 어렵게 삭이려 드는 신남기의 목소리는 더욱 낮았다.

그러자 그가 고개를 돌리며 잘라 말했다.

"호랑이는 죽은 고기를 먹지 않는 법이라지요."

먹고 먹히는 먹이사슬의 악순환. 갈라진 땅 위에서, 그날 밤에는 모두 갈기갈기 찢어져버린 일들이 되풀이되었다. 사냥꾼과 동물이, 야전군인과 정치군인이, 힘의 중심에 달라붙은 주류와 떨어진 비주류가.

며칠 전이었다. 여름 한낮. 중위는 철판으로 만들어진 야전용 의자에서 일어섰다. 야전 천막에는 한낮의 직사광선이 뜨겁게 내리 쏘여 무더위와 조용한 정적이 그를 눌렀다. 걷어 올려진 천막 밑단으로 바깥의 공기가 전달됐으나, 그 정도로는 이 후텁지근한 열기를 식혀주기엔 어림없었다.

한 순간

며칠 전이었다. 여름 한낮. 중위는 철판으로 만들어진 야전용 의자에서 일어섰다. 야전 천막에는 한낮의 직사광선이 뜨겁게 내리 쏘여 무더위와 조용한 정적이 그를 눌렀다. 걷어 올려진 천막 밑단으로 바깥의 공기마 전달됐으나, 그 정도로는 이 후텁지근한 열기를 식혀주기엔 어림없었다.

보일락 말락 한 작은 물체가 점점 커졌다.
불에 데어 일그러진 사람의 얼굴인가 하면, 야생 들개를 닮은 흉악한 몰골이었다. 그것은 금세 그의 앞으로 바짝 다가와서 우뚝 서서 버텼다. 갑자기 험상궂은 머리통의 이마를 뚫고 검붉은 피를 질질 흘리면서 뿔 하나가 돋았다. 괴물이 입을 벌리며 발악하는 짐승의 소리를 질렀다. 그는 무작정 도망을 쳤다. 한참을 달리다가 깊은 산의 울창한 숲 속에서 몸을 축 늘어뜨렸다. 하늘이 보이지 않을 만큼 쑥쑥 뻗은 나무 숲 어디에선지, 아까 자신을 공포로 몰았던 괴물의 포효가 또다시 들리자 그는 마구 달렸다. 갑자기 시야가 뿌옇게 덮이더니 무엇인가 철퍼덕 떨어졌다. 그는 놀란 가슴을 누르면서 그 물체를 내려다보았다. 그것은 이내 걸레 뭉텅이처럼 굴러가더니 다시 괴물이 되어 이쪽을 노려보았다. 괴물은 비웃음을 가득 머금었다. 칼로 부욱 그어놓은 듯한 핏줄기가 괴물의 온몸에 시뻘겋게 배어났다.

　시간이 얼마만큼 지났는지도 모르게 그는 달렸다. 지쳐서 사위를 돌아다보니 빈 들판 위로, 하늘이 어둡게 멈춰 있었다. 어두운 와중에서도 또 다시 시커먼 물체가 오고 있었다. 가까이 다가올수록 까만 물체는 펴지면서 조각조각 떨어졌다. 그것은 마치 까마귀 떼와 비슷했고 박쥐 떼 닮기도 했다. 헤아릴 수 없이 많은 카드섹션이 번득거리며 움직였다. 바로 눈앞까지 날아오던 그것들은 한순간, 어디선가 휘몰아쳐오던 회오리바람 속으로 들어가는 성싶더니 또 다른 물체로 변해서 나타났다. 그의 눈이 동그랗게 커졌다. 다시 나타난 것은, 뿔이 분질러진 흉악한 몰골의 그 괴물이었다. 괴물은 아무 소리 없이 비웃음과 살기를 띠면서 천천히 다가왔다. 도망가려고 아무리 발버둥쳤으나 왠지 발바닥이 떨어지지 않았다. 괴물은 털 돋은 커다란 손을 내밀더니 그의 목덜미를 움켜잡았다. 시커멓고 피범벅이 된 손이 숨통을 조여들어왔다. 그는 숨이 컥 막혀 비명을 질렀다. 그리고 답답함에서 벗어나려고 안간힘을 쓰면서 앞으로 고꾸라졌다.

　쏴아 쏴아, 바깥의 억센 빗줄기 소리가 창문을 뚫고 들어왔다. 등짝을 땀으로 후줄근하게 젖은 중위는, 누운 채 우울한 형광등 불빛이 방안을 가득 찬 천장을 올려다보았다. 빗소리에 선잠을 깨고 눈을 뜬 것이다. 그제야 중위는 빗소리와 현실의 틈바구니를 구분 짓고 몸을 뒤척거리며 길게 한숨을 내쉬었다. 빗소리가 끈질기게 들리자 중위는, 그저 잠깐 지나가는 소나기거니 단정했던 자신의 생각이 틀렸다는 것을 알았다. 이른 새벽이었다.

땀에 흠뻑 젖은 하얀 러닝셔츠 속으로 근육질의 윤곽이 드러나면서 피곤한 듯한 중위의 얼굴과 묘한 대조를 이루었다. 짙은 눈썹 밑으로 똑바른 콧날 양쪽에 묻힌 눈이 빛났다. 누워있던 군용 철망 침대에서 중위가 일어나자, 침대 밖으로 하얀 시트가 살짝 삐쳐 나왔다.

중위는 유리창 문을 열었다. 창 밖에 서 있는 포플러 나뭇잎에서 튀긴 빗방울들이 톡톡 그의 팔에 와 닿았다. 서늘한 바깥습도와 기운이 창 안으로 몰려들어 그를 다시 현실 쪽으로 끌어내렸다. 장대 같은 빗줄기는 시야를 가로막고, 어둡게 깊숙이 숨어버린 고독과 두려움을 끄집어냈다. 그는 문득, 사단 전방 철책을 서성거리며 경계보초 교대 시간을 초조하게 기다리고 있을 병사들이 생각났다. 똑같은 군인으로서 같은 나이 또래의 자기 자신이 사치스러움을 덕지덕지 바르고 있다는 부끄러움도 피어났다. 그리고 무엇인가 자신이 해야 할 일들을 빼 먹고 있다는 마음이 들었다. 팔뚝을 때리는 빗방울에 선뜩 다시 깨었다.

 비가 개자 하늘은 조금 더 위로 올라갔다. 여전히 더위와 습기는 그대로 남아있던 정오의 뒤끝. 장군이 집무실 뒷방에서 자고 있는 것을 보고 난 뒤, 중위는 수송대에서 올라오는 지프차를 빌어 타고 다시 공관에 와 있었다. 일단 이곳을 벗어나야 한다고 생각했다. 비서실장 이 소령에게는, 어머니의 병세가 악화되어 잠깐 서울에 다녀오겠다고 허락을 얻었다. 그는 자신의 방에 들어가 자신의 체취가 묻어있는 물건들을 정리하고 싶었다.

 중위는 언제부턴가 그들처럼 긴장하지 않았다. 부대를 순시하는 장군을 따라 다닐수록 긴장감은 수그러들기만 했다. 어쩌면 장군의 전속부관으로서 그림자처럼 따라온 자신의 또 다른 허상이 실상에 밀려들어 그럴지도 몰랐다. 장군이 정복차림으로 출타하면 계급장만 다른 정복으로, 전투복차림이면 역시 같은 복장으로 함께 변신되는 자신은 장군의 그림자 노릇을 한 셈이었다. 장군의 모든 일정표가 바로 중위 자신의 일과표이었으니까. 그래서 중위는 흔들면 똑 같이 움직이는 주판 알맹이들처럼, 거대한 조직의 부속품으로 자신의 감정까지도 조직에 맞추었으며, 다른 부속품들 역시 서로의 감정을 표출하지 않고 피라미드의 정점을 향한 경쟁으로 시간을 갉아먹고 있었다. 적어도 중위가 후보생시절에 배운 것은 이게 아니었다.

"자연을 극복하지 못한 훈련이 없으면 전투에서 계속 연승한다 하여도 병사들은 승리에 따르는 고통을 저주하게 되는 거야. 즉 전쟁 자체를 거부한다는 거지. 다시 말하자면 병사들에게 꾸준히 인내심을 길러주라 이거야."

땅땅한 몸을 연신 좌우로 움직이면서 장군은 말했다. 서열대로 장군을 에워싸고 서있는 휘하 참모들과 예하 연대장들은 물론, 그 아래 대대장들까지 잔뜩 주눅이 든 조심스런 자세로 장군의 즉석 지시를 들었다.

"위에서 경계강화 지시도 있고 해서 예하 부대의 경계근무실태를 일반 참모들이 직접 확인하고, 단위 대장들은 병사들에게 임무를 확실히 재주입하여 문제점이 있나 없나를 파악하여 보고하라니까, 적당히 넘어가려고 하는 모양인데 말이나 되는가! 말이! 자기가 본 실태를 그대로 보고하라는데도 못하고 부하들한테 미루는 것이 당신들이 할 태도냐 말이야!"

꼭 말의 끝 부분에서 한 옥타브가 더 올라가면서 붉어지는 얼굴로 장군이 고함을 쳤다. 부하들은 겉절인 배추잎사귀마냥 아무 답변들을 못했다. 항상 그들은 그런 입장에 처하면 으레 시선을 땅 끝으로 떨어뜨리면서 쥐죽은 듯,

겁먹은 듯, 표정을 애써 지음으로서 그 자리를 모면하려 했다. 윗사람에 대한 예의라고 생각하는 모양이었다.

"이 따위의 참모들은 있으나 마나 해! 이놈의 자식들, 점검하라니까 부하들에게 맡겨놓고 저희들은 철수해버리니 뭣 하는 짓이야! 일하기 싫으면 보따리 싸 갖고 가란 말이야! 오늘 다시 확인하여 보고해!"

며칠 전이었다. 여름 한낮. 중위는 철판으로 만들어진 야전용 의자에서 일어섰다. 야전 천막에는 한낮의 직사광선이 뜨겁게 내리 쏘여 무더위와 조용한 정적이 그를 눌렀다. 걷어 올려진 천막 밑단으로 바깥의 공기가 들어왔으나, 그 정도로는 이 후텁지근한 열기를 식혀주기엔 어림없었다. 국방색 천막의 어두운 그늘 속에서 빠져나왔다.

깨끗하게 생긴 얼굴과 균형 잡힌 건강한 체격이었다. 그는 입을 크게 벌리고 심호흡을 했다. 장군은 아직도 낮잠에서 깨어나지 않았는지, 옆 천막에서는 기척이 없었다. 점심을 먹고 나서 별일이 없는 한 낮잠을 즐기는 것이 장군에게는 버릇이 되다시피 했다. 장군은 자신이 관할하고 있는 부대의 지역 안 어디에서나 버릇을 가리지 않았다. 장군 자신의 말로는 월남 참전 이후부터라고 했다.

　오후, 장군의 집무실 옆에 붙은 사무실에서 비서실장은, 중위에게 오전에 있었던 장군의 야전 시찰에 대하여 이야기를 했다.

　"전번에 육군본부에서 하달된 명령을 44연대에서 우선 시범적으로 실시 할 모양이야. 알아?"

　키가 훤칠한 이 소령이 중위에게 물었다.

　"첨 듣는 내용입니다."

　"그래? 김 중위는 전속부관노릇 잘못하고 있군. 그런 거는 말이야. 누가 알려주고 말고가 아니고, 그냥 느낌으로 알고 있어야지."

　이 소령은 꺼내기 어려운 말을 할 때의 버릇처럼 엄지손가락으로 긴 턱을 문질렀다.

　"현재 휴전선에서 한 발짝도 물러서지 않겠다는 대통령 각하의 말씀에 따른 건데, 방어선 사수개념이지. 군사교육 받을 때도 들었을걸.…초전박살과 맥을 같이하는 말이야. 우리 쪽의 지형이 낮고 편평하여 종심이 짧아서, 만약에 저쪽이 밀고 오면 6·25때처럼 바다 끝까지 밀릴 수 있으니까, 그런 전략이 필요한 건지 모르겠는데… 경계 병력이 지레 겁을 먹고 도망갈 우려가 있다고 해서…병사들의 몸을 진지에 묶어 놓으라니, 참."

중위는 긴장한 얼굴로 비서실장의 입을 뚫어지게 쳐다보았다.

"로마제국의 배에 발목이 묶인 노예들처럼 말입니까? 사람이 로봇이 아닌 담에야……."

"그렇게까지 하겠어. 하지만, 뭐 까라면 까야지."

"실장님? 군인에게도 살 권리가 있는 것 아닙니까? 포로나 투항, 그 어느 것이든 인간이 마지막에는 스스로 자신이 선택할 신념과 용기가 있어야만 진정한 군인이 아닐까요? 비인간적으로 인간방패를 만들어서 어떻게 한다는 것인지…그렇게 했는데도 적을 막지 못하면 어떻게 됩니까?"

중위는 차분하면서 천천히 말했다.

"야! 김 중위, 너는 참으로 한심하구나. 언젠 우리가 우리 맘대로 살고 죽더냐? 우린 한낱 소모품이야."

이 소령이 내뱉는 말을 듣던 중위는 콘크리트로 지어진·산중턱들의 진지들을 떠올렸다. 지휘관마다 생각이 다르면 전략은 수정되었다. 죽어도 진지가 지켜져야 한다는 지휘관이 있는가 하면, 싸움이 붙으면 막 밀고 올라가야 하니까 임시로 만들어야 한다고 말하는 지휘관도 있었다. 어느 쪽이든 다 맞고, 다 틀릴 수도 있었다. 전쟁은 언제나 그들이 생각한 각본대로 판가름 날 것은 아니었다.

 장군은 집무실 책상 가까이 의자를 바짝 끌어당겨 앉았다. 그리고 아까부터 얼굴을 풀지 않은 채 전화기를 꽉 움켜잡고 잔뜩 화난 목청으로 소리를 빽빽 질렀다.

 "그게 무슨 소리냐? 무조건 강하게 만들어야 해! 병사들의 정신무장이 해이되었군 그래. 며칠 간 잠을 못잘 수도 있는 거지! 근무들 제대로 안하면 휴식도 없어!"

 저쪽 수화기에서 나오는 답변은 더 이상 묻지 않고 수화기를 탁 내려놓고 말았다. 그러나 이틀이 채 지나지 않아서 장군은 자신의 관할 지역에서, 그를 다시 열 받게 한 무장 병의 탈영사건을 쓰디쓰게 맛보았다. 장군은 뱁새눈을 치뜨면서 참모들에게 다시 호통을 쳤다.

 "병사 한 놈이 작전 지역을 수 없이 헤집고 다녀도, 중간 행로 하나 추적하지 못하고 차단 대책하나 똑바로 수립하지 못한데 대하여 책임 질 놈이 누구냐?! 근무자와 지휘관은 그 시간에 무엇을 했느냐! 빨리 규명해!"

 작전 참모는 하얀 말똥을 두 개나 붙인 전투모를 쓴 채 고개를 숙이고 있었다.

 "즉시 차단할 수 있는 봉쇄 대책 계획을 수립하고 있나?"

 "내일까지 보고 드리겠습니다."

"빌어먹을 놈의 소리! 그 까짓것을 수립하는데 무슨 시간이 그리 길어! 오늘 중으로 각 지휘관들을 내 방으로 전부 집합시켜! 멍청한 놈의 자식 무슨 시간이 제 맘대로야. 어제도 보니까 상황 조치하는데, 파악하는 놈 따로 있고…무질서하기가 이를 데 없더군. 한심스러운 놈들 같으니라고. 이러니 내가 어떻게 너희 놈들을 믿고 잠을 자겠나. 이따위 근무나 하면서 국가에 무슨 충성이야 충성이."

장군은 말도 안 된다는 듯이 자기 자신의 분을 삭이지 못했다. 그러고 나서 은빛이 번쩍거리는 지휘봉을 들어, 자신의 뒤편에 붙은 작전지도판을 쓰윽 긋더니 참모들이 주시하도록 지휘봉으로 턱턱 쳤다. 장군은 자신에게 문제가 있다는 걸 숫제 인정하려 들지 않았다. 탈영병 한명을 잡기 위하여 대간첩작전 상황을 방불케 하는 요란법석까지 떨 필요까지는 없었다. 중위는 장군의 질책이, 부하들을 다른 쪽으로 유도하여 자기 자신의 목소리를 합리화하고 있다는 생각이 들었다. 장군이 다시 입을 열었다.

"우리 지역은 열차를 이용할 수 있는 고속 침투 가능한 지역이다. 내가 어제 지시한 통제 대책은 어떻게 되었나?"

참모 두 사람이 한 박자 뜸을 들인 후 동시에 대답했다.

"아직 안되었습니다."

"뭐라고! 이놈들아 당장 보따리 싸! 똑바른 게 하나도 없군. 순전히 엉터리야, 자식들."

장군의 안면 근육이 눈 밑에서 실룩실룩 심한 경련을 일으켰다. 순간적으로 오는 감정이 격하게 올수록 일어나는 이상 현상이었다.

중위가 철책 선에서 소대장을 마친 다음, 사단장의 전속 부관으로 명령을 받아서 장군을 처음 대하기 전까지 가졌던 경외감이란 우선 번쩍거리는 별 두 개가 주는 중압감이었고, 그를 에워싸고 있는 군인들의 일사불란한 조직이었다. 직계 참모와 휘하부하들을 통솔하여 각 제대의 거대한 조직을 이끌어 가는, 장군의 인간적인 마력은 어떤 것인가 하는 궁금증이 앞선 것도 사실이었다. 그러나 중위가 막연하게 학군 장교후보생 훈련을 마치고 밥풀떼기 하나를 단 후 전방에서 느꼈던 장군의 위선은, 그림자처럼 그를 수행하면서 조금씩 벗겨졌다.

사단사령부 정문에 쭉 뻗은 길을 지나면, 연병장과 야트막한 언덕 하나를 뛰어넘어 공관이 있었다. 일테면 사단장의 숙소가 되는 그 건물이, 중위에게는 근무처이자 숙소가 된 셈이었다. 비서실장인 이 소령이야 참모들이 모여 사는 숙소로 출퇴근을 해버리지만, 일과 시간이 끝난 후에도 전속 부관인 중위는 계속 장군의 충견노릇을 했다.

 그 날의 암구호는 공교롭게도 '들개' '사냥' 이었다. 무섭도록 가라앉은 밤하늘에 별들이 총총히 박혀있었다. 포플러 잎사귀들은 우뚝우뚝한 나무들에 매달려 간간이 불어오는 바람에 의하여 바르르 떨렸다. 하현달이 쌜쭉하게 빛을 잃어 가는 어둠과 적막이 공관을 덮쳤다.
 중위는 장군을 수행했던 하루의 피곤이 쌓였다. 장군이 잠자리에 든 것을 당번병을 통해 듣고서 살포시 잠이 들었다가 깨어났다. 어느새 머릿속은 맑았다. 그는 방안을 서성거렸다. 살짝 열린 문 쪽으로 시선을 보내며 밖을 내다 보았다. 차량 엔진소리였다. 어둠 속에서 들려오는 차량의 소음은 낮보다 더 크게 더 가까이 들렸다. 중위는 귀를 쫑긋 세우다 멀리서 가까운 쪽으로 비춘 헤드라이트 불빛을 보고서야 바깥으로 나갔다. 아무리 긴급한 상황이라도 장군에게 보고되는 모든 일들은 거의 자신을 거쳤던 것이다. 설혹 자신이 몰랐던 공관의 일들도 당번병을 통해 꼭 알려졌다. 그렇지만 혹시 자신이 모르는 일들이 있을 수 있다는 생각도 퍼뜩 들었다. 전속부관으로 반 년 밖에 경험이 없는 중위로서는 아직 장군 개인에 관한 모든 것들을 시시콜콜하게 알 수 없었던 까닭에.

공관 입구에 서 있을 경계 헌병의 제지를 멈칫거리지 않고 들어오는 차량으로 보아 수시로 출입할 수 있는 참모이거나 예하 지휘관임이 틀림없다고 판단했다. 현관 앞에서 지프가 서자 헤드라이트는 꺼졌다. 교육 대대장이 내리고, 뒤로 국방색이 아닌 흰색 옷이 어른거렸다. 웬 여자였다.

"아 김 중위? 미리 연락 못해서 미안해. 사단장님은 주무시나?"

아주 비굴한 웃음을 얼굴에 바른 말똥 두 개가 중위에게 물었다.

"주무십니다. 그런데 무슨 일로 이렇게……"

"아 그럴 일이 있어. 내가 왔다고 말씀드리게. 그러면 아실 거야."

"꼭 오늘 만나야 됩니까? 상당히 피곤하신 것 같아서요."

"어이 김 중위! 사전에 약속했다니까 그래!"

거절의 의미가 섞였다고 생각한 듯, 말똥은 눈웃음을 금세 거두고 불쾌하게 대꾸했다. 장군은 바깥 동정을 알고 나 있었던 것처럼 벌써 방에서 나와 소파에 앉아서 담배를 빨고 있었다. 그것은 장군의 태연한 자세와 말로 뒷받침이 되었다.

"들어오라고 해. 그리고 자넨 가서 일 봐."

"…예?"

중위가 현관을 돌아서 자신의 방으로 들어가려고 밖을 나서자, 말똥은 으쓱하며 의미심장한 투의 눈빛을 주었다. 중위는 걸어가다 말고 뒤를 돌아보았다. 날렵하게 차려입은 젊은 여인이 흐르는 불빛 속에서 중위에게 시선을 주다 말고 말똥을 따라 사단장의 침실로 들어갔다. 교육대대장은 여자가 들어간 것을 확인하고 직접 지프를 운전하여 떠났다. 간지럼을 타는 듯한 여자의 웃음소리가 가끔 문 밖으로 새어나왔다.

여자는 언제 갔었는지 아침에는 안 보였다. 세면장에서 만난 당번병이 칫솔을 물고 있다가 바람 빠진 웃음을 흘리면서 중위를 쳐다보았다.

"부관님? 오늘은 천천히 준비하셔도 될 겁니다. 몹시 피곤하실 테니까요."

"누구 말인가?"

"어어, 아니 참, 부관님도…누군 누구예요. 사단장님이지. 가끔씩 이런 일이 있었잖아요."

생각해보니 머릿속에서 스쳐 지나가 버린 기억들이 튀어 나왔다. 그 알만한 말똥은 가끔씩 밤늦게 방문했었다는 것. 그때마다 장군의 아침 기상시간이 한 시간정도 늦어진

점. 부랴부랴 빨리 움직여서 집무실에 도착하면 참모 회의 시간은 다른 날보다 훨씬 짧아졌다는 것. 그런데 자기 자신은, 왜 당번병보다 눈치가 없었을까. 순진하다기 보다는 장군을 겉으로 드러난 것만 가지고 판단했기 때문일 거였다. 중위는 장군의 어깨에 빛나는 별 두개가 발하는 광채에 눌려, 그를 지나치게 높이 봐왔던 것에 대한 부끄러움이 일었다. 그리고 자신이 얼마나 편협한 생각의 틀에서 지냈는지 회의하며 반성했다.

사단 C·P 앞에는 빨강 바탕에 흰 별 두개가 그려진 깃발이 축 쳐져있었다. 바람 한점 없는 오후는, 작열하는 태양의 열기로 황토 빛 연병장을 정적 속에 묻었다. 깃발과 마주 보이는 이층 본관 건물, 장군의 집무실은 에어컨이 힘겹게 소음을 질질 흘리면서 더위를 뱉어냈다.

"아직까지 주무시고 계시나?"

점심을 먹고 일반 참모들과 어울리다가 들어온 이 소령이 책상에 작업모를 획 잡아 던지면서 말했다.

"예, 실장님."

애당초 중위의 답변을 아예 들을 생각 없었던 것처럼, 소령은 한쪽으로 놓인 소파에 털썩 주저앉으면서 혼잣말처럼 중위에게 말했다.

"끝도 없는 게 사람의 욕심이군. 하긴 훈장과 계급을 먹고 사는 게 군인이니까……."

 일선 지휘관들같이 전투복의 팔소매를 접지 않고, 둘둘 말아 올린 소령의 군복은 늘어져 서 그의 얼굴과 묘하게 어울렸다. 물론 희멀건 얼굴에 얹힌 기름 바른 머리털 역시 마찬가지였다.

 "사모님께서 윗선으로 아주 열심히 운동하고 계시니까 잘 될 거야. 전번에 서울 간 일이 틀어진 것을 조금은 언짢아하고 계시지만, 언제 사단장님께서 하는 일이 빗나가는 게 있던가. 김 중위 말이야? 요즘 안색이 별로 인데. 수행하는 사람은 건강이 최고야! 알았나? 사단장님께서 잘 되어야 우리도 잘 풀리는 거야."

 이 소령은 장군의 즉흥적인 변덕에 채일 때마다 욕지거리를 하다가도, 중위가 짐짓 가만히 있으면 모두가 한 울타리임을 강조하곤 했다.

 수색 중대에 근무 중인 하사관이 철책선 근무를 들어간 사이에, 그동안을 못 참은 하사관의 아내와 대위가 간통한 일이 있었다. 하사관의 아내를 간통한 대위는 징계위원회에 회부되어 처리되었는데, 이때 장군은 모든 장병에게 엄중한 훈시를 할 필요가 있었다고 생각되었는지, 중대장급 이상이 모인 간부회의에서 분명히 말했다. '수신제가 후에 치국평천하인데 가정 하나도 제대로 못 다

스린 놈이 어떻게 부하들을 다루겠느냐'며 간통한 친구는 물론, 남편인 죄 없는 하사관까지 중징계 처리하도록 엄명을 내렸었다. 그 때도 이 소령은 처음에는 피해자인 수색대 하사관이 무슨 잘못 있겠느냐고 중위에게 떠벌이다가, 한참 후에는 장군의 판결은 역시 훌륭한 것이었다고 말을 바꾼 적이 있었다. 그럴 때마다 중위는 이 소령이 기회주의자로 변하여 점점 현실에 야합하고 있다는 생각이 들었다.

이튿날 오후, 중위는 공관에서 서울에 입고 나갈 장군의 정복을 손질하고 있던 중이었다. 입은 지가 얼마 안돼서 세탁할 필요는 전혀 없지만, 혹시 부착물 떨어진 곳이 있나 없나를 살펴 볼 필요가 있었다. 중위는 약장이 색색으로 촘촘히 수놓아진 윗저고리 주머니의 단추가 얼른 보이지 않아서 멈칫거리며 확인했다. 그러나 다행히 단추는 붙어 있었다. 주머니의 덮개가 열려 있었기 때문에 그는 순간적으로 속았을 뿐이다. 왜 열려 있을까 하며 가만히 주머니 속으로 손을 넣었다. 평소 장군의 습관대로라면 아무 것도 들어있을 필요가 없었다. 그런데 뭔가 잡혔다. 종이의 빳빳한 감촉이 손가락을 타고 왔다. 무엇일까 하며 중위는 그것을 끄집어내었다. 등기 소인이 우표에 찍힌 편지였다. 중위는 약간 상기된 마음으로 봉투 속에 들어 있는 편지의 내용을 읽어 내려갔다.

(중략) 저는 어렸을 때부터 원래 아버지가 없는 것으로 알고 자랐어요. 하지만 제가 커 가면서부터 항상 아버지에 대한 그리움으로 꽉 차 있었어요. 머릿속에는 아버지의 모든 것을 그리며 혼자 생각했어요. 그러던 차에 우연히 아버지를 볼 수 있었어요. 너무너무 오랜만에 십 년 넘도록 못 뵈온 아버지를 만났는데 저는 왜 그렇게 할 말이 없었을까요. 오히려 만나기 전보다 담담한 심정이었어요. 눈물이 앞을 가렸는데 왠지 저도 잘 모르겠어요. 저는 아버지 댁에 갈 적마다 산다는 것이 무척 우습다고 생각하며 손님 입장에서 방문하였어요. 얼마 전 저는 병원에서 얼마나 울었는지 몰라요. 외할머니께서 아버지께 가셨다가 그냥 오셨다는 것을 알고 난 뒤 저는 허탈 상태에 빠졌어요. 죽어도 도움을 청하는 게 아니었어요. 만성맹장염 수술을 할 엄두도 못 내며 항상 아플 때마다 약으로 가라앉히곤 했었죠. 그 수술비 때문에 엄마가 마음에도 없는 편지를 아버지께 썼다는 것을 알고 저는 한없이 제 자신이 미웠어요. 아버지한테 마지막으로 드릴 말씀이 있어요. 저는 여태껏 엄마 손에서만 컸어요. 제가 아버지 자식이 아니라면 좋겠어요. 악착같이 돈을 벌 겁니다. 그래요, 저는 사생아라는

것을 숨기지 않겠어요. 이제까지 있었던 아버지와의 모든 것은 없었던 것으로 (중략)

 웬일인지 주머니에서 봉투를 꺼낼 때보다 중위의 손끝은 더 떨렸다. 부대 주소로 되어 있는 이 편지를 자신이 접수했던 기억은 없었다. 수신제가 후에 치국평천하라는 장군의 말씀. 그럼에도 불구하고 하얀 옷을 입고 왔던 여인의 모습과 키들거렸던 웃음소리가 갑자기 떠올랐다. 항상 가정과 자신을 위해 노력한 후라야 훌륭한 군인이 된다고 강조했던 장군의 근엄한 얼굴에 씰룩거리는 표정이 겹쳐 생각났다. 뜨악하니 깨알 같은 글씨가 고물고물 살아 움직이는 것 같았다. 그리고 장군의 위선적인 모습들이 되살아나면서 편지 속으로 묻혔다. 안면 근육이 씰룩거리는 장군의 얼굴.

 중위는 장군의 정복을 옷걸이에 걸어 놓고 찬찬히 훑어 보았다. 짙은 녹색 윗도리 어깻죽지에 붙어있는 별 두개, 그리고 갖가지 색으로 수놓아진 질서정연한 약장들과 번쩍거리는 지휘 장을. 그것들은 물론, 전쟁터에서 혹은, 경륜의 축적이 가져다 준 부산물임이 틀림없었다. 그렇지만 저것들이 이 옷에 붙여지기 위해서, 얼마만큼 많은 사람들이 상처를 감내했으며 장군의 양심은 과연 올바르게 행동되었을까 하는 의구심을 떨쳐버릴 수가 없었다. 중위는 깊은 잠에 빠지지 못하고 뜬눈으로 새웠다.

　별판이 붙은 승용차 앞좌석에서 중위는 지나가는 풍경보다는 그 생각으로만 꽉 차있었다.　후텁지근한 바깥 공기를 에어컨이 차단했지만, 중위의 마음은 답답했다. 장군은 육군본부에 서 지휘관 회의를 끝마치고 곧장 집으로 가지 않았다. 사전에 연락을 받은 부인은 화려한 옷차림으로 한정식 집에 미리 와 있었다. 운전병과 중위는 근처 식당에서 따로 설렁탕을 먹었다. 선물 따위들을 준비해 온 것으로 봐서 부인은 장군과 함께 어디론가 인사차 들릴 것이 뻔했다. 고위인사들의 집을 방문하면서 중위는 자신의 예상이 맞았음을 알았다. 언제나 장군은 서울에 오면 주어진 시간을 최대한 이용했다.

　귀대한 장군에게 참모장의 보고가 있었다. 무장 탈영병이 인접 사단에서 잡혔다는 것과 아울러 해당되는 휘하 지휘관의 문책에 대한 결재 건이었다.

　"더 이상 말해서 뭐하나? 병사 몇 명 안 되는 것도 장악 못하고, 낮잠이나 자는 놈을 어떻게 봐줘! 아무 소리 말고 보직 해임시켜!"

　장군은 펜으로 찍 긋고 말았다.

　저녁 하늘을 구름이 몰려들면서 이내 우중충한 밤이 왔다. 중위는 육군 본부가 아닌, 국방부 직할사령부에서 온

긴급 전화를 장군에게 넘겨주었다.

"선배님 알겠습니다. 정말입니까? 전차중대는 기갑여단과 같이 배속시킬 겁니다. 일전에 서울에 가서 제가 말씀드린 그대로 하면 됩니다."

장군의 얼굴은 거의 흥분상태였다.

"저희 부대가 아주 중요합니다. 제가 출동해서, 왕창 싹 쓸어버릴 겁니다. 중앙청을 접수하면 다 끝납니다. 진돗개 발령시간 전이라도 서울로 들어갈 준비를 마치겠습니다."

전화를 끊고 나서 장군은 담배를 네 개비나 끝까지 빨았다.

"작전참모하고 비서실장 불러라!"

중위는 뭔가 심상치 않는 느낌으로 그들에게 연락을 했다. 그들이 오고 나서 장군의 방에서 세 사람의 말소리가 두런두런 들렸다. 심각한 이야기가 오간 듯 아주 작은 말소리만 문틈으로 간간히 새나왔다.

"내가 대대장할 때 그 어르신이 연대장이었어."

장군의 언성은 단호하면서 부하들에게 어르는 편이었다.

"어차피 전쟁이 아니래도, 사기를 먹고사는 군인들은 가끔 한번씩 총질을 해봐야 합니다. 덜 죽고 많이 죽이는 게 아군의 승리인 것처럼, 피만 덜 흘리는 쪽으로 가닥을 잡으면 승산이 있는 일 같습니다. 나라가 풍전등화로 이지경인데 가만히 있으면 안 됩니다."

"그래, 빨리 계획을 만들어 가져와라. 내가 시행 명령을 하달될 때까지는 어떤 일이 있어도 비밀을 꼭 지켜야 한다."

작전 참모인 허 중령이 사무적으로 뚝뚝 끊어서 대답하고 난 후, 장군은 거실로 나왔다. 거실을 서성거리던 장군은 뭔가 안절부절 하더니, 당번병에게 마른안주와 술을 가져오라고 큰소리로 말했다. 그들이 나가고 장군은 혼자서 양주를 홀짝였다. 비서실장은 밖으로 나가면서 여느 때와는 달리 중위에게는 눈길도 안 주었다. 완전무장한 사단의 전 병력이 서울로 이동하리라는 말의 실체는 무엇일까. 얼른 이해가 안 되었다. 휴전선을 지키는 전투 병력을 장군의 맘대로 빼서 서울로 출동한다는 사실은 무엇을 의미하는가. 중위에게는 큰 충격으로 와 닿았다.

그러나 중위는 깜냥으로 대략 상황을 짐작했다. 요즈음 장군이 서울을 자주 출입하던 거며, 부대업무와 상관없는 장군을 빈번하게 만났던 일이 생각났다. 출세지향주의자인 장군의 속내가 머릿속으로 크게 부풀어 떠올랐다. 지금까지 중위가 배웠던 인간의 질서는 이게 아니었다. 중위는 머릿속이 복잡해졌다. 저런 사람이 죽었다

해도 끊임없이 닮은 사람은 나올 거고, 저런 사람을 죽이고 싶은 놈도 계속 나오겠지? 이것이 인생이고, 이것이 만인들의 투쟁인가. 민주주의가 아니라도 인간들끼리의 약속은 지켜져야 할 것이었다. 배신은 또 다른 배신을 끌어 올 것은 자명했다. 아버지의 더러운 친구를 보니 아버지까지 원망스러웠다.

중위는 용기를 내어 장군의 침실을 두드렸다. 장군은 술을 마시고 불콰한 얼굴로 앉아 있었다. 장군이 준 술 한잔을 중위는 입 속에 털어 넣었다. 의례적인 말이 잠깐 동안 오고 간 후 중위가 무겁게 입을 열었다.

"모든 장병들은 사단장님의 충성스러운 부하들이며, 책임감이 투철한 것도 사실입니다. 물론 그들에게는 군율과 군법이 모두를 통제하고 있습니다. 군율을 집행하는 기관이 바로 사단장이십니다."

손사래를 치면서 장군은 또릿하게 말하는 중위를 제지했다. 그러나 뭔가 오해하듯 빨리 중위의 뜻을 헤아리지 못하고 있음이 분명했다.

"지금 무슨 말을 하려는 것이냐?"
"어제 밤에 작전참모님께서 오신 일이 알고 싶습니다."
"뭐라고?"
장군은 눈을 크게 뜨면서 안면 근육을 실룩거렸다.

"어차피 너도 알아야 할 거니까 말해두는데, 지금은 나라가 뒤숭숭한 정국이다. 모든 국민들이 불안에 떨고 있어. 그러니까 우리들이 나서서 질서를 정리할 필요가 있어."

"…바로 그런 점이 문제일 것 같습니다. 군인들의 입장만 기준하여 일을 처리한다면, 그것은 역사의 잘못으로 기록될 것이 분명합니다. 아니, 잘못을 따지기 이전에 만약, 만약에 말입니다. 수많은 병력의 목숨이 왔다 갔다 하는 상황이라면 신중하게 결정하셔야 합니다."

"김 중위! 이야! 너 지금 무슨 소릴 하는 거냐? 넌, 아직 애송이 군인이야. 지금 말한 네 판단과 그럴싸하게 말하는 논리가 이 나라의 앞날을 구할 수 있다고 보나?"

장군이 약간 언성을 높이면서 감정의 기복을 나타냈다. 상당히 감정을 억제하는 듯한 표정이었다. 중위는 잠깐 침묵을 지키다가 다시 말을 이었다.

"제 말은 사단장님께 아무런 의심도 없이 따르는 수많은 부하들이, 자신들과 같은 국민에게 누를 끼칠 경우에는 영원히 후회를 면치 못할 것이라는 생각이 듭니다. 완전하지 않은 것이 나라의 정치일 것입니다. 너무 어렵게 말씀드린 것 같아서 죄송합니다. 그러나 ……."

"가만! 가만있어!"

중위의 말을 중간에서 토막 내면서 이를 막았던, 장군

역시 일정한 간격을 두고 한참동안 말이 없었다. 담배를 물어 불을 붙이고 난 장군이 천천히 입을 열었다.

"…나는 지금까지 삼십여 년 동안 내게 무수히 날아왔던, 모든 장애물들을 피했고 때로는 부딪히면서 정상을 향하여 한 걸음씩 올라왔다. 그래서 지금은 두 개의 별을 붙였지. 이제 세 개, 아니, 네 개 그 이상까지도 올라 갈 준비를 해야 해!"

하고 싶었던 이야기를 속 시원하게 한 것처럼 단호하게 장군은 말을 끊었다. 나이 어린 부하에게 치졸한 표현으로 속내를 보인 일은 안중에 없는 것 같았다. 중위는 길게 담배연기를 들이키는 장군의 초점이 확산되어 있는 표정을 보았다. 말문이 터진 상태에서 침묵은 더 이상 존재할 필요가 없었다. 중위는 자신의 이야기는 끝난 것이 아니라, 이제야 말로 정작 확실한 말씀을 드려야겠다는 충동에 사로잡혔다.

"계속 말씀을 올려도 되겠습니까?"

장군이 고개를 끄덕거렸다.

"사단장님께서 평소에 늘 말씀하신 대로 군율을 집행하는 사람이, 스스로 지키지 않고 따르는 사람에게만 지키라고 강요한다면, 부하들의 마음이 진정으로 승복되리라고 보십니까?"

"알겠다. 지금 네가 어떤 말을 하고 있는지 알겠다. 애초에 너 대신 육사출신을 받았어야 하는 것인데, 너 같은 대학물 먹은 놈들은 너무 개인주의가 강해. 나는 네가 나한테 무조건 맹종하기를 바라는 것은 아니다. 그러나 넌 역시 군대생활이 너무나 짧은 까닭에 순진한 말만하고 있어! 김 중위! 너는 장교로서 정신자세가 덜 된 것 같구나. 군인은 무엇보다 우선, 복종이 필요하다 복종이! 사관하교 동기생으로 중도에 예편한 네 부친이, 널 훌륭한 군인으로 만들어 달라는 간곡한 부탁만 아니었다면, 너 같은 놈 따윌 데려오지도 않았다."

장군이 더 길게 자신의 이야기를 들어줄 것 같지 않은 상태를 짐작하면서도 중위는 다시 말했다.

"우리들은 잔치에 한 번 쓰려고 사육되는 가축과 비슷할지도 모릅니다. 전쟁터에서 소모품이 되기 위해, 평소 훈련과 전술을 연구시키고 소모품의 진가를 높이려고 나라에서 비싼 대가를 치릅니다. 제가 부하로서, 가까이 사단장님을 수행하는 전속 부관으로서 제 임무는 당연히 이런 말씀을 드려야 한다고 생각합니다."

중위는 장군의 험상궂은 표정에서 멀어지며 고개를 숙이고 침실을 나왔다. 일사불란하게 돌아가는 분위기로 보아 자신은 이미 바위에 깨지는 달걀이라는 생각도 들었다.

그렇지만 감히 하늘같은 장군 앞에서 주체할 수 없을 정도로 거침없었던 행동을 후회하지 않았다. 중위는 자신의 방으로 들어왔다. 그가 누운 천장에서 형광등의 파리한 불빛을 올려다보았다.

어머니의 편지를 자신의 주머니에 넣으면서 중위는 씁쓸하게 웃었다. 신부 감을 빨리 구해서 데리고 오라는, 그토록토록한 내용이 어뜩 지나갔다. 별것도 아닌 짐들을 싸놓고 보니 마음이 조금은 가벼웠다. 그의 가슴속으로 잔잔한 체념 같은 파도가 밀려왔다. 자기 자신의 소신이, 다른 사고방식에 의해 변질되는 것을 용납하지 않겠다는 의지는 여전히 뜨겁게 가슴속 깊이 타오르고 있었다. 비굴하게 생명을 이어가는 군인들의 모습이 하나씩 겹쳐왔다. 계급장들, 말똥과 밥풀떼기와 별판이 떠오르다가 흩어졌다.
남방셔츠와 청바지로 갈아입은 중위는 화장실에서 세수를 했다. 군복을 벗어 던진 자유스러움이었다. 수건으로 얼굴을 문지르면 거울에서 본 얼굴은 타인이었다.
중위가 공관으로 오는 동안 아무에게도 눈에 띄지 않았다. 사무실에 있는 병사들은 장군처럼 낮잠을 자거나 숨겨둔 섹스 잡지를 보고 있을지 몰랐다. 가느다란 미소가 중위의 얼굴을 스쳤다.

 이 소령은 훤칠한 키를 구부정하게 숙이며 살금살금 숙소로 들어왔다. 평소의 그답지 않게 뭔가 비장한 표정이 감돌았다. 중위의 방문은 열려져 있었지만, 화장실에서 물 쏟아지는 소리가 들렸다. 이 소령이 군화를 신은 채 문이 열려진 화장실로 다가섰다. 거울에 비친 중위의 얼굴 뒤로 이 소령의 긴장된 얼굴이 겹치자 중위는 고개를 돌렸다. 바로 그 순간, 이 소령은 장군에게 건네받은 검은 가죽 벨트에서 그것을 뽑았다. 부하를 향해 권총을 들이댄 상관이었다. 검은 쇠붙이의 차가움이 빛났다. 열려진 거실 창밖으로 멀리 연병장이 보이고 빨간 장군 깃발은 그의 시선과 대각선을 이루었다. 이 소령은 방아쇠울에 든 손가락을 당겼다. 손가락 같은 총구가 중위의 앞이마를 겨냥했다. 아물아물, 눈앞에 있는 중위가 우뚝 멈추었다.

 "타—o!"

 공간을 찢어발기는 총소리가 났다.

 똑같은 소리의 간격이 없었고, 단 한 방의 총알은 목표물에 대하여 정확히 조준이 되었다. 그리고도 한참 후, 철모를 쓴 또 한사람의 소령의 뒤를 따라서 장군이 들어왔다.

"헌병 참모! 골치 아프니까 알아서 처리해. 작전이 시작도 되기 전에 일 날 뻔 했잖아."

장군이 모래 씹은 얼굴로 말했다.

가까이 들여 보니 그 개였다. 한 쪽을 실명하고 더구나 다리까지 절룩거리는 녀석을 누가 데려다 놓았을까. 주차장 김 씨는 키우는 것이 벌써 싫증이라도 났단 말인가. 하여튼 종이상자에 들어있는 것으로 보아 사람이 데리고 이곳으로 온 건 분명하다.

개밥

가까이 들여 보니 바로 그 개였다. 한 쪽을 실명하고 더구나 다리까지 절룩거리는 녀석을 누가 데려다 놓았을까. 주차장 김 씨는 키우는 것이 벌써 싫증이라도 났단 말인가. 하여튼 종이상자에 들어앉는 것으로 보아 사람이 데리고 이곳으로 온 건 분명하다.

무덥다. 이럴 때에는 내 몸 덩어리가 귀찮다. 몸이 무거우면 또 하나의 다른 물체가 내게 매달린 느낌이다. 오랜 장마 뒤의 후텁지근한 찜통 날씨였다. 여름은 절정으로 치달았다. 가만히 앉아 있어도 땀은 비 오듯 흘렀다. 끈끈한 불쾌함도 자꾸 면역이 되면 무디어졌다. 더위는, 살아있는 것들의 사타구니와 가운데 뿌리까지 맥없이 만들었다.

도시에서 꾸물거리던 사람들조차 많이 떠난 것 같았다. 바다나 산으로 갔겠지. 피서 철의 막바지였다. 빌딩 아래층을 꽉 채웠던 회사 사람들이 휴가를 떠난 때문인지 조용하다. 낮에 몇 사람의 얼굴만 슬쩍 보였다. 가끔은 야간 근무로 날밤을 지새우던 맨 위층 회사들조차 고요하기는 마찬가지다. 지금 이 커다란 빌딩 안에 사람이라고는 나 혼자 뿐이다.

날씨가 무덥지 않았으면, 지하에 있는 룸살롱 여자들은

밤새도록 취객들과 퍼 마셨을 것이다. 그런 다음, 그들은 오전 내내 처박혀있었다. 그런 꼬락서니를 본 지도 며칠은 된 것 같다. 하기야 이 찜통더위에 술장사인들 될 리 만무다. 수요가 있어야 공급이 있는 법. 지금은 손님들이나 쭉 빠진 아가씨들이나 해변으로 가 있어야 제격이리라. 모두들 쥐 떼처럼 피서지로 몰려갈 때는, 흐릿한 조명 밑에서 독한 위스키를 퍼 마시는 짓거리가 오히려 청승일지도 모른다.

 빌딩에 입주한 회사 사람들이 퇴근할 무렵에야, 술집 아가씨들은 출근을 했다. 늘 그녀들이 끝나는 새벽 한 두 시가 지나서야 빌딩은 잠자리에 들어갔다. 나도 그 무렵에야 눈꺼풀을 닫았다. 경비원의 퇴근시간은 똑같았지만, 그녀들의 퇴근 시간은 일정하지 않았다. 그리고 퇴근하는 모습도 가지가지였다. 취객을 붙잡고 뽀뽀를 하거나 바깥에서 토악질을 해대는 것은 예사였다. 그녀들의 짓거리들을 보면, 돈벌이를 쉽게 하는 건 아닌 성 싶었다. 누워서 돈을 번들 세상에 쉬운 것이 어디 있겠는가.

 어쨌든 그들이 영업을 하거나 말거나 나의 임무는 계속되었다. 주인이 없어도 줄에 매달린 개는, 천형으로 알고 자기 자신의 임무에 충실해야 한다. 그것이야말로 개다운 노릇이며 당연한 일이다. 밤중에 세 번 이상 순찰을 도는 일을 내가 제대로 한 것도 그 때문이다. 순찰시계의 입력 장치는, 하루에 한 번 돌고도 열 번을 돌았다고 조작할 수 있다. 소장이 만들어 놓은 근무일지의 양식은 잘못되어도 한참 잘못되었다. 시간별로 칸을 만들어 적도록 한 양식이었다. 사람의 자발적인 양심이 못미더워 감시하는 꼴이라니. 그래 본들, 이 무더운 여름 한밤중에 나의 근무태도를 왈가왈부할 사람은 아무도 없다. 노상 신경질을 부리던 관리소장도 휴가를 떠난 지가 하루밖에 지나지 않았다. 그렇지만, 나는 승강기를 타고 계단을 밟아 내리며 빌딩의 안과 밖을 돌 것이다.

가만히 앉거나 비스듬히 누워서 텔레비전에 멍청하게 혼을 빼앗기는 것도 싫다. 바보로 가는 지름길이다. 밤참으로 라면이라도 끓일까 하다가 생각을 접었다. 늦게 먹은 저녁밥으로 아직은 배가 덜 고팠다. 겨울철 같았으면, 벌써 면발이 퉁퉁 불기 전에 국물까지 다 마셨을 시간이다.

지하층으로 먼저 순찰을 돌까하다가 옥상을 둘러보려고 마음을 바꿨다. 근무일지 순서대로라면 지하 1, 2층부터지만, 순찰을 도는 순서는 일정하지 않았다. 정말 그것만은 내 마음대로였다. 승강기를 타고 꼭대기 층에서 내려 옥상으로 향하는 계단을 올라가 철문을 열자 갑자기 후끈한 열기가 엄습했다. 하루 내 땡볕에 달궈진 콘크리트 바닥 열기가 그대로 남아있었다. 부옇고 컴컴한 하늘은 별을 감추었다. 한참을 쳐다보아야 겨우 아스라이 별 몇 개가 보였을 뿐이다. 나는 옥상 끄트머리 쪽으로 가서 허리춤 높이의 난간을 잡고 아래를 내려다보았다. 우뚝우뚝 선 빌딩들 사이로 달리는 차량들이 꼬리를 물고 몇 가닥의 광선으로 지나갔다. 경적소리와 일정한 소음이 우렁우렁 길바닥에서 허공으로 퍼졌다. 달과 별 대신에 누런 나트륨 가로등과 빌딩, 네온사인, 차량 따위의 불빛들이 어둠을 흠집 내고 있었다.

경비원을 하는 일 년 동안 내 시간표는 다람쥐 쳇바퀴 돌듯 되풀이되었다. 어찌 보면 참으로 변화가 없는 지겨운 일상이었다. 하루를 꼬박 지새우고 나면 새벽이 왔다. 정확히 말하면, 꼬박은 아니다. 적당히 졸다가 말다가 하면서 날 밤을 보내는 경우가 많았다. 그렇지만 어디 그것이 마음 편하게 발을 쭉 뻗고 편할 틈이 있었던가. 내 입맛에 꼭 맞는 직장이 어디 있을까. 구조조정으로도 안 되어 직장을 폐쇄한 회사를 떠올리면, 이마저도 감지덕지다. 복잡하게 머리를 굴릴 필요가 없고 출퇴근 시간만 잘 지키고, 입주업체의 높은 사람들에게는 정중하고 조심스런 표정으로 예의를 갖추면 되었다. 실수로라도 그들에게 자만심을 보이면 해고의 지름길인 것이다. 그래서 나는 이력서의 최

종학력을 고등학교 중퇴로 꾸며놓았다. 도 씨 영감의 말을 듣자면, 내가 부인의 병치레로 결근했던 경비원 후임이라는 것이다. 나는 실직 후 벼룩신문을 글자 하나 빠짐없이 구독했던 터였다.

새벽 여섯 시가 되면, 도 씨 영감은 빼빼 마른 손으로 내게 열쇠꾸러미를 받았다. 다음날은 그에게 내가 열쇠꾸러미를 도로 넘겨받았다. 주고받는 그 의식은, 적어도 내 하루의 시작과 끝을 의미했다. 여명이 오기 훨씬 전, 모두 곤히 잠들어 있을 시간에 영감은 나처럼 어둠 속에서 몸을 털어 일어났을 것이고, 버스를 지하철로 갈아타면 여섯 시도 채 안된 지하철 안에는 늙은 남녀들과 함께 가득 차 있었을 것이고, 거의 경비원과 청소원 아니면 인력시장으로 나가는 막 노동꾼들과 함께 하루를 시작하는 것이다.

근무할 때에 있어서도 마치 서로를 흉내 내는 것처럼, 도 씨 영감과 나의 행동거지는 비슷하리라. 스물네 시간을, 그와 나는 하루도 틀림없이 서로를 바꾸며 그렇게 소모했다. 그가 없으면 그의 일거리도 나의 휴식조차도 없을 거였다. 아니, 애초에 이런 종류의 직장은 계약조건부터가 그랬다. 마치 사료를 씹어 먹기 위하여 사육되는 개와 조금도 다름이 없었다. 밤낮을 가리지 않고 건물을 돌아다니며 짖어야 한다는 것까지.

다시 좁디좁은 경비실로 돌아왔지만 아무 일도 없다. 삼십 분이 채 안 되는 시간에 무슨 별 일이 일어날 까닭이 있겠는가. 나는 페트병의 물을 꿀꺽꿀꺽 마셨다. 그러나 갈증은 해갈되지 않았다. 손전등을 들고 지하로 통하는 계단을 따라 내려갔다. 구두가 바닥에 닿는 소리는 저벅저벅 어둠침침한 공간을 울렸다. 지하1층은 술집이었고 지하2층은 기계실이었다. 지하 계단 옆에 붙어있는 조명 스위치를 켜자 갑자기 어둠이 사라졌다. 승강기 문과 맞닿는 술집 입구에 걸린 커다란 그림이 나타났다. 여인이 알몸으로 가랑이를 벌리고 있는 에곤실레 작품의 모사본이었다. 안으로 통하는 문이 떡 버티고 있었다. 방범경보 등 불빛이 반짝거렸다. 경보장치가 기계음으로 소리를 지르면 용역회사 직원들은 오 분 안에 출동하게 되어 있다. 말이 그렇지, 그건 턱도 없는 노릇이다. 고급양주 몇 박스 정도를 훔치려고 위험을 담보로 들어 올 간이 작은 도둑도 없을 뿐더러, 이 후텁지근한 밤에 그렇게 빠른 임무수행을 한 경비 용역업체의 직원이 있단 말을 들어 본 것 같지 않다.

나는 기계실로 내려섰다. 비상구 표시등의 불빛이 어두운 공간을 낮게 비추고 있었다. 기름 냄새와 탁한 기운이 훅 끼쳤다. 냉각기 돌아가는 소음이 들리지 않아서 막힌 공간은 조용했다. 변압기들이 은근히 뿜어대는 열기가 쉬이 빠져 나가지 않아서 기계실의 문을 열어두었다. 아까 낮에 둘러보았던 참이라 그냥 지나치려 했다. 그런데 어디선가 이상한 소리가 들리는 듯 했다. 기계실 쪽으로 발길을 돌렸다. 어린애의 인기척과 흡사한 동물의 신음 같은 소리는 갑자기 끊겼다. 분명히 들었던 소리가 금세 증발한 것이다. 나도 모르게 긴장이 됐다. 바닥을 끄는 내 발소리가 울려서 그 소리가 그쳤다는 생각이 들었다. 나는 한참을 가만히 서 있었다. 그러자 조금 전의 그 소리는 다시 약간 더 크게 들렸다. 낑낑거리는 소리로 보아 사람은 아닌 듯싶었다. 벽에 붙은 스위치를 올리자 기계실 안에서 환한 불빛이 새나왔다. 나는 기계실의 문을 더 밀쳤다. 안으로 들어서자 바깥과 다른 열기가 기분 나쁘게 내 나를 핥았다.

나는 계단에 서서 기계실 안을 둘러보았다. 그 공간 뒤로 전기실 문은 열려 있었다. 초록빛 바닥 위에 배관과 연결된 수압 펌프들이 가지런했다. 보이라 통이 불곰처럼 웅크리고 나를 노려보았다. 맞은편으로는 코끼리만한 냉각기가 조용히 버티고 있었다. 천정에 붙어 매달린 닥트와 배관들은, 인체의 내부와 닮았다. 그것들은 언제나 비상탈출구도 없는, 그 답답한 곳에서 멈춰 있었다.

나는 어깨 높이의 계단을 내려왔다. 그러자 순간, 무슨 소리가 다시 들리는 것 같아서 신경을 집중했다. 계단 밑에서 낑낑거리는 소리가 귓속으로 확 들어왔다. 손전등으로 계단 밑의 어둠을 들추었다. 어중간히 생긴 공간이었다. 쓰다만 페인트 통, 플라스틱 물통 따위가 쌓여진 중간에 큰 종이상자가 나타났다. 나는 천천히 다가갔다. 전등빛에 걸린 것은 살아있는 한 마리의 개였다. 하얀 애완견 푸들이었다. 녀석이 한쪽 눈의 발광체를 빛에 반사시켜 내게 되쏘면서 끙끙거렸다.

 가까이 들여 보니 바로 그 개였다. 한 쪽을 실명하고 더구나 다리까지 절룩거리는 녀석을 누가 데려다 놓았을까. 주차장 김 씨는 키우는 것이 벌써 싫증이라도 났단 말인가. 하여튼 종이상자에 들어있는 것으로 보아 사람이 데리고 이곳으로 온건 분명하다. 종이상자 안에는 하얀 단열재가 깔려있었다. 이런 은신처가 사람의 도움이 없이는 불가능하리라. 녀석은 무엇이라도 먹었을까. 이곳저곳을 아무리 뒤져봐도 사료 같은 먹을거리 따위는 눈에 띠지 않았다. 녀석의 배설물도 발견하지 못했다. 설혹 영감이 밥을 주었어도 하루 동안 끼니를 굶는다는 것은, 고통스런 일임이 분명하다. 배가 고파서 신음소리를 냈던 것은 아닐까. 뭉툭한 꼬리를 흔드는 것으로 보아 녀석은 나를 알고 있는 눈치였다. 실명된 한 쪽 눈깔보다는, 냄새만의 기억으로 아는 척 했을 것이다. 갑자기 푸들이 측은해졌다. 귀엽고

예쁜 맛을 잃어버린 천덕꾸러기 장애 견 한 마리가.

 십 여일 전에 유료주차장에 갔었다. 바로 길 건너였다. 심심하니까 자주 놀러 오라는 김 씨의 말보다는, 내가 필요에 의해 가끔 길을 건너갔다. 꽉 찬 빌딩들 한가운데 빈 터였다. 땅 바닥을 콘크리트로 덧씌워서 주차장으로 쓰고 있었다. 컨테이너 박스를 옮긴 관리실은 근처에서 빈둥거리는 사람들의 사랑방 노릇을 했다. 부지런을 떠는 관리인 김 씨는 붙임성이 좋은 사람이었다. 가끔 남을 의식하지 않고 푼수처럼 불쑥 한 마디를 던지는 버릇이 있긴 했지만. 주차하는 차량이 별로 없을 때는, 작달막한 키를 정신없이 움직이며 빌딩 경비실에 놀러오기도 했다. 혼자서 무료하면 이쪽으로 신호를 보냈다. 자장면을 곱빼기로 시킬 때도 길 건너에서 손을 흔들거나 호루라기로 나를 불렀다.
 그는 오십이 넘은 홀아비였는데, 무엇이든 잘 모아두는 버릇이 있었다. 중국 음식 집에서 나눠주는 이쑤시개, 라이터, 껌, 화장지 따위의 판촉물 말고도 손님들의 승용차를 닦아주고 얻은 잡동사니가 많았다. 말이 좀 많은 편이었지만 뒤가 없는 사람이었다.
 주로 공휴일의 오전 열 시쯤은 한가했다. 나는 버릇처럼 곧잘 입에 무는 이쑤시개를 얻으려고 주차관리실 안으로 들어섰다. 마침 김 씨는 서른 살 가량의 낯선 남자와 함께 긴 소파에 떨어져 앉아있었다. 그들 가운데는 개 한 마리가 있었다. 하얀 털이 곱슬곱슬하게 덮인 애완견 푸들은 나를 멀거니 쳐다보았다. 그런데 한쪽 눈이 반쯤 감겨있었다. 푸들은 손으로 쓰다듬어도 가만히 있었다. 개털에서 향긋한 냄새가 났다.

"이 개 어디서 왔어요?"

"그냥 얻었지."

"정말?"

"자세히 봐. 도 씨 영감 비슷하게 생겼지? 가끔 실성한 사람처럼 혼자 픽 웃고는, 뭘 중얼거릴 때 짓는 표정 같은 거."

"에이, 그건 아니다 뭐."

"암튼 남들하고 어울리길 하나, 그저 독불장군처럼 어떤 생각으로 사는지 알 수가 없다니까."

히 히 히, 김 씨가 웃었다.

"냄새가 좋은데 뭐를 발랐나 봐요?"

나는 김 씨가 자신의 주관을 섞어 단 말의 흐름을 뚝 잘랐다. 도 씨 영감은 분위기와 영판 다르게 입을 꾹 다물고 있거나 고개를 수그렸다. 그가 웃을 때 꾹 다문 입술과 냉정하게 보이는 낯빛이 따로 노는 것을, 남들은 경멸에 가득 찬 표정으로 보인다는 것이다. 입주자 몇 사람과 말이 많은 옆 빌딩의 횟집 지배인이, 도 씨 영감이 건방져 보인다는 개소리도 그 때문이리라. 한 번도 그가 내게 빳빳하게 거들먹거리는 꼴을 본 적이 없다. 그 알 수 없는 미묘한 표정 외에는. 도 씨 영감이 정신적으로 어떤 불안정 속에서 그런 행동을 하거나, 원래부터 어떻다거나 하는 것은 나와는 아무 상관없는 일이다. 다만 그런 말을 들으면, 도 씨 영감에 대한 막연한 호기심이 나의 뇌리 속에 슬슬 자리를 잡았을 뿐이다.

"샴푸로 목욕을 시켰어. 하도 노린내가 나서 견딜 수가 있어야지. 같이 데리고 자는 동거녀 아니냐 말이야. 그래도 암컷이거든."

"말을 잘 듣게 생겼는데… 눈 한 쪽이 좀 이상하네요?"

"응 다쳤던 모양인데, 제 년 사는 덴 별 지장이 없나 봐. 밥도 잘 먹고 말도 잘 들어. 어쩌면 못된 사람 새끼들보다 더 나은 것 같아."

"개 이름이 뭔데요?"

"몰라. 종자가 푸들이니까, 그냥 푸들이라고 불러도 꼬리를 막 흔들어."

그러면서 김 씨는 느닷없이 손바닥으로 개를 탁탁 때렸다. 그러자 푸들은 움찔 놀라며 일어서려다 주춤거렸다. 김 씨도 개가 미워서 그러는 것 같지는 않았지만, 썩 좋아

뵈지 않았다.

"아 김 씨! 그러지 말래두 또 그러네."

옆에 앉아 있던 젊은 남자가 일어서면서 김 씨에게 말했다. 그러나 김 씨는 도무지 말을 안 듣고 오히려,

"왜! 내 껀데, 내 맘 대로지."

하면서 뚤뚤 말린 신문지로 개의 머리통을 툭툭 건드렸다. 개는 다시 일어나 절뚝거리다가 주저앉았다. 청바지를 입은 남자는 정색을 하면서 내게 동의를 구하는 표정을 지었다.

"말이 없다고 그러는 거 아녀요. 아무리 동물이지만, 제 속은 다 있을 거라구요. 사람이 키운다고 사람의 소유물은 아니죠. 경마장에 가봤어요? 경마장에 가면요. 말을 똑바로 쳐다보지 마시오. 그렇게 푯말이 붙어 있는 거 못 봤어요? 짐승들의 눈빛이 표독한 것 같아도, 정작 사람들이 그 애들을 똑바로 보면 눈을 내리 깔거나 외면한대요. 사람들끼리는 아무렇지 않는 눈빛도 동물들에게는 강렬하게 느껴지기 때문이라나 봐요. 걔네들이 볼 때 어떤 맹수의 눈빛보다 더 무서운 게 사람의 눈빛이라고 하면, 하는 짓이 동물들보다 몇 백배 더 독하고, 몇 천 배나 더 악랄하고, 몇 만 배 더 간교하기 때문일 것 같아요."

김 씨가 무안했는지 겸연쩍은 얼굴로 히죽히죽 웃자, 남

자는 까만 티셔츠 밖으로 드러난 팔을 들어 올려 개의 머리를 쓰다듬어 주었다.

"봐요? 이 눈빛. 얼마나 선하게 보입니까? 저 양반 참 이상한 사람일세. 자기 개를 자기 손으로 패다니. 하여튼 사람들은 자기 성질나는 대로, 저런 하찮은 동물에게 장난삼아 손질하는데… 모르면 몰라도 저런 개들이 생각할 때는, 아마 사람들을 더 불쌍하게 여길지도 모르죠."

나는 그저 듣기만 했다. 젊은 남자는 거침없는 자기 자신의 말이 걸렸는지, 나를 쳐다보았다. 김 씨는 차량 엔진소리가 들리자 잠깐 사이에 바깥으로 나가버렸다. 소파에 앉았던 개는 일어나려다가 옆으로 픽 쓰러지고, 일어나다 주저앉았다. 졸음은 오는데 긴장이 되어서 그런 것 같았다.

"녀석, 사료 좀 얻어먹으려고 욕보네."

푸들을 쓰다듬던 젊은 남자가 말했다. 젊은 남자는 훤칠한 키를 구부리며 밖으로 나가고, 이내 김 씨가 다시 들어왔다.

"방금 그 사람은 누구요?"

내가 턱짓을 하며 물었다.

"사장 아들."

"그런데 무슨 일로 왔어요?"

"뭐, 월급은 제 날짜에 안주면서, 내가 주차비를 삥땅을 치나 엿보러 왔겠지 뭐."

 시큰둥하게 김 씨가 내뱉었다. 그건 그들에게는 당연한 노릇이다. 가끔 들러보는 빌딩 여자 주인이 화장지를 헤프게 쓴다고 소리를 지르는 것과 같은 맥락이다. 그들의 주머니로 들어올 돈이 쓸데없이 솔솔 새어나가는 것을 좋아할 사람이 세상에 어디 있겠는가. 그렇지만 경비원이 화장지를 아끼자고 입주한 사람들을 졸졸 따라다닌다는 것은 진짜로 웃기는 일이다. 내가 그들의 밑구멍까지 챙겨준대서야 말이 되는가.

 "별일 없었어? 한밤중에도 무척 찌더라고."

 여름의 새벽은 짧다. 까맣게 염색한 머리를 수그리며 도 씨 영감이 경비실로 들어왔다. 평소에 말수는 적었지만, 늘 아침인사를 할 때는 날씨를 들먹거렸다. 도 씨 영감은 한 번도 교대시간을 넘긴 적이 없었다. 하긴 육십이 훨씬 넘은 늙은이가 잠이 많지는 않겠지만, 추운 겨울에도 일찍 왔다. 도 씨 영감은 심성이 느긋한 편이나 맡은 일만은 똑 소리가 났다. 자기 일과 상관없는 미화원 여자들의 현관 유리문을 닦는 일까지도 거들어 주었다. 미화원 여자들은 비상계단 닦는 일을 영감이 도와주었다고 내게 은근슬쩍 말했었다. 그 말뜻을 넌지시 흘리며 부추기는 저의는 내게도 도와 달라는 뜻이다. 도 씨는 은근히 잔정이 많은 노인이었다.

  영감은 단추 구멍만한 작은 눈으로 웃음을 흘리며 가방을 내려놓았다. 두 끼니의 도시락이 들어있을 작고 검은 가방이었다.

  "빌딩 안에 아무도 없는데, 무슨 일이 있겠어요. 술집 애들도 며칠 째 안 나오던데……."

  영감의 말끝에 바로 물어보려는 나의 의지는 순간적으로 막혀버렸다. 전혀 내색을 않고 천연덕스럽게 나를 피하는 것 같았다. 나는 슬쩍 영감의 얼굴을 훔쳐보았다. 영감은 여느 때처럼 말없이 경비실 안으로 들어갔다. 그리고 입었던 회색 티셔츠를 벗고 하늘색 반팔근무복으로 갈아 입었다. 영감의 반말은 내게 자연스럽게 들렸다. 분명 개에 대한 무슨 말인가 꺼낼 것 같은데 아무 말이 없었다. 나는 그다지 영감이 내숭 떠는 꼴은 못 보았다. 그렇다면 영감조차 애완견에 관하여 전혀 모르고 있단 말인가. 아무리 입이 무겁기로서니 별것도 아닌 일을, 내게 비밀로 할 까닭이 없을 텐데 말이다. 영감이 전혀 모른 척 하니, 나또한 물어보기가 어려웠다. 여태까지 이런 일은 없었다. 영감과 나 사이에 이런 종류의 일로 비밀은 없었고, 그럴 필요는 더더욱 없는 것이다. 그런데 내가 갑자기 왜 이럴까.

  한 달 전인가 직원회의가 끝나고 교대를 했으니, 내가

나가야 하는데 도 씨는 보이지 않았다. 나는 그가 화장실에라도 갔으려니 하여 반시간을 더 기다렸다. 그러나 휴대폰 연락까지 감감했다. 나는 빌딩을 샅샅이 뒤졌다. 구내 인터폰을 수 십 번 눌렀고, 화장실이며 기계실은 물론, 갈 만한 곳이라곤 다 뒤지고 헤맸다. 정말 뜻밖이었다. 옥상으로 올라가보니, 드넓은 녹색 콘크리트 바닥에 영감이 누워있었다. 아니, 누웠다기보다는 약간 기우뚱한 자세로 옆구리를 바닥에 대고 새우처럼 오므렸다는 편이 맞을 것이다. 영감의 염색된 머리털은 뿌연 구름 뒤에 숨은 햇볕에 쪼여 잿빛처럼 바랬다. 그의 얼굴은 수심이 가득한 채 무언가를 꿈꾸는 듯 했다. 눈을 감았어도 얼굴의 안면 근육들이 피부 속에서 꿈틀꿈틀 움직이는 듯 했다. 한참을 말 없이 들여다 보던 나와 눈을 뜬 그가 마주쳤다. 영감은 암말 없이 일어났고, 나도 뭐라 말 하지 못했다.

나는 아직까지 입에 자물통을 단 영감에게 그에 대하여 물어 본적이 없다. 영감 또한 스스로 자신의 이야기를 한 적은 없다. 이런 직장에서 그런 걸 시시콜콜 물어보는 건 푼수 같은 짓이다. 다만 영감의 건강보험카드에 피보험자가 없는 건 이상했다. 어쩌면 마누라 죽고, 자식들이 분가하면 있을 수 있는 일이다. 내가 신세한탄 같은 푸념을 살짝 늘어놓았을 때도, 영감은 피식 웃는 게 고작이었다. 하기야 같이 근무했던 시일이 많이 지났건만, 교대하면 서로 헤어지기가 바쁜 경비원의 속성이 아니던가.

 김 씨는 손님이 맡기고 간 은색 소나타 승용차를 후진시키며 나를 흘긋 돌아보았다.
 "교대 끝난 거야?"
 "아니, 물어 볼게 있어서요."
 "뭔데?"
 "그 애완견, 누구에게 줬어요?"
 김 씨와 나는 주차 관리실 안으로 들어갔다. 벽걸이 고물 에어컨이 들들거리며 찬바람을 불어댔다. 김 씨는 박카스 병마개를 비틀어 주면서 말했다.
 "원래는 그 개 주인은 아무도 몰라. 룸살롱 아가씨가 동네 길거리에서 주워서 몇 달을 키웠나 봐. 길을 잃었거나, 병신이 되니까 개 주인이 내버렸는지도 모르지. 서울에서만 일 년에 몇 천 마리는 버려진다는데. 그런 거 아냐? 키우다가 싫증나면 아무데나 버리겠지. 사람들 끼리 살다가도 버리는 판국인데……. 근데 아가씨가 맡겨놓고는 영 안 나타나는 거야. 바캉스 다녀와서 금방 찾아간다고 했거든. 맡길 때 돈 삼만 원을 억지로 주더라고. 그 땐 좋았지. 씨발. 룸살롱 지배인한테 물어보니까 그만 두었대. 하긴 뭐,

술집 계집애들이야 원래부터 나오는 날이 직장이고, 안 나오면 사직이지만."

김 씨는 버릇처럼 또 콧구멍을 벌름거렸다.

"영감이 암말도 안 해?"

김 씨가 오히려 내게 반문을 했다. 같이 일하면서도 모르느냐 는 투였다. 나는 순간 망설였다. 그렇지만 이런 경우 영감과 나는 당연히 한 통속이어야 했다.

"말 할 시간이나 있었나. 아니, 그냥 어떻게 줬나 궁금해서요."

김 씨는 그제야 알았다는 듯, 말문을 열었다.

"며칠 전 밤에 잠깐 놀러 왔을 때, 그 계집애가 맡기고 간 개를 한참 보더라고. 근데 그 놈의 푸들 말이야. 웃기데. 영감을 처음 봤을 텐데도 꼬리를 살살 치더라고. 정말 웃기는 일 아냐? 술집 계집애가 길을 들여서 그런가. 흐 흐 흐. 당신도, 영감이 혼자 사는 거 알지? 가끔 보면 무척 외로운가 봐. 안 그러겠어? 아주 젊어서부터 혼자였다는데. 집에 가지고 가서 키울 거라면 좋은 일이고, 또 내가 생각해 봐도 그 년이 찾아가기는 아무래도 영 글렀어. 눈깔이나 정상이고 다리만 안 부러졌어도, 내가 한번 키워 보려 했거든. 암놈이니까 이 홀아비의 마누라 대신 말이야. 으 흐 흐."

내 짐작은 크게 빗나가지 않았다. 그렇지만 도 씨 영감은 왜, 말하지 않았을까. 내게 굳이 말해야 할 의무는 없겠지만, 나로서는 그 점이 서운했다.

이튿날, 나는 빌딩 근처의 원룸을 걸어 나와서 출근했다.
"모기약을 뿌리고 자야겠어. 소장한테 안 사준다고 투덜거리지 말고, 저 번에 헌 신문지 판 돈 남았지? 그걸로 해."
영감은 간밤에 잔뜩 굶주린 모기떼에게 뜯겼던 모양이다. 사무실에서 나온 폐지를 팔아서 라면을 사고 남은 돈을 들먹였다. 그러더니 아무 말 없이 빈 도시락 가방만 달랑 들고 나가버렸다. 개에 관해서는 단 한 마디의 언급이 없었다. 하루 이틀도 아니고, 저런 상태로 푸들을 계속 놔두고 키울 수는 없을 것이다. 만약 관리소장 눈에라도 걸리면 큰일이다. 영감이 개를 데리고 나가지 않는 점이 궁금했다. 어쩌면 나까지도 점점 개하고 관련이 될 것 같은 느낌이 들었다.
나는 잽싸게 근무복으로 갈아입었다. 그리고 영감이 올려놓고 간 셔터 문을 다시 내려 놓았다. 아직 청소하는 여자들이 올 시간은 멀었지만, 휴가를 마친 관리소장이 출근을 하면 잔소리부터 시작할 것이다. 내가 지하실로 내려

간 사이에 만약 누가 들어오면 곤란했다.

　나는 지하실로 내려갔다. 열대야의 후텁지근한 불쾌지수는 아침이 되어도 그대로였다. 기계실에서 방화문 밖으로 끼치는 열기도 여전했다. 철판 계단을 내려가다가 뭔가 밟히는 느낌이었다. 내려다보니, 콩알 같은 개 사료 알갱이 몇 개가 떨어져 있었다. 다리를 절뚝거리는 하얀 개가 보였다. 푸들은 종이상자 밖에서 흰 꼬리를 꼬물꼬물 돌리며 내게 아는 척 했다. 그리고 주둥이를 내 바지 단에 대고 발 냄새를 맡았다. 나는 종이상자 주변을 살폈다. 그렇지만 그저께와 마찬가지로 먹이가 될 만한 것은 안보였다. 하찮은 동물이라도 뭔가는 먹었어야 움직일게 아닌가. 또한 뭔가 먹었으니까 그냥 있지, 그렇지 않으면 가만히 있을 턱이 없다. 도 씨 영감이 사료를 퍼주고는 어딘가 감추어 둔 것이 틀림없을 것 같았다.

　나는 푸들이 살아있음을 확인하고 다시 경비실로 올라왔다. 셔터 스위치를 누르자, 철문이 앓는 소리를 내며 올라갔다. 빌딩이 비로소 잠을 깬 것이다.

　"저 앞에 세워진 똥차 말이야. 뭐야?"

　휴가를 마치고 출근을 한 관리소장의 신경질 섞인 첫 마디였다. 빌딩 앞 보도블록 바깥에서 있는 승용차를 보고 한 말이었다. 숱 없는 머리를 뒤로 넘긴 얼굴은 태웠는지 벌겋게 달아있었다. 작은 체구를 좌우로 흔들며 노려보는 눈빛이 표독스러웠다.

"취객이 간밤에 세운 것 같아서 도 씨 영감이 구청에 신고를 했다는데, 아직 그대롭니다. 다시 알아보겠습니다."

"내가 며칠 비웠다고 개판 치고 있어! 똑바로 들 하라고!"

도 씨 영감이 병원 응급실에 있다는 전화가 왔다. 교통사고가 났다는 것이다. 나는 당황했다. 병원 원무과에서 영감의 전화수첩을 보고 나서 연락을 한 것이 분명했다. 나는 소장에게 다급하게 알렸다.

"아, 이 시파알, 출근하자마자 뭐가 이래. 조금 전에 당신들, 경비 교대 했을 거 아냐? 그런데 갑자기 이거 무슨 개뼈다귀 씹어 먹는 소리야."

나도 뭐가 뭔지 얼떨떨한 지경이었다.

"거 당신이 병원에 빨리 한번 다녀와 봐!"

소장의 짓거리는 매사가 이 모양이다. 책임자라는 작자가 처리할 일을, 자리를 지켜야 될 경비근무자에게 떠넘기는 것이었다. 간밤의 열대야가 남긴 더위와 내 몸에서 솟구치는 뜨거움이 어우러져 무덥다. 영감의 휴대폰은 '지금은 전화를 받을 수 없으니 메시지를 남겨 주시기 바랍니다.' 라는 음성만 되풀이했다.

내가 병원에 도착했을 때, 도 씨 영감은 중환자실로 옮겨져 있었다. 간호사의 말을 들으니, 마을버스에서 내리다가 인도와 차도 사이를 마악 지나치던 오토바이에 치었다는 것이다. 오토바이는 뺑소니쳤고 버스기사가 데려 온 모양이었다. 갈비뼈가 부러진 것은 고사하고 머리를 다쳐서 붕대를 칭칭 감고 있었다. 원무과에서 보호자를 찾아서 난감했다. 병원에서 돌아와 보니 관리소장은 사무실에 없었다. 경리직원에게 도 씨 영감의 상태를 알려주었다. 몇 시간 동안 경비실은 텅 비어있었다. 그래도 세상은 돌아갔고 빌딩 역시 아무 탈이 없었다. 절대 권력자가 죽었어도 이 나라는 움직였고, 아버지가 없어도 우리 가족은 살아 있었다. 오후에야 관리소장은 나를 불렀다. 그는 의자에 앉아서 손톱을 깎다 말고 나를 올려 보았다.

"그 늙은이 전혀 가망이 없겠군. 이것 봐 미스 리? 빨리 경비원 구인광고를 내라고. 요즘 같은 불황에는 박 터지게 몰려 올 거야. 그리고 말이야. 당신이 당분간은 계속 혼자서 근무해야겠어."

나는 그 와중에도 개가 생각났다. 그래서 두 번이나 지하실로 잠깐 내려갔다. 푸들은 종이상자 밖으로 나와서 서성거리고 있다가 나를 보더니 다시 상자 안으로 들어갔다.

그렇지만 낑낑거리지 않았다. 어두워질 무렵, 주차장 김 씨가 경비실로 건너왔다. 들고 온 까만 비닐봉지를 책상 위에 올려놓았다. 푸들에게 먹이던 사료였다. 도 씨 영감이 개를 데리고 갈 때 까지 잠시 맡아두었던 것이다.

"참 안되었어. 김 씨? 푸들은 어떻게 하지? 도 씨가 데리고 간다는 걸 보면, 집에 누가 살고 있나 보던데."

"정말, 생각해 보니, 맞는 말 같네요. 요즈음 싸온 깔끔한 도시락도 그렇고, 집에 아무도 없으면 어떻게 개를 키울 엄두나 냈겠어요."

나는 김 씨가 간 뒤 비닐봉지를 벗겼다. 투명한 비닐 통에 밤색 알갱이가 가득 들어 있었다. 통에 붙어 있는 내용. 용량 2킬로그램, 주원료 : 육골분, 현미, 계지, 글루텐밀, 건조 이스트, 유카 추출물, 비타민, 미네랄 등, 주의사항 : 직사광선을 피하여 건조하고 서늘한 곳에 보관하십시오.

나는 지하실로 내려갔다. 방화 문을 살며시 열어 놓아선지 바깥보다는 덜 더웠다. 푸들은 축 처진 귀를 흔들며 상자 밖으로 나왔다. 가지고 간 밥통의 사료를 한줌 집어서 상자 안으로 뿌렸다. 푸들은 다시 상자 안으로 들어가 주둥이를 들이댔다. 그리고 우드득우드득 소리를 내면서 한 알갱이도 남김없이 다 쓸어먹었다. 종일 배가 고팠을 텐데, 내려 갈 때마다 푸들은 분명히 짖지 않고 가만히 있었지 않았던가. 하긴 이런 상황에서 컹컹 짖어본들 누가 밥을 주는 건 아닐 거라고, 저 애완견은 알고 있을지도 모른다. 한 달 내내 월급을 기다리며 시간을 축내는 나와 비슷한 처지였다. 인간에 의하여 사육되는 동물이었다. 빌딩 주인여자에게 사육되고 길들여지는, 경비원과 별 다를 게 없었다. 사람이 사람에 의하여 사육되는 것이 인간의 역사인 것이다. 푸들도 나도 야생을 잃은 지 이미 오래되었을 게다.

도 씨 영감의 병원 일도 궁금하지만, 푸들을 오늘 중으로 어떻게 처리해야 할 판이다. 내일쯤은 기계실의 냉각장치도 가동해야 한다. 관리소장도 한번은 내려와 둘러 볼 것이다. 어차피 한 밤중에는 나 혼자 있는 빌딩이다. 아직 관리소장이 퇴근하고 다시 빌딩으로 돌아온 적은 한 번도 없었다. 몇 달 만에 도 씨 영감 집으로 전화를 했다. 평소에는 전화를 할 이유가 없었거니와, 휴대폰이 있는데 집에 전화를 걸 까닭이 없는 것이다. 신호음이 열댓 번이나 꾸르륵거렸는데도, 받지 않아서 끊어버리려던 참에 여자의 목소리가 나왔다. 앳된 목소리였다. 나는 빌딩 사무실이라며 집의 위치를 물었다. 상대방은 영감이 병원에 입원한 사실까지도 알고 있었다.

종이상자에 들어있는 개 밥통만 움직였을 뿐, 푸들은 가만히 있었다. 버스가 급정거를 할 때 마다 한쪽 눈을 뜨다가 감다가 했다. 훤한 불빛들이 차창 밖으로 지나갔다. 나는 한참 만에 버스에서 내렸다. 무겁지는 않았으나 종이상자의 부피가 커서 들고 가기가 영 거추장스러웠다. 무더위가 온 몸을 휘감아 왔다. 땀을 줄 줄 흘렸다.

 산 동네였다. 차량이 오고 갈수 없는 좁은 길이 오르막으로 계속되었다. 어두운 골목 양 옆에 드문드문 서 있는 가로등 불빛으로 하루살이와 모기떼가 새까맣게 몰려들었다. 땀으로 젖은 내 이마와 팔뚝이 갑자기 가려웠다. 중간중간 늙은이들이 속옷 바람으로 의자에 앉아 있었다. 가늘고 앳된 목소리가 알려준 대로, 슈퍼마켓 간판이 대롱 매달린 곳에서 왼쪽으로 꺾었다. 낮고 조그만 집들이 다닥다닥 붙어 있었다. 가로등 불빛이 미치지 않는 곳은 어두웠다. 그것은 길이 아니었다. 한 사람이 겨우 빠져나갈 정도의 통로였다. 옆으로 끼고 가던 종이상자를 앞으로 바꿔 들었다. 연달아 지어진 집들의 처마 끝이 몇 번인가 내 머리에 부딪칠 뻔했다.

 바로 그 집 대문이자 현관문이었다. 하얀 형광등 불빛이 새어 나왔다. 알루미늄 새시 틀은 유리창 대신 모기장으로 막혀 있었다. 문짝에 붙어있는 벨을 눌렀다. 텔레비전 소리는 들리는데 한참동안 인기척이 없다. 나는 헛기침을 했다. 그러자, 안에서 부스럭거리는 소리가 가늘게 들렸다.

"아까 전화하신 분이세요?"

틀림없이 전화를 받았던 여자의 앳된 목소리였다.

"잠간 기다리세요."

종이상자 속의 푸들은 귀를 펄럭거렸다. 그러더니 한 쪽 눈을 뜨고 나를 쳐다보았다. 갑자기 종이상자가 무겁게 느껴졌다. 문이 밖으로 슬며시 열렸다. 검은 등산 모자를 쓴 웬 여자가 엉거주춤 서 있다. 모자를 깊숙이 눌러 써서 얼굴의 아래 부분만 보였다. 내가 안으로 들어섰다. 나는 종이상자를 내려놓았다. 갑자기 어깨가 가벼워졌다. 푸들은 절름거리는 뒷다리를 앞으로 당기더니 종이상자의 벽을 넘었다. 검정 티셔츠를 입은 여자가 선풍기를 틀었다. 나는 여자가 모자 쓴 얼굴을 외로 꼬면서 건네주는 물 한 컵을 단숨에 마셔버렸다.

"영감님과 같은 직장에 있는 사람입니다." 그러자 여자는 뒤로 주춤 물러앉으면서 푸들의 등을 쓰다듬었다.

"아저씨가 몇 번인가 말씀해서 알고 있어요."

여자는 도 씨 영감을 아버지도 남편도 아닌, 아저씨로 불렀다.

"그런데, 어떻게 용케 집을 아셨네요. 갑자기 일어난 사고라, 저도 병원에서 알려줘서 알았어요. 난감하시지요?"

"평소에 회사에서 통 집안 이야기를 하지 않아서 가족이 있는 걸 몰랐지요."

나는 물을 마시고 난후 그녀를 보면서 말했다. 한참동안 침묵이 흘렀다. 청바지에 손바닥을 문지르던 그녀가 고개를 드는 순간, 텔레비전의 화면이 밝아졌다. 나는 그녀의 반쯤 가려진 얼굴을 언뜻 보았다. 험상궂은 낯짝이었다. 젊은 여자의 얼굴로는 너무 처참했다. 불에 덴 듯, 살갗은 촛농이 흘러 쌓인 것처럼 이지러졌고, 코가 찌부러졌으며 한 쪽 눈은 감겨 있었다. 그렇지만 하얗게 고운 손과 가느다란 긴 목은 목소리같이 아직 스물 대여섯 아래로 짐작이 되었다. 참다 못해 내가 입을 열었다.

"병원에 가보셔야 될 텐데 ?"

"가보긴 가봐야겠죠."

라고 대답하며, 그녀는 내가 자기 자신에 대하여 궁금하게 여기는 부분이 많은 것을 알기라도 한 것처럼 천천히 이야기를 꺼냈다.

지방도시에서 서울로 와 직장을 다니다가 유흥가에 발을 들여 놓은 지 삼 년. 지난겨울, 합숙하던 지하 단란주점에 불이 나서 병원 신세를 졌고, 퇴원해 보니 마땅하게 갈 곳이 없었다. 얼굴이 밑천이었는데 망가진 것을 성형하자면, 돈과 시간이 필요했다. 우선 통장에 들어있는 돈으로 값싼 사글세방을 얻으러 이 산동네까지 왔는데, 부동산중개소에서 우연히 도 씨 영감을 만난 것이다.

나는 거기까지 짐작이 갔다. 도 씨 영감의 성품으로 미루어, 여자가 더 붙이고 뺄고 할 사연은 없을 것 같았기 때문이다. 자리에서 빨리 일어나고 싶은 생각이 들었다.

내가 다시 빌딩에 도착했을 때는 자정이 넘었다. 내가 셔터 문을 올렸을 때, 누군가 뒤에서 갑자기 어깨를 쳤다. 나는 뒤를 돌아보았다. 관리소장이 게슴츠레한 눈으로 나를 노려보았다. 작은 체구의 풀린 넥타이 차림이 덥게 보였다. 그는 이렇게 차돌멩이처럼 내 앞에 서 있었다.

"당신, 지금이 몇 신데, 뭐 하는 거야?"

술 냄새가 확 풍겼다.

"도 씨가 입원해 있는 병원에 얼른 다녀온 길입니다. 보고를 드리고 갔어야 하는데, 늦은 시간이라 얼른 잠깐 갔다 왔습니다. 죄송합니다."

"웃기고 있어! 이것들이, 소장을 뭘로 알고 니들 맘대로야. 맨 날 느이들, 밤에는 자리를 안 지키고 이 지랄들 했을 거 아냐. 당신 모가지 몇 개야?"

나는 어떻게 해야 할지 막막했다. 상대를 외나무다리에서 만난 격이 되고 말았다. 관리소장은 까만 콜택시를 타고 사라졌다. 되돌릴 수 없는 일은 이미 지나간 것이다. 다시 경비실로 돌아왔다. 나는 에프킬라를 뿌릴 생각도 없이 앉았다. 그리고 알 수 없는 분노가 발끝에서부터 서서히 치밀어 왔다.

 나는 근무 교대자도 없이, 영감이 없는 상태에서 열흘 이상을 계속 혼자서 빌딩을 지켰다. 집을 지키는 개는 밥값을 해야 한다. 야생으로 돌아갈 길은 없다. 도둑고양이처럼 쓰레기봉투를 뒤지고 살수 없다면 말이다. 며칠 동안 관리소장은 내가 인사를 해도 본 척 만 척 했다. 그리고 오늘은 아무 말이 없더니, 새로 채용한 경비원 두 사람을 데리고 와서 나더러 인수인계를 하라고 지시한 것이다.

 "당신 말이야, 근무태만으로 내보내면 실업수당 못 타는 거 알지? 내가 당신 생각을 해서 회사의 구조조정으로 정리해고 했다고 통보했으니까, 고용보험에서 실업수당은 나올 거야. 다시 취업할 때까지 큰 도움이 될 걸."

 관리소장은 고양이가 쥐 생각을 하듯 내게 처음이자 마지막으로 웃어 보였다. 나는 지그시 어금니를 물었다. 열이 오르지도 않았다. 이미 육 년을 근무했던 회사에서 잘릴 때 내 면역성은 강해졌다. 아닌 건 아니다. 한 번 지나간 일은 과거다. 내가 몇 푼도 안 되는 실업수당과 일 년분 퇴직금을 포기한다면, 당장에 관리소장의 턱주가리를 날릴 수 있지만.

이제는 춥다. 한낮에도 햇볕의 열기가 그립고, 거리에는 찬바람이 일었다. 나는 일자리를 알아보고 있는 중이다. 입맛에 맞는 일자리를 버린 지는 이미 오래다. 아니, 나를 찾는 곳도 없을 것이다. 끼니를 보장해주는 직장이라면 족하다. 고용보험에서 지급되는 실업수당은 15일 만에 한 번씩 통장에 입금되었다.

큰 길 네거리에는 은행에서 만들어 놓은 무인 창구가 있었다. 토요일에는 은행이 쉬었다. 문을 열고 들어서니 열 평 남짓 된 공간에는 현금인출기가 다섯 대 놓여있다. 두서너 명 씩 줄을 선 사람들은 들고 빠졌다. 인출기들이 놓인 오른 쪽에는 휴지통이 있다. 휴지통 바로 옆 바닥에 웬 사람이 모로 웅크리며 누워있었다. 나는 그 사람을 내려다 보았다. 그는 흰 강아지 한 마리를 안고 있었다. 때에 절인 잠바 속으로 고개를 묻은 남자의 얼굴이 숨었다. 몹시 피곤하게 보였다. 성긴한 수염은 자라있었고 쉰을 갓 넘은 것 같았다. 남자가 깊은 날숨소리를 내면 강아지는 스르르 감았던 눈을 떠서 사람들을 쳐다보았다. 강아지는 아주 마른 몰골이었다. 그리고 두 눈은 벌겋게 충혈이 되었다. 남자의 품속에서 온 몸을 묻은 채, 대가리만 쭈뼛이 내밀었다. 사람들이 문을 여닫을 때마다 찬바람이 한 무더기씩 들어왔다. 막 들어온 사람들은 누워있는 남자를 발견하고,

잠깐 놀랐다가 이내 무덤덤했다.

나는 카드를 집어넣고 비밀번호를 눌렀다. 화면이 바뀔 때 뒤에서 말소리가 들렸다.

"야 이놈 봐라? 가만있네."

"그냥 놔둬. 임마."

스무 살가량의 젊은이들이 문을 열고 들어오다가 승강이했다. 얼굴이 떡판처럼 생긴 젊은이가 운동화 발길로 다시 한번 강아지를 툭 건드렸다. 강아지는 눈을 꿈쩍 감았다가 떴다. 옆에서 말리던 젊은이가 짓궂은 젊은이를 끌고 인출기 쪽으로 갔다. 강아지는 그걸 보더니 대가리를 당겨 옷 속으로 쏙 들어갔다. 그런데 순간, 왜 갑자기 도 씨 영감과 푸들이 생각났는지는 나도 모르겠다. 솔직히 말하자면, 나 살기가 바빠서 그들이 어떻게 되었는지는 알 수 없다. 나는 현금인출기가 토해 놓은 푸른 돈 다섯 장을 빼서 바지 주머니에 쑤셔 넣었다.

예전에 그는, 살아야 하는 본능을 인생의 목적과 혼동하기도 했다. 이제는 가끔 자기 자신이 미워질 때도 있었다. 하지만 시장 바닥에서 찬바람을 맞으며 종일 시달리고 있는 아내를 생각해보면 그것조차 사치에 불과했다. 오로지 뜨겁게 살아야 한다고 마음을 먹었던 것이다.

새벽 버스

예전에 그는, 살아야 하는 본능을 인생의 목적과 혼동하기도 했다. 이제는 가끔 자기 자신이 미워질 때도 있었다. 하지만 시장 바닥에서 찬바람을 맞으며 종일 시달리고 있는 아내를 생각하면, 그것조차 사치에 불과했다. 오로지 뜨겁게 살아야 한다고 마음을 먹었던 것이다.

북서풍이 와락와락 창문을 두드렸다. 겨울의 기나긴 밤은 어느 곳에서나 그에게 고통이었다. 그는 이불 속에서 엎치락뒤치락 선잠을 자다가 기어이 일어나고야 말았다. 야광으로 빛나는 시계바늘의 각도는 아직 아니었다. 탁상시계가 소리를 지르기까지는 한 시간이나 남아 있었다. 그렇지만 바람소리는 그를 재촉했다. 매번 그러하듯이 억지로 일어나자 졸음은 온몸 가득 쏟아졌다. 간밤이 머물러있던 머릿속은 혼란스러웠다. 구겨진 얼굴로 옆에 누워있던 아내가 부스럭거리더니 일어나 앉았다.

"벌써 갈 시간이 되었어요?"

쏟아지는 하품을 손으로 막으며 그의 아내가 말했다.

"그런데, 이상한 꿈을 꾸었어요."

"무슨?"

그는 방을 나가려다 뜨악한 눈으로 아내를 내려다보았다.

건넌방의 아이들은 세상모르고 잠에 빠져있었다. 이제 아이들도 그가 토요일이면 집에 왔다가 도둑고양이처럼 집을 빠져나가는 것에 면역이 된 것 같았다. 그는 나그네였고 손님이었다.

그는 입을 벌리고 하품을 했다. 그리고 잠을 떨치려고 일어나 화장실로 들어갔다. 거울 속에는 삶의 질곡에 묶인 피곤한 사내가 칫솔을 입에 물고 서있었다. 그는 까치집을 짓고 일어선 머리에 샤워꼭지를 틀어 물에 적셨다. 미지근한 물이 그를 깨웠다. 그러고 보니, 벌써 몇 년간을 일주일이면 한 번씩 치루는 습관이 된 것이다. 이 습관에 길이 나버렸음에도 그는 가슴으로 밀려오는 짜증이 명치끝까지 닿았다. 급기야 짜증은 슬픔으로 변했다. 그러나 이 역시 일상의 관성으로 스며든 터였다. 그 동안 자기 자신을 다독거리며 자위도 해보았다. 그러나 하루 이틀도 아니고, 겹겹으로 쌓인 이중생활이 지겨웠다. 하기야 모든 일은 원인이 있게 마련이고, 원인제공자는 그 자신이 아니었던가. 그마저 이미 체념으로 자리 잡은 지 오래였다. 그는 주섬주섬 옷을 입었다. 아내의 흐릿한 시선을 뒤통수로 느끼며 현관을 나섰다. 그리고 어두운 아파트 계단을 조심스럽게 내려왔다.

바깥 날씨는 매우 추웠다. 새벽의 어둠은 써늘한 냉기마저 머금고 그를 조소하는 듯 했다. 그는 아파트 입구에서 택시를 잡았고, 고속버스 터미널로 향했다. 기차표를 미리 사두었더라도 집에서 출발하는 시간은 거의 비슷했을 것이다. 거리에는 아직 녹지 않은 눈덩이가 드문드문 가까이 웅크리고 있었다. 먼지와 흙탕물에 버물어진 흉물들은 강추위에 얼른 녹지 않았다. 그저께 서울에서 내려올 때는 사방이 보이지 않을 정도로 함박눈이 흩날렸다. 제법 쌓였다고 생각했는데, 그나마 쌀쌀한 날씨에도 길바닥은 녹아서 다행이었다.

첫 버스는 버스터미널에서 여섯시에 떠났다. 아직 두 번째 버스를 타기까지는 반시간은 더 기다려야 할 판이었다. 발바닥이 차가우면서 감각이 둔해졌다. 그는 오리털 파카의 지퍼를 끝까지 끌어 올리며 서성거렸다. 고속버스 대합실 의자에는 듬성듬성 몇 사람의 승객들이 앉아있었다. 그처럼 서있는 승객도 있었다. 모두 깨어있지 않는 시간에 멀리 떠나는 사람들은 피곤에 젖어있기 마련이었다. 너무 이른 시간이라 바깥에서 우르릉우르릉 버스 엔진 돌아가는 소리가 새벽을 깨웠다. 매표구 앞과 가운데에 켜져 있는 형광등의 하얀 불빛은, 그렇잖아도 썰렁한 실내를 더욱 차갑게 비췄다.

그는 벽시계를 보다가 웅크리며 대합실 안을 둘러보았다. 바로 앞에는 단정하게 머리를 손질한 여인이 검은 털 외투를 입고 있었다. 핸드백보다 훨씬 큰 갈색 가죽가방은 여인과 나란히 자리를 했다. 여인도 그처럼 간발의 차이로 첫 버스를 놓친 것이 분명했다. 여인 앞줄에 앉아있던 가죽점퍼를 입은 사내역시 부스스한 얼굴로 주머니에서 꺼낸 승차권을 들여다보더니 고개를 젖혔다. 그는 다시 한번 매표구 옆벽에 길게 붙여진 버스 시간표를 하얀 얼굴로 쳐다보았다. 시동을 건 버스는 계속 우르릉거리며 엔진을 데우고 있었다.

처음 이 버스터미널에 도착했을 때도 겨울이었다. 그 해 겨울은 몹시 바람이 불었고, 눈도 많이 쌓였었다. 그 때나 지금이나 터미널 건물은 변한 것이 없었다. 다만 나무벤치 두어 개가 치워진 대신 합성수지 의자들이 줄지어 놓여졌다. 그리고 음료수와 커피자동판매기들이 벽 쪽에 우뚝 버티고 있었다.

원래 그의 직업은 군무원이었는데, 서울에서 부대가 지방으로 옮겨오면서 따라 내려왔었다. 인사명령지가 전달되는 바람에, 서울에 두고 온 가족과는 거의 반 년 가까이 떨어져 있었다. 그는 하숙비를 아끼느라고 군부대 막사 한 쪽에 있는 방에서 살았다. 언제나 메케한 곰팡이 냄새와 습기가 배어있는 곳이었다. 지금보다 더 젊었던, 그 때도 밤은 고통스러웠다. 그리고 보니, 겨울이 몇 번인가 봄으로 밀려났다. 서울에서 이 지방 도시로 식솔들을 끌고 온 지도 벌써 오래된 셈이다. 직장과 집이 다시 뒤바뀌어버리니, 이제는 오히려 객지가 되어버린 서울에서 기러기 아빠였다. 사실 따지고 보면, 그다지 멀지 않는 서울에서 고속버스 길로 두 시간의 거리였다. 처음에는 열차로 출퇴근을 해보았지만 쉽지 않았다. 그렇지만 식솔을 거느리고 이제 다시 서울에 정착하기란 쉬운 일이 아니었다. 살기 위한 목적 자체가 그냥 사는 일이었다. 어쩌면 날마다 직장의 일로 바쁜 것이 그에게는 다행이었다. 자기 자신을 뒤돌아 볼 겨를도 없이 시간을 보내고 끼니를 잇는 일이야말로 자각증세를 덮어두는 것이기도 했다.

예전에 그는, 살아야 하는 본능을 인생의 목적과 혼동하기도 했다. 이제는 가끔 자기 자신이 미워질 때도 있었다. 하지만 시장 바닥에서 찬바람을 맞으며 종일 시달리고 있는 아내를 생각하면, 그것조차 사치에 불과했다. 오로지 뜨겁게 살아야 한다고 마음을 먹었던 것이다. 워낙 가파른 현실에 집착하다보니, 마음이 여려지고 자시고 할 틈도 없었다. 자신의 위치를 어렴풋이 짐작한 것은 한참지난 나중이었다. 스스로 자기 자신이 쫀쫀한 인간인 것도 알았다. 그러나 어쩌랴, 시간이 저만큼 지나가버린 것을. 그래서 육신이 피곤하고 정신마저 흔들릴 무렵에는, 지나간 일들 조차 후회막급이었다.

　부대에다 사직서를 내고 온 그 날, 아내는 그에게 배신을 당한 여자처럼 말했다.

　"아무리 윗사람이 그랬다고 해도 당신이 사표를 낼 일은 아니잖아요."

　"그럼, 날더러 그들처럼 도둑놈이 되란 말이야!"

　"세상에 도둑질 안하고 사는 사람이 얼마나 있다고 그래요. 새끼들하고 험한 세상을 살다보면, 그보다 더한 짓도 하게 마련인 거죠."

　"그래도 그렇지, 어떻게 나라 일을 맡고 있는 놈들이 그저 날만 새면 도둑질 할 생각만 하나. 돈 먹는 일만 궁리하고 있어요. 글쎄, 군사시설 보호구역을 풀어주면 돈다발이 굴러들어온다는 것쯤은, 부대 사람들이라면 다 아는데."

　"그게 물건을 몰래 팔아먹는 것도 아니고, 사람들에게 직접 무슨 해코지를 하는 일도 아니잖아요. 이제 애들하고 어떻게 살려고 그래요. 그리고 만약 문제가 생기면 부대에서 전부 책임질 거 아네요?"

　"책임? 책임 같은 소리 그만해. 당신이 뭘 안다고 그래. 결국 걸리면 아랫놈들이 총대를 메다가 저 혼자 죽는 거지. 서울이나 이곳이나 우리에게 타향인건 똑같아. 산 입에 거미줄 치겠어."

그는 입에서 나오는 대로 아내에게 뱉었다. 말하는 상대는 아내였지만, 자기 자신에게 소리를 지르는 것과 같았다. 자기 자신이 선택한 직업이었지만 속해있던 직장은 억압의 굴레였다. 조직이 폭발하여 튕겨나간 파편이 되어 개체의 자유를 찾고자 했던 생각만 그의 뇌리를 지배했던 것이다.

우등 고속버스의 디젤엔진이 열을 받으려고 딜딜거렸다. 그는 버스 출입문에 올라섰다. 좌석은 6번이어서 혼자 앉았다. 세탁물이 든 가방을 머리 위 시렁에 올렸다. 둘러보는 그의 눈에 빈자리들이 많이 띄었다. 엉덩이와 등이 선뜻했다. 달랑 혼자 앉은 의자는 한참 있어야 체온에 적응될 거였다. 버스 안은 바깥처럼 썰렁했다.

그는 서울에서 하숙비를 아끼려고 고시원에서 살고 있었다. 비어있는 창자를 위하여 끼니는 김밥과 라면으로 채울 때가 많았다. 좁은 방에 겨우 몸을 쑤셔 넣고 일주일을 내내 혼자 지냈다. 억지로 잠을 청해서 눈을 감았다가도, 깨어서 시계를 보면 서너 시 밖에 안 될 때가 많았다. 그랬을 적에 밤거리에서 술꾼들의 허허로운 목소리와 차량 달리는 소리가 들렸다. 어둠속에서도 무던히 꿈틀거리며 움직이는 것들이 많게 마련인데도, 자기 자신만이 유폐된 죄수라는 생각이 들었다. 수많은 사람들이 바글바글 꿈틀거리는 거대한 도시에서 끝없이 들리는 이방인들의 소리 없는 아우성. 그는 삶의 귀퉁이에서 도무지 어디로 움직여야 할지 막막했다. 온갖 탐욕과 배설의 기운이 하늘로 뻗치도록 가득 찬 도시. 그럴 때마다 도시는 끝없는 황무지처럼 낯설었다.

가끔은 자신의 몸에서 곰팡이류의 냄새가 나는 느낌마저 들었다. 오랜 동안 혼자 있다는 것은, 몸의 세포가 죽어가는 거였다. 늙은이들의 허전함이 몸에 차오르는 의식까지 차용한 것인지, 젊은 나이로 따져보아도 말도 아니었다. 일부러 도시의 밤거리를 떠돌다가 늦게 돌아와도, 언제나 외로움은 방 안에 그득히 기다리고 있었다. 그래서 밤은 낯설었고 무서웠다.

아주 운이 좋은 날이라고 한다면, 회사에서 회식을 하거나 고향 친구와 생맥주를 한잔 하게 될 때였다. 친구는 새벽에도 작은 트럭을 몰고 고물을 찾으러 도시의 뒷골목을 헤맸다. 재활용 물건을 수집하러 다니는 친구는 생각보다 수입이 짭짤했다. 하기야 친구는, 종업원을 몇 십 명이나 거느리고 사업을 하다가 부도가 났었다. 그가 보기에 사업을 했던 사람들은 망할 때도, 의연하게 대처하는 것 같았다. 십 수 년 만에 객지에서 만난 어릴 적 친구란, 편한 상대이긴 했다. 잔머리를 쓰고 긴장을 하며 말실수를 조심해야 하는 부류들이 아니기 때문이다. 하지만 삶의 버거움이 난파선의 잔해처럼 남았을 적에는, 서로 큰 도움을 주지 못했다. 아직 무엇인가 한 덩어리를 움켜잡을 수 있는 기회가 있는 것도 아니었다. 술을 마시면, 물장구치던 추억들만 다시 주마등처럼 지나갔다. 무엇 때문에 그런 시간들을 버티고 있는지 모르면서 빨리 지나갔다.

 토요일이면, 밀리는 고속도로에서 서너 시간 쯤은 휘딱 버리기 십상이었다. 집에 가지 못할 형편이 생기면 아이들의 2주 후에나 보게 되었다. 그나마 집이라고 기어들면, 고3 아이는 학교에서 늦게 오고, 작은 아이만 혼자 집을 지키고 있었다. 역마살이라고 해야 할 것인지, 아내의 푸념처럼 팔자라고 해야 할 것인지. 그의 아내는 시장 바닥에서 온종일 굴렀던 피로 때문에 파김치가 되어, 집에 오기가 무섭게 쓰러졌다. 그러니 반겨주는 것이라고는 휑뎅그렁한 공간뿐이었다.

 그의 아내는 시장에서 장사를 하고 있었다. 재래시장이 있는 골목 안에서 반찬가게를 하고 있는 아내를 마주친 적이 있었다. 딱 한번, 그 때 아내를 마주친 일이 그의 머리를 내내 송두리째 흔들었다. 햇볕이 쨍쨍 내리쬐는 여름 무더위가 한참 기승을 부릴 때였다. 그는 잠깐 아내의 얼굴을 보고 들어가려고 역에서 내려 시장 통에 들렀다. 신발가게와 정육점을 지나서 시작되는 골목은 겨우 두 사람이 지나갈 정도로 좁았다. 토요일 오후가 되어 사람들이 늘어갔다.

"어따 대고 반말이야!"

"다른 데로 옮겨가면 될 거 아냐?"

"내 물건 갖고 장사하는데 참견 말라고!"

서른 정도의 비쩍 마른 남정네와 여인네가 서로 삿대질을 하고 있었다. 오가는 행인들은 말릴 생각도 없이 흘금흘금 그들의 짓거리를 훔쳐보며 지나갔다. 건너편에서 어묵가게 주인여자는 팔짱을 낀 채 구경만 했다. 싸움의 주역은 그의 아내였다.

그는 후텁지근한 시장 길에 서서 그들의 싸움이 막 끝날 무렵, 그곳에 온 것이다. 주워듣자하니 상황을 대략 알 것 같았다. 아내는 반찬가게에서 삶은 옥수수를 3개에 천 원을 받고 팔고 있었다. 그런데 바로 몇 시간 전부터 그 옆에서 비쩍 마른 남정네가 생 옥수수 3개를 오백 원에 팔고 있더라는 것이다. 오가는 주부들이 아내에게는 옥수수 값만 물어보다가, 남정네의 생 옥수수만 사가는 바람에 아내의 심기가 잔뜩 부어있었다. 더구나 열댓 살 쯤의 계집아이가 아내에게 삶은 옥수수의 값만 물어보고는, 남정네의 생 옥수수를 사가면서 다시 왔더라는 것이다. 그러면서 아내에게 약을 올리듯

"아줌마, 오백 원 차이면 너무 비싸요!" 라며 퉁기더라는 것이다.

"아저씨? 그거 팔더라도 다른 곳으로 가서 팔아요."

아내 딴에는 감정을 잔뜩 삭이며 말을 했겠다.

"금방 다 팔리면, 가지말래도 갑니다."

남정네가 비위를 건드린 그 시점에서 아내는 폭발했다.

"그거 다 팔 때까지 나는 잠을 자고 있으라는 말이에요?"

그들 앞에 놓인 여물든 옥수수처럼 이빨을 드러내고 입싸움을 한 모양이었다. 싸움의 도화선은 그렇게 되었나본데, 구경하다가 걸어온 그를 그의 아내가 한참 만에 본 것이다. 좌판에 반찬그릇들을 벌여놓은 아내는 챙만 달린 모자를 쓰고 있었다. 예전의 반듯하고 팽팽한 얼굴은 불과 일 이년 사이에 마른 대추처럼 변했던 것이다.

아내는 뻘건 젓갈 그릇들 위로 모여드는 파리 떼를 들고 있던 부채 바람으로 쫓았다. 갑자기 실직한 남편대신, 그녀는 그렇게 시작한 생활전선에서 찌든 몸으로 부대끼고 있었다. 오가는 사람들의 냉소를 삼키며 시름을 터는 마음 역시, 버거울 수밖에 없으리라고 그는 생각했다. 언제부터인가 아내는 어깨를 주먹으로 두드리거나 삭신이 아프면 얼굴을 찌푸리는 버릇이 생긴 것을 그는 알고 있었다.

초췌한 얼굴의 아내가 그와 눈이 마주치자, 웃음을 머금었다고 생각이 드는 순간은 아주 지극히 짧았다. 그녀의 얼굴은 금세 부끄러움과 분노에 가득 찼다.

"뭐 하러 왔어요?"

"당신 보고 가려고……."

"이 꼴이 좋아서 일부러 보려고?"

"알았어. 그냥 갈게."

"어서, 빨리 가지 못해요!"

아내는 화를 내며 소리를 버럭 질렀다. 아직도 그녀는 자기 자신의 직업에 승복을 하지 않는 채, 자존심이라고 여겼던 남편에게 실망의 표시를 한 것이다. 타인끼리 맺어진 가장 가까운 관계가 가끔은 낯설게 느껴진 것을 뭐라 할 것인가. 서러운 아내의 눈빛은 딱히 남편인 그에게만 향한 게 아닐 터였다. 따지고 보면, 부부가 일심동체라는 말은 말장난에 불과했다. 반쪽이 된 외로운 인간끼리 서로 만나서 하나가 된 것이 부부일 터였다. 그런데 발 벌이에 급급하여 따로 떨어진 현실에서는 마음조차 이질적이 되었다. 시간은 버스처럼 지나갔다.

모처럼 휴일이었는데 봄비가 왔다. 비는 주룩주룩 종일 내렸다. 그를 깨운 것은 결혼 때, 친구들에게 받은 괘종시계였다. 다섯 번의 금속성 부딪치는 소리가 성가시게 그의 귓속으로 파고들어와 잠을 몰아냈다. 아들과 그는 낮잠에서 깨었다. 그들 부자는 거의 동시에 거실과 방에서 각각 따로 눈을 비비고 일어났다. 어느 새 어둑신한 기운이 아파트 안으로 틈입할 무렵이었다. 그는 일어서서 커튼을 닫았다. 커튼을 닫자마자 어둠은 금방 실내에 꽉 차버렸다. 전등을 켜자 파리한 불빛이 거실을 적셨다. 언제 왔는지 껑충한 체격의 아들이 그의 옆에 서있었다. 이곳으로 이사를 왔을 적에 초등학생이었던 아이였다. 아이는 원래 말수가 적었던 터였다.

"잘 잤냐?"

그는 아이에게 물어보고 나서야 스스로 겸연쩍었다.

"너무 오래 잠들었던 것 같아요."

같아요? 그래, 요즘 아이들은 딱 부러지게 말끝을 마무리 하지 않지. 그런 아이들도 군대에 갔다 오거나 직장생활에 길들여지면, 무 자르듯 말버릇이 바뀌었다. 그는 씁쓸하게 웃었다.

"배고프냐?"

"밥 남은 거 있을지 몰라요."

그는 싱크대 위의 전자밥통을 열어보았다. 뜨거운 김이 모락모락 났다. 아들과 아버지는 누가 먼저랄 것도 없이 냉장고의 문을 열었다. 그가 그릇을 꺼내려고 어깨 높이의 찬장 문을 열었다. 그릇대신 뭔가 손에 걸렸다. 통장들이었다. 아내는 자신 몰래 통장들을 만들어 놓았던 것이다. 자신의 이름으로 가입해놓은 생명보험 통장도 섞여 있었다. 매월 적잖은 금액이 꼬박꼬박 적립되어있었다. 사망 시에 1억 원. 통장의 약관 맨 처음 줄에 인쇄된 내용이었다. 그대로 흘려버리기에는 어마어마한 무게의 충격이 그의 뇌세포에 가득 울렸다. 경제적으로 무능한 가장과 살아야 하는 여편네의 마음은 그랬으리라. 가끔은 푸념으로 아내가 그에게 내뱉듯이 한 말. 애들 때문에 어쩔 수없이 산다는 말. 그는 느닷없이 초점이 흐려진 아내의 얼굴이 떠올랐다.

그는 통장들을 얼른 아이 몰래 제자리에 두고, 김치와 밑반찬 두 가지를 상위에 차렸다. 그들은 밥을 먹었다. 그는 밥을 목구멍에 넘기면서 목이 메었다. 이 숟가락과 젓가락이라는 연장을 사용해서 먹을거리를 목구멍까지 꾸역꾸역 집어넣는 짓이, 상황에 따라 기분조차 치사하게 달라진다는 것을. 밥맛이야 있건 없건, 짐짓 자식 앞에서 동물적인 본능조차 이성으로 꾸며내야 한다는 의식을, 그 또한 어른들에게서 배웠던 것이 아니었던가.

선잠에서 잠깐 깨인 부스스한 승객들의 얼굴. 뒷좌석으로부터 차표를 확인하는 웅성거림이 앞으로 밀려왔다. 버스 출입문이 바람 빠지는 소리를 내며 닫혔다. 운전기사는 룸미러를 들여다보고는 핸들을 돌렸다. 뒤로 멈칫거리던 버스가 앞으로 나아갔다. 둔중한 몸을 움직인 버스는 이윽고 터미널을 선회하며 떠났다. 졸고 있던 시내의 가로등 불빛도 차츰 뜸해졌다. 캄캄한 거리를 헤집던 전조등이 톨게이트를 빠져나갔다. 이때껏 무거운 엔진 소리가 가벼워졌다. 버스는 점점 속력을 냈다. 어둠은 차창 밖으로 따라오고 실내에 켜진 전등마저 꺼졌다. 어느 새 차갑던 실내에는 라디에이터의 훈훈함이 가득 찼다. 승객들은 잠을 청했다.

서울까지는 2시간. 꼬챙이로 허벅지를 찔러대는 아픔을 떠올려도, 잠은 노곤함이 깃든 그를 유혹했다. 이제 자신의 목숨은 고개를 꾸벅거리며 핸들을 잡은 운전기사에게 맡겨졌다. 담보된 목숨의 선택권은 오로지 기사의 핸들과 브레이크가 좌지우지할 뿐이다.

그는 운전기사의 입장으로 생각을 바꿔 보았다. 운전기사도 자기 자신처럼, 직장에 붙어서 식솔을 부양할 것이다. 잠이 부족하여 긴장이 풀리면 졸음이 다가올 테고, 졸음의 유혹에서 자유롭지 못 할 것이다. 부족한 잠은 채권자처럼 언제라도 찾아오겠지. 아마 운전사는 전날 밤 운행을 마치고 늦게 서야 잠이 들 수도 있다. 종점이 지방인 까닭에 동료 운전기사들과 고스톱 화투판을 벌렸거나, 술을 마시고 여관방에서 여자라도 껴안고 잤을지도 모른다. 아니면, 그처럼 식솔과 직장에 대한 걱정거리로 잠을 뒤척거렸을 지도 모른다. 그도 아니라면, 직장에서 받은 압박감 때문에 혹은, 교통사고로 인한 피해의식 때문에 피곤이 쌓여서 졸릴 수가 있다.

  승객들의 목숨은, 핸들을 쥐고 있는 자의 것이다. 운전사의 손가락과 액셀러레이터를 밟고 있는 발바닥에서 한 순간 결정이 난다. 모든 승객은 한 사람의 부주의로 그 존재 자체를 깡그리 말살시킬 수도 있다. 그것은 바깥 날씨가 영하10도이거나, 시속150키로 이상의 버스 속도를 들먹거려도 소용이 없는 노릇이다. 물체끼리 부딪치면 가속도와 중량에 비례하여 박살날 수밖에 없으리라. 이승과 저승은 찰나에 다른 세상이 된다. 뜬금없는 생각의 연상 선에서 그는 불현듯 아내가 가입해놓은 보험통장이 떠올랐다. 1억 원이 생기면, 자신이 죽어도 아내와 아이들이 험난한 이 세상을 충분히 살아나갈 수 있을까.

  어디만큼 왔을까. 그는 어슴푸레한 장막을 미명의 빛이 확산될 무렵, 꾸벅꾸벅 졸다가 갑자기 눈을 떴다. 급커브에서 버스가 휘청거렸기 때문이다. 그의 뒤통수가 의자 등받이에 눌려 납작해졌다. 도로의 굴곡과 급커브에 놀란, 운전사의 핸들이 순간적으로 미쳐버리면 버스는 요동을 쳤다. 여차하면 파리 목숨보다 못한 게 사람의 끝이다. 어제가 괜찮았으니 오늘조차 무사하리라는 보장은 없다. 그러나 위기의 순간도 자꾸 면역이 되면 방임과 면역의 유혹에 사로잡힌다.

그는 불현듯 아내가 말 한 꿈 이야기를 떠올렸다.

화장실을 나와서 수건으로 얼굴을 닦는 그에게 아내가 다시 말을 꺼냈었다.

"내가 물건을 팔다가 처음 보는 여자 손님하고 승강이를 했는데, 갑자기 그 여자가 나를 탁 치는 거예요."

그래서 하는 표정으로 그는 전기밥통에서 밥을 푸고 있는 아내를 보았다.

"내 이빨에서 피가 흐르더니 주르륵 바닥에 떨어지지 뭐예요."

"이가 빠진 거야?"

"아뇨. 그냥 피만 흐르다 말았어요."

"이가 빠지면 안 좋다는 말은 들었지만……."

그가 밥을 떠먹으며 무지르자 아내도 더 이상 아무 말을 하지 않았다.

버스가 또 흔들렸다. 그는 고개를 돌려서 버스 안을 뒤돌아보았다. 승객들은 고요했다. 모두 잠에 떨어진 것 같았다. 코고는 소리마저 간헐적으로 들렸다. 그는 운전석 위에 붙어있는 직사각형 룸미러를 보았다. 룸미러 속에는 초췌한 운전사가 잘못 찍힌 명함판 사진처럼 들어있었다. 운전사는 피곤에 겨운 눈을 감았다가 어설프게 떴다. 그리고는 이따금씩 고개를 떨구다 제풀에 화들짝 놀랐다. 운전사는 잠시 동안 자기 자신이 승객들의 목숨을 쥐고 있는 사실을 망각한 것일까. 이윽고 운전사는 선글라스를 끼었다. 승객들은 눈이 가려진 운전사의 표정을 볼 수 없다. 어쩌면 운전사는, 승객들 중 누군가가 자신을 엿보고 있다는 자각증상에 도달한 것을 염두에 두었는지 모른다.

  그는 잠에서 번쩍 깨며 불현듯 긴장이 되었다. 밀려든 잠은 다시 도망을 가버렸다. 그는 덥고 답답하여 오리털 파카를 벗었다. 그리고 말짱한 얼굴로 주위를 휘휘 돌아보았다. 승객들의 대부분은 조용했다. 운전석 바로 뒷좌석에서 털 외투를 벗은 여인이 차창을 바라보다가 다시 고개를 박았다. 하늘은 구름에 막혀 어두웠다. 그가 암만 생각해보아도 햇볕이 전혀 없는 어슴푸레한 시야를, 선글라스로 눈을 가린 운전사의 저의가 심히 의심스러웠다. 여전히 버스는 바람소리를 무섭게 내며 고속도로의 새벽을 가르고 달렸다. 속도에서 오는 일정한 엔진 소리만이 적막을 흔들었다.
  도대체 산다는 일은, 세상의 번거로움과 권태까지 함께 감당하는 것이었다. 살아온 날과 갈 날이 어설픈 생의 한가운데에서 그는 버둥거렸다. 요즈음 그를 두렵게 하는 일은 회사의 구조조정이다. 어쩌면 부도가 날지도 모른다는 소문까지 나돌았다. 그 와중에도 직원들 끼리 속내를 트기는커녕, 서로의 눈을 겨누며 약점을 찍어대는 짓거리가 난무했다.

"김 차장, 출장을 잘 다녀온 모양이구만?"

"사나흘 까먹고도 인기는 여전해."

그가 전무의 개인 심부름을 출장과 겸해서 부산에 다녀온 일을 두고 동료들은 한 마디씩 꽈배기처럼 꼬았다. 가시가 돋친 언어를 가당찮은 표정으로 포장한 사람들의 속마음에는 생존경쟁의 첨예화된 날카로움이 도사리고 있었다. 그랬을 경우, 그는 얼굴부터 벌겋게 되어 자신의 속마음까지 타인들에게 들키고 말았다. 결국은 먹고 산다는 생존의 문제는, 동료들을 내쫓거나 회사를 배반하는 맥락과 맞닿아있었다.

불과 몇 달 전만 하더라도 흥청거리던 세상이었다. 그런데 갑자기 온 세상이 웅성거리더니 썰렁해졌다. 미국 달러가 부족하여 나라가 거덜 난다는 소문은 사실이었다. 온 나라는 빚쟁이가 되어 IMF에 구걸을 하는 지경에 이르렀다. 그런데도 캐나다에 가서 순록의 뿔이며, 방콕까지 날아가 정력에 좋다는 코브라의 피를 마시러 가고, 하와이까지 골프를 치러 나들이 하는 사람들도 있다는 것이다. 옹

색한 사람들과 여유 있는 사람들 역시 같은 나라 안에서 함께 살고 있었다.

"살면 살수록 세상이 만만치가 않군."

그의 동료는 책상 맞은편에서 가끔 그런 말을 시부렁거렸다. 마흔에 접어든 노총각이었다. 혼자서 살아가는 입성치레에도 힘이 든다는 말에 그는 쓴 웃음을 지었다. 아니, 어쩌면 그는 자기 자신이 그와의 단순비교를 하고 있는지도 모른다는 생각이 들었다. 살면서 막막한 적은 한 두 번이 아니었다. 그렇지만 서울에서 떠밀려 식솔들과 지방으로 내려왔을 적에도 막막함은 있었다. 살다보면 막막함은 예고도 없이 불쑥불쑥 고개를 쳐들었다. 시간의 축에서 거리를 재어보면, 희망을 측정할 여유가 많지 않았다. 늘 꽉 막힌 상태에서 순간의 선택을 강요받았기 때문이다. 하기야 어제가 없었다면, 내일의 환상인들 꿈꾸기나 해보겠는가. 소모된 육신은 비록 낡아가지만 여기까지 지탱해준 것은 미래에 대한 막연한 기대일지도 모른다. 동물의 세계에서 생물의 일생이란, 처음과 끝이 마춰된 일상으로 진행될 뿐이었다.

여명은 슬며시 어둠을 걷어내고 있었다. 갑자기 도로가 뻥 뚫렸다. 중앙분리대의 차단물이 콘크리트 블록으로 바뀌었다. 전쟁같은 비상시에 항공기의 활주로로 사용하기 위한 도로의 구간이었다. 동쪽에서 멀리 웅크리고 있는 커다란 산이 거무스름하게 이쪽을 내려다보고 있었다. 그는 평야의 지평선 위에 검은 형체로 돋아있는 야산 언저리를 곁눈으로 스쳐 보냈다. 사위는 서서히 어둠의 장막을 벗어던지며 제 색깔을 드러냈다. 헐벗은 미루나무들이 휙휙 뒤로 지나갔고, 하늘은 허여멀건한 낯빛을 보이기 시작했다.

나목들은 정월달이 지난 지금, 뿌리로부터 밑동의 어디만큼 수액을 빨아올리고 있을까. 그는 뜬금없이 자신의 생각을 헤집었다. 삶에서 자기 자신을 패배자로 만들었던 가해자들의 그림자가 어른거리고 있었다. 그때는 자신의 삶에서 복받치는 정의를 받아들이고 싶었다. 한없는 두려움인들 왜, 없었겠는가. 그러나 캄캄한 시야의 두려움을 지그시 눌러버린 일은 후회가 되지 않았다. 생각해보니 얼른 엄두가 나지 않았지만, 주사위를 던졌던 무모함은 차라리 열정이었다. 모질지 못한 자기 자신의 성격으로 보아서 도박이었다. 사직을 하고 나서야 군무원 시절의 부대장이 나중에 장군으로 승진했다는 소식을 들었다. 누구나 야구 방망이만 잘 휘두르면 9회 말에도 얼마든지 역전은 가능했다.

눈을 뜨면 현실이 버티고 있었다. 하기야 가파른 현실조차 자꾸 면역이 되면 시나브로 권태에 젖었다. 그래서 걸신들린 동물처럼 먹이를 찾아 헤매는 일이 기다리고 있음에도, 일이 닥쳐야 인식을 했다. 흰 새벽에도 도시의 뒷길에서 고향친구는 쓰레기를 뒤지고 다닐 것이다. 온갖 악취와 취객들의 토사물을 딛고 넘어서며. 자신의 인생 역시 진행 중이고, 대차대조표는 작성되고 있었다.

그는 동쪽에서 고개를 든 햇살과 버스 안의 더워진 공기 속에서 설핏 잠이 들었다.

씽씽 달리는 또 다른 고속버스의 맨 뒷좌석에 자기 자신이 앉아있었다. 많은 차량들이 스치면서 도로를 질주했다. 그런데 갑자기 쿵하면서 무엇인가 부딪치는 둔중한 기운이 좌석 등받이로부터 전달되었다. 하마터면 그는 통로가 있는 앞으로 고꾸라져 떨어질 뻔 했다. 꽉 조여진 안전벨트가 그를 붙잡았다. 그 순간, 하얀 연기가 피어오르면서 무엇인가가 온통 그의 머리 위로 한 무더기 쏟아졌다. 그는 본능처럼 두 손으로 머리를 감쌌다. 갑자기 시간이 멈춰버린 느낌이었다. 그리고 조금 후 자신의 머리를 털었다. 그러자 따끔따끔한 감촉이 손바닥으로 전달되면서 온몸이 전류에 감전된 것처럼 진저리쳤다. 손바닥에는 시뻘건 피가 범벅이 되어 뚝뚝 떨어졌다. 버스 뒤 유리창이 박살나서 산산 조각난 파편은 칼날이 되어 몸에 박힌 것이다. 비몽사몽이었다.

그는 황망히 일어서서 승객들을 살펴보았다. 그런데도 자기 자신을 빼고는 승객들은 눈 하나 깜박이지 않고 무연히 앉아있지를 않는가. 자신만이 사고를 당했다는 말인가. 기가 막힐 노릇이었다. 더구나 그 와중에도 버스는 여전히 제 갈 길을 달리고 있었다. 어디선가 어렴풋이 앰뷸런스의 사이렌 소리가 들렸다.

　달리는 버스와 부딪치는 바람소리가 차창을 넘어 그의 귓전을 뚫었을 때, 그는 눈을 떴다. 육신과 정신은 종잇장 한 장 차이도 아니더란 말인가. 이정표가 눈에 들어왔다. 서울 20km. 이정표 없는 세상은 희망을 걸 수가 없다. 머릿속은 무거운데, 졸음은 죄다 달아났다. 그는 다시 고개를 돌려서 버스 안을 돌아보았다. 승객 한 사람이 의자 등받이 위로 고개를 세워 그에게 또릿또릿한 시선을 보냈다.

　하마터면 죽을 뻔 했다고, 그는 다시 한번 아찔했던 순간을 더듬었다. 그렇지만 자신이 개죽음을 당했어도 세상은 계속 돌아갈 것이다. 다른 승객들도 자신처럼 머리가 무거울까. 갑자기 서늘한 기운이 가슴을 오싹하게 엄습했다. 그는 벗어놓았던 오리털 파카를 앞으로 끌어당겼다.

　갑자기 늘어난 차량들. 편도 차선을 가득 메웠던 차량들. 드르륵드르륵. 타이어가 도로의 요철 면을 심하게 마찰하면서 버스가 흔들렸다. 톨게이트에서 잠깐 서 있던 버스가 다시 움직이며 요금소를 지났다.

말의 벽, 구청의 벽. 육신과 정신, 정신 속의 또 정신. 갈가리 찢어진 상처들을, 제마다 혼자서 떠다니리라는 생각이 들었다. 그 때, 나는 내게 간절히 원하는 게 무엇이었을까. 나는 혼자만의 현실에 더 집착했다. 혼자 산다는 일은 그런 것이었다.

잿빛 그림자들

말의 벽, 기척의 벽. 육신과 정신, 정신속의 또 정신. 갈가리 찢어진 상처들은, 저마다 혼자서 떠다니리라는 생각이 들었다. 그 때, 나는 내게 간절히 원하는 게 무엇이었을까. 나는 혼자만의 현실에 더 집착했다. 혼자 산다는 일은 그런 것이었다.

안개는 음흉한 몰골로 사위를 포위하고 있었다. 전신주 앞을 마악 지나려

는 순간, 바스락거리는 소리가 귀청을 뚫고 들어왔다. 나는 급한 와중에도 깜짝 놀라서 소리의 진원지를 내려다보았다. 스치는 지레 짐작으로 고양이인줄 알았다. 가끔 이른 아침이나 밤중에 고양이가 봉투를 뒤지는 걸 본 적이 있기 때문이다. 도둑이 되어버린 고양이들은, 대개 어미로 보이는 검정고양이와 새끼 얼룩빼기무리였다. 그러나 웬걸, 고양이가 쓰레기를 뒤진다고 생각했던 건 내 착각이었다. 그건 사람이었다. 웬 늙은이가 쭈그리고 있었다. 얼핏 보아서 일흔은 넘어 뵈는 할망구였다. 재를 뒤집어 쓴 듯한 푸석한 회색머리털은 사자의 갈기와 흡사했다. 옷은 너절한 고물처럼 후줄근했으나 얼굴은 반듯했다. 쭈글쭈글한 목 주름살을 보자니, 마치 동화책에 나오는 마귀할멈을 내 머릿속에 넣고 흔드는 느낌이었다.

뒤돌아보는 내 눈길과 늙은이의 눈초리가 부딪쳤다. 순간, 유리 파편 같은 것이 갑자기내 살갗을 꾹 찌르며 들어오는 것 같았다. 전율과 소름이 돋우며 감전된 듯 온 몸을 휘돌아 지나갔다. 왜냐하면 늙은이의 눈빛은 어떤 광적인 그림자가 어려 있는 듯 했으니까. 그녀의 흰자위에 박힌 동공은 흔들리지 않았다. 세파에 시달리면서도 줏대를 놓치지 않으려는 고집이 어려 있었다고나 할까. 그와 흡사한 눈빛을 어디선가 분명히 본 적이 있었다. 그래서 퍼뜩 스치는 기억으로 내 머리 속은 잠시 어질어질했다. 마치 이미 태워버린 편지의 내용이 굼실굼실 되살아나 떠오르듯. 나는 주춤거리며 지나다가 골목을 꺾어질 때, 다시 살짝 뒤를 돌아보았다. 늙은이의 얼굴과 다시 마주쳤다. 그러니까 늙은이는 그때까지 안개 속에서 나를 계속 지켜보고 있었던 모양이다.

이튿날도 안개는 여전히 깔려있었다. 계절이 바뀌려면 대지의 습한 기운부터 번지기 시작했다. 안개가 짙은 날은 서로 이질적인 것들조차 한꺼번에 가려졌다. 사소한 사물들의 모습을 용납하지 않으려는 듯 수증기는 세상을 온통 덮여버렸다. 나는 그 뿌연 기운에 숨이 막혀 금방 질식해 버릴 것 같았다. 하기야 그게 어디 순전히 안개뿐이겠는가. 바글바글 늘어만 가는 사람들이 뱉어내는 오장육부의 썩은 냄새는 물론, 이 거대한 도시에서 무시로 내뿜는 매연이며 먼지 덩어리조차 잔뜩 섞여 있을 것이니까.

자우룩한 안개의 저편에는 까마득한 나의 기억들이 숨어있을 것이다. 어쩌면 안개는 기억을 데려오기 위해 밤새도록 그렇게 머물러있었을지도 모른다. 나는 또 늦잠으로 허겁지겁 전신주 앞을 통과했다. 콘크리트 전신주들 사이의 전깃줄은 무게 때문에 늘 휘어져 있었다. 어제 아침 생각이 나서 멀리서부터 전신주를 스치기 전에 그 쪽을 슬쩍슬쩍 훔쳐보면서 걸었다. 역시 늙은이는 어제처럼 그 자리에 쭈그리고 앉아 있었다. 그런데 이번에는 쓰레기 더미를 뒤지는 게 아니라, 누군가 내다버린 고물 텔레비전과 컴퓨터 본체를 분해하고 있었다. 내 구둣발 소리 때문인지 늙은이가 고개를 돌려 나를 쳐다보았다. 흰자위는 마냥 벌건 그대로였다. 의혹에 찬 눈빛은 여전히 해괴했으나 조금 누그러진 것 같았다.

마침 그 때였다. 어디선가 쇠붙이끼리 부딪치는 소리가 내 귀를 긁었다. 심장이 움찔거렸다. 골목으로 연이어 있는 주택의 철 대문이 열리더니 같은 또래의 늙은이가 목을 불쑥 내밀었다. 그 늙은이는 쭈그려 앉아 있는 늙은이보다 몸짓이 컸고 신수가 훨씬 좋아 보였다.

"아침부터 뭐 해?"

"보면 몰라?"

"아니, 안개가 칙칙하게 끼었는데, 이따가 천천히 하지 그랴?"

"백태 낀 눈깔이 해 비친다고 훤하냐. 빨리 일하면 좋지 뭐."

말본새가 원래 그런지, 앉아있는 늙은이는 퉁명스럽게 단답형으로 대꾸했다. 대문을 열고 나선 허우대 좋은 늙은이가 밖으로 나왔다. 그리고 골목길로 나와서 앉아있는 늙은이에게 가까이 다가갔다.

"몇 푼을 벌겠다고 날마다 이 고생이야."

"혼자 사는 년, 가만있으면 누가 돈 주냐?"

"험한 일에 비해서 몇 푼도 안 되니까 그렇지!"

"아무데도 쓸데없는 늙은 것이 하는 일거리라도 있으면 좋은 거지."

나는 그녀들이 주고받는 대거리를 뒤로하며 출근길을 재촉했다.

땅거미와 비구름이 빠르게 어둠을 가져왔다. 회사에서 회식을 하고 모두 헤어질 적에는 떨어지는 빗방울처럼 제 갈 길이 바빴다. 나 같은 놈이야 기다리는 이가 있나, 뭐가 대수겠는가 마는. 오히려 건수를 만드는 일이 길어질수록 나쁠 것은 없었다. 아무튼 몇 차례 술을 마시고 택시를 탔을 때, 차창으로 빗방울이 어룽지기 시작했다. 언제나 도시는 산만한 불빛으로 어지럽게 깜박였다. 나는 택시 안에서 쓰레기통에 휙 던져버린 회사의 서류마냥 구겨졌다. 습관처럼 아파트 뒤의 골목길 앞에서 내렸다. 달랑 1동뿐인 아파트인지라 앞과 뒤가 특별하게 문제될 것도 없었다. 새벽 두 시쯤, 눅진한 기운은 빗방울을 세차게 몰고 왔다. 나는 비를 맞으며 빨리 걷다가 전신주 앞에서 우뚝 섰다. 무엇인가가 내 앞을 휙 지나갔기 때문이다. 술김에도 갑자기 긴장이 되었다. 쓰레기 비닐봉투들이 쌓여진 쪽에서 부스럭부스럭 소리가 났다. 나는 천천히 그곳으로 다가섰다. 그러자 쓰레기를 뒤지던 검은 고양이 두 마리가 안광을 쏘면서 옆으로 도망을 가는 게 아닌가.

아파트 문을 열고 어둠이 드리워진 거실을 전등으로 밝혔다. 나는 습관처럼 둘러보았다. 여전히 내 집만의 냄새가 났다. 새 집 특유의 냄새와 버물어진 시큼한. 아무도 없는 횅뎅그렁한 공간에 도사리고 있는.

그런데 왜, 문득 이모 생각이 났을까. 원, 세상에. 요즈음에는 꿈에서도 잊어버린 이모였다. 냄새를 맡으면 이상하게도 이모의 젖내가 꼭 생각났다. 낳았던 아들이 몇 달 만에 죽고 나서, 이모의 유방은 팅팅 불어났다. 유리관에 고

무재질로 만들어진 압축기를 젖가슴에 대고 쥐었다 펴면 하얀 액체는 금방 한 컵이었다. 그 젖은 꼭 어린 내 차지였다. 때로는 이모의 젖꼭지까지 내 몫이었다. 쉰 듯 풋풋한 냄새는 내 영혼을 아주 편하게 꼬드겼다. 젖을 물고 있는 나를 내려다보던 이모의 맑은 눈빛은 왠지 어두웠던 것 같았다. 긴 한숨 속에 숨어있는 의미를 내가 알리는 없었지만. 그렁그렁한 눈물이 내 얼굴에 떨어진 적도 있었다.

한 일 년 동안 나와 함께 살았던 여자가 있었다. 무절제한 쇼핑으로 신용불량까지 간 여자는 다른 남자와 만나고 있었다. 그래서 나는 씀씀이가 헤픈 잘난 여자와 끝을 보았다. 구차한 변명으로 일관하는 그 여자. 나는 내게로 냉정하게 다가섰지만, 말문이 막혀있었다. 말의 벽, 귀청의 벽. 육신과 정신, 정신속의 또 정신. 갈가리 찢어진 상처들은, 저마다 혼자서 떠다니리라는 생각이 들었다. 그 때, 나는 내게 간절히 원하는 게 무엇이었을까. 나는 혼자만의 현실에 더 집착했다. 혼자 산다는 일은 그런 것이었다. 그런 일 때문이라도 과거의 추억거리 따위는 거추장스러웠을 따름이다. 여자들의 향수 냄새와 살 냄새의 유혹이 내 육신을 어지럽게 했다. 어지러운 동안에는 이모와 심지어는 어머니의 냄새까지도 늘 내게서 밀려났다. 아니, 그런 근저에는 현실에 집착한 이기적이고 이중적인 내 마음이 도사리고 있었을 것이다.

베란다에서 문을 열고 밖을 내려다보았다. 도로 위에 흐르는 물이 가로등 불빛에 반짝일 뿐, 깜깜한 어둠이 깔려 있었다. 가끔 자동차 헤드라이트 불빛이 어둠을 가르며 지나갔다. 열린 창문 틈으로 타이어가 노면과 마찰음을 발생하여 공간을 찢었다. 이상하게도 눈이 말똥거리며 잠은 오지 않았다. 억지로 청한들 잠이 오기야 하겠는가. 그래서 얼마 동안 방에서 거실과 베란다를 오갔다. 누군가 이런 나를 보았더라면 틀림없이 정신병자로 오해했을 것이다. 두뇌의 어지럼증은 생각의 혼란을 불러오는 까닭이다. 생각지도 않는 수 십 년 전의 기억들이 연기처럼 춤추는가 하면, 내일 회사에 제출하여야 할 서류의 내용들이 뒤섞여 떠올랐다.

당연히 늦잠을 잤다. 그러나 가끔은 의식처럼 잠에서 잠깐 깨기도 했다. 시계추처럼 출근에 관성이 붙어버린 자의 버릇이다. 어제 밤에는 술을 마셨고, 오늘은 일요일이었으며 바깥은 흐렸다. 늘 잠에 쫓긴 탓에, 에라 모르겠으니 푹 자버리자 고 다짐을 했지만 그건 마음뿐이었다. 깜짝깜짝 놀라 깨어서 비몽사몽으로 어지러워진 정신을 추스르며 침대에서 겨우 일어났다. 감기는 눈을 억지로 떠서 벽시계를 쳐다보았다. 휴일이라고 별다른 계획이 기다리지도 않았다. 다만 진공청소기로 거실과 방바닥을 한번 훑으리라 벼르고는 있었다. 나는 거실로 나갔다. 거실 문을 막고 있는 버티칼의 끈을 잡아당기자, 합성수지 자락들이 한쪽으로 밀리면서 실내가 갑자기 밝아졌다.

  문을 열고 베란다로 나가보니, 유리창 밖은 젖어있었다. 유리창에 부딪친 물방울들은 자기들끼리 아롱아롱 결합되더니 무게에 못 이기는지 이내 흘러내렸다. 바깥문을 살짝 열었다. 서늘하여 축축하게 젖어 드는 빗방울. 습윤한 기운이 와락 얼굴을 감싸 안았다. 봄 비였다. 비는 가늘게, 아주 은근하게 내렸다. 체온이 서늘해지면 괜히 알 수 없는 그림자를 느꼈다. 지우고 지워도 다시 나타나는 비웃음 같은 것을. 기억도 그랬다. 지우려고 해도 지워지지 않는 기억의 파편들이 뜬금없이 튀어나올 때가 있었다. 비가 내리는 틈 새로 안개가 차오를 것 같았다. 비는 비대로 안개는 안개대로 숙명같이 처연한 그림자를 깔고 있는 느낌이었다. 빗줄기가 광기를 발휘하여 햇볕을 싹쓸이할 때에는 어둠조차 침울했다. 우울한 심연의 끝에서 다시 모든 것들은 파생할 터였다. 날짐승 두 마리가 어두운 하늘을 솟구치다가 까만 점이 되어 어디론지 가버렸다. 아무리 짐승이라 할지라도 두 마리는 한 마리보다 덜 외로울 것이다.

내가 군 입대를 했을 무렵, 이모는 마흔 후반이었다. 첫 휴가를 나와서 나는 이모가 있는 사무실로 찾아갔다. 하얗고 갸름했던 이모의 얼굴은 기미가 끼었고 조금씩 번진 검버섯 꽃이 어룽져 있었다. 사무실이라고 해봐야 겨우 여남은 평쯤 되는 좁은 공간이었다. 책상 두 개와 회색 인조가죽 소파, 작은 냉장고 따위가 집기의 전부였다.

"이모! 잘돼요?"

"갈수록 어렵지."

"왜? 불경기라서?"

"그것도 그렇고……."

이모가 억지로 미소를 지으면서 말꼬리를 흐렸다. 그랬을 적에, 그녀의 표정은 묘하게 일그러졌다. 이모는 내게 무슨 말인가 하려다 말았다. 그녀에게 먹구름의 그림자 같은 것이 얼핏 스쳐 지나갔다. 그리고 이모의 눈시울은 젖은 것 같았다. 그때는 이모가 내게 옛날처럼 당당하게 말해주지 않는 뭔가 석연치 않는 이유를, 미심쩍게 느끼면서도 별 생각을 못했다. 이모는 사무실에서 돈놀이를 하는 사채업자였다. 어쩌다가 이모는 남들에게 손가락질을 받는 사채업자가 되어버린 것이다.

"은영이는 잘 있지요?"

"…음 그저 그래."

은영이는 이모의 딸이었다. 첫 아이가 죽었으므로 은영이도, 어머니에게 나처럼 이모에게는 유일한 자식이었다. 그런데 불행하게도 어릴 적부터 소아마비를 앓고 있었다. 한 많은 인생의 역정에 은영이는 이모에게 또 하나의 혹이었던 셈이다. 어머니의 하나뿐인 여동생이던, 이모는 군인에게 시집을 갔었다. 이모부는 12 · 12사건 당시 경복궁 부대에서 대대장을 지냈다. 그리고 제대 후에는 국영기업체의 경영자로 있다가 사업을 했다. 다부진 성격과 모친의 부추김 때문에 사업을 하게 되었다는 말도 있었다.

　그녀에게 어두운 그림자가 드리우기 시작한 것은, 오히려 이모부의 사업이 잘 될 무렵이었다. 사무실의 젊은 여직원과 애정행각을 벌인 이모부는 따로 아이까지 낳아서 이모에게 돌이킬 수 없는 배신을 했다. 그 사실에 대하여 이모는 까마득하게 몰랐다는 것이다. 배신이 배신을 낳는 결과는 언제나 상처를 주었다. 그것은 이모부가 자신의 상관들을 배반하고 쿠데타 세력에 가담한 사실과 흡사했다. 재산의 대부분은 이미 이모부가 빼돌린 상태였다. 이모의 시어머니 때문에 일이 더 불거졌다는 어머니의 한숨 섞인 말을 나도 들었다. 딸 하나만 달랑 남은 이모의 한숨 소리는, 아마 그 무렵부터 생겼을 것이다.

　귀대하기 전 친구를 만나는 길에 이모의 사무실을 또 들렀다. 사채 놀이하는 일은 별로 안 되는 눈치였다. 하루에 도 몇 차례씩은 들락날락해야 할 손님들마저 보이지 않았 다. 은행과 신용금고로 바삐 움직여야 할, 이모는 가만히 앉아서 담배를 피우는 일이 잦았다. 물론 불황이니까 기업 체나 개인이 사채를 쓰겠다고 북적거리기야 어렵겠지만. 같은 업자인 듯 자주 온 사람의 말로도 그랬다. 이곳과 일 반 사채시장은 말할 것도 없고, 명동 사채시장 같은 큰 곳 도 아예 문을 때려 잠근 사무실이 많다고.

아래를 내려다보니, 승용차들이 드문드문 움직이고 있 었다. 아파트 정문 쪽을 향해 딱정벌레처럼 둥근 우산들도 오고 갔다. 고만고만한 주공아파트들은 재개발 추진 플래 카드가 걸린 후 이사차량들이 들락거렸다. 밀려나고 들어 오는 사람들에게 희망은 절망과 교차될 것이다.

어느 새 비는 그쳤다. 배가 출출해서 점심을 먹으려고 추리닝차림으로 집을 나섰다. 혼자서 밥을 해먹는 일도 이제는 여간 이골이 났다. 그래서 휴일 점심나절에는 자 장면을 시켜먹거나 시장 골목을 배회하기도 했다. 아파트 에서 한참 걸어 내려가면 길게 난 재래시장이었다. 삶의 재료들은 사람들의 허전한 육신을 채웠다. 늘어선 식당들 중 단골이 된 집으로 들어갔다. 순대해장국의 얼큰한 국물에 밥을 말아서 먹다 보면 뱃속이 든든했다. 더운 기운이 몸을 휘감아 돌자, 음습하게 숨어있던 기운을 털어냈다. 이쑤시개로 음식물 찌꺼기를 긁어내는 일도 버릇이었다. 살아있는 동안 하찮은 육신에 이물질들은 늘 묻어있게 마련이지만.

나는 시장에 들러 밑반찬 몇 가지를 사가지고 나왔다. 붕어빵을 굽는 가게 수레 앞을 지날 때였다. 수레 밖으로 웬 허리가 굽은 늙은이가 불쑥 나왔다. 입을 움질거리던 늙은이의 시선이 나와 마주쳤다. 아파트 뒷골목에서 쓰레기를 뒤지던 바로 그 늙은이였다. 그녀의 퀭한 눈이 나를 훑고 지나갔다. 나는 나도 모르게 고개를 까딱 했다. 그렇지만 늙은이의 표정은 그저 무덤덤했다. 되레 무안한 쪽은 나였다. 늙은이는 붕어빵 가게 옆에 세워둔 손수레를 끌었다. 물에 젖은 종이상자와 헌신문지 같은 폐지 더미가 잔뜩 수레에 채워졌다. 나는 앞서가다가 뒤를 돌아다보았다. 늙은이의 무척이나 힘든 표정이 역력했다. 그도 그럴 것이 수레에 묶인 짐은 그녀에게 버거울 정도로 많았다.

"할머니? 밀어드릴까요?"

내가 한 쪽으로 비켜서면서 말했다. 그러자 늙은이는 돌아보지도 않은 채 대꾸했다.

"고맙소. 젊은이."

처음으로 그녀와 내가 말문을 튼 것이다. 나는 밑반찬이 든 까만 비닐봉지를 폐지 더미 위에 올려놓고 수레를 밀었다. 수레는 아까보다 조금 더 빠르게 움직였다. 몇 백 미터쯤 가다가 수레는 아파트 골목의 오른쪽으로 방향을 틀었다. 나는 당연히 낭패감이 들었다. 집과는 정반대 쪽으로, 그 역시 얼마나 더 가야 할지 몰랐으니까.

"젊은 양반? 나는 조금 더 가야 하는데, 이제 그만 되었어요."

"어디까지 가시는데요?"

나도 모르게 측은한 생각이 들어 늙은이의 말에 꼬리를 달았다.

"저기 재활용품 처리장까지요."

눈을 들어 보니 오르막길이 끝나는 곳에 '폐기물 처리장'이라는 커다란 간판이 세워져 있었다. 오르막이 시작되는 지점에서부터는 무릎으로 무거운 힘이 전달되었다. 끌고 가는 늙은이와 자리를 바꿔주고 싶었지만, 오히려 여러모로 부자연스러울 것 같아서 그만 두었다.

"이거, 혼자서 끌고 오르시면 힘들겠네요?"

"살려고 하니 할 수 없는 일, 아니요?"

숨 가쁜 늙은이의 대답에 나는 쓸데없이 물었던 것이 괜스레 미안했다. 문득 우스웠다. 그녀를 처음 보았을 적에,

무뚝뚝하게 단답형으로 같은 또래의 늙은이에게 대꾸했던 모습이 떠올랐기 때문이다. 늙은이의 기력은 생각보다 대단했다. 하기야 사람의 쓰임새는 단련되는 쪽으로 발달하는 것 아니겠는가.

다리가 팍팍할 즈음에야 수레는 처리장 안으로 쑥 들어갔다. 울타리가 높은 처리장 안에는 여러 가지 폐품들이 가득 쌓여있었고, 대여섯 명의 사람들이 물건들을 정리 중이었다. 수레를 세운 늙은이가 나를 쳐다보았다. 눈빛은 부드럽게 변했으나 여전히 그녀의 충혈된 눈빛에 서린 음울한 느낌을 지울 수가 없었다.

"고마워요. 힘들었을 텐데……."

나는 폐기물처리장과 늙은이를 뒤로 했다. 사실 빠듯한 시간이었더라면 그런 자선을 베풀 수는 없었다. 골목 전신주 앞에서 쪼그리고 앉았던 그 늙은이의 모습이 떠올랐다.

한 동안 지방 대리점에 출장을 다녀왔고, 영업 실태보고서를 만드는 일로 정신이 없었다. 일상이 다람쥐 쳇바퀴처럼 돌아간다 해도 부딪치는 일은 조금씩 달랐다. 봄기운이 완연할수록 연 초록빛이 점점 퍼지며 굵게 돋아났다. 시간이 한가하면 뭔가 한 뭉텅이 빠진 것처럼 허전했다. 한번 어긋난 결혼으로 나의 독신생활은 어쩔 수 없는 노릇이었다.

아파트 베란다에서 내다보니 멀리 야산 자락은 아지랑

이가 아른거렸다. 나는 끓인 라면을 후후 불면서 끼니를 때웠다. 그리고 밖을 한 바퀴 돌아오리라 마음먹었다. 운동화를 끈을 당겼다. 날씨는 화창했으나 선뜻한 기운이 살갗으로 스며들었다. 아파트를 지나고 듬성듬성 앉아있는 집들을 뒤로하면 논들이 깔려있었다. 논이 끝나면 산의 능선이 가파르게 시작되었다. 등산객들이 가끔 지나갔고, 오솔길 옆으로 텃밭을 헤집는 사람들은 주로 나이가 들어보였다.

호미를 들고 엎드려 있다가 허리를 펴던 늙은이를, 그곳에서 보리라는 생각은 전혀 못했다. 이번에는 그녀가 먼저 내게 아는 체를 했다.

"어딜 가시우?"

"안녕하세요? 뭘 심으시려고요?"

"집에서 먹을 거나 건지려고 한다오."

검정바지에다 밤색 윗옷을 입은 늙은이가 충혈된 채 굳은 눈빛을 풀면서 내게 말했다. 나는 어차피 산책을 할 심산이었으므로 그 자리에 서있었다.

"고물을 줍다 보니 파종이 늦었네."

"힘드시겠네요?"

"작년에는 고추를 심었는데, 병충해로 망했어. 그래도 시장에서 사먹는 것 보담 좋으니까."

늙은이는 밭이랑에 세워둔 생수병을 들고 종이컵에 따랐다. 그것을 이내 마시는가했더니, 내게 건넸다. 늙은이의 주름살은 깊이 새겨졌으나 당당한 얼굴이었다.

"식구들은 안 계십니까? 혼자서 일을 힘들게 하시던데……."

"없어요. 자식이 있긴 있었지… 며느리가 집을 나가기 전까지만 해도. 불쌍한 년."

늙은이는 무슨 말을 잇지 못하고 허공을 쳐다보다가 주먹손으로 어깨를 두드렸다. 고개를 돌리며 내 시선과 마주치던 그녀의 동작이 멈췄다. 그리고 뭉툭한 손가락으로 페트병 뚜껑을 막으면서 담배를 집어 물었다. 그녀가 불을 붙여서 연기를 피웠다. 어디선가 중장비의 기계음이 들렸다. 산모퉁이를 돌아 나온 포클레인이 건너 야산으로 기어가고 있었다. 산자락의 단층은 뚝 깎여있었다. 무자비하게 파헤쳐져 드러난 누런 흙의 잔해는 충돌에 의해 빠개진 골수와 비슷했다.

"산이고 동네고 다 파헤쳐 놓고서, 이제 또 뭘 파는고. 조상대대로 땅 뙤기나 부쳐 먹은 사람들이 아파트를 짓는다고 정부에서 땅을 수용하니까, 금방 돈벼락을 맞고 정신없이 지랄들이지. 하기야 땅이란 게 하두 주인이 잘 변하니까 도리는 없지만, 아, 글쎄 조상님들 묘까지 이장하라고 해서 저 놈의 기계로 몽땅 들어냈지 뭐야. 보상한답시고 아파트 딱지를 받고는 많이들 뿔뿔이 헤어졌어요. 저 허공에 벌집같이 매달린 아파트에 살면, 젊은 것들이야 좋겠지만 노인들만 불쌍하지…….”

입을 열자 갑자기 말이 길어진 그녀는 전혀 다른 사람 같았다. 그녀가 다시 호미를 들고 허리를 굽히자 나는 산으로 올라갔다. 산자락에 엎디어 있는 작은 절을 지나서 등짝이 땀으로 축축하면 산 정상이었다.

첫 휴가를 받고 나온 몇 개월 후 포상휴가였다. 도심의 뒷골목에 있는 작은 빌딩으로 올라갔다. 이모의 사무실은 집기들이 흐트러져 있어서 이사를 하는 분위기였다. 이모는 그 와중에도 혼자서 담배를 피웠다. 나는 의아해서 물었다.

"사무실을 어디로 옮기려고요?"

"음, 왔냐?"

"왜요? 잘 안돼서요?"

이모의 얼굴은 무척 수척했으며 눈은 퀭하게 들어가 있었다. 핏발이 선 눈자위는 어떤 광기가 깃든 것 마냥 낯설었다. 마치 미친개나 고양이마냥 동물의 본능이 꽉 차버린 눈빛이었다고나 할까. 눈의 초점은 넋이 나간 듯 멍했다.

도저히 강단으로 버티던 여인의 눈빛이 아니었다.

"다 날렸다. 이제는 아무것도 남은 게 없구나."

 그 말을 듣는 순간, 나는 그녀가 남들에게 사채를 빌려주고 돈을 못 받은 것으로만 생각했다. 이모는 조그만 냉장고를 앞 사무실에 오 만원에 팔기로 했고, 시계와 책상 석유난로, 소파 따위는 고물상에서 가져간다고 말했다. 그러니 몸만 빠져나간다는 뜻이었다. 필요했을 때에는 모질게 장만했던 물건일지라도, 육신이 괴로울 땐 전혀 쓸모가 없는 무용지물이 된 것이다.

"이모? 은영이는 잘 있어요?"

무엇인가가 언뜻 뇌리를 스쳤다. 갑자기 전번 휴가 때 본, 하얗고 수척하게 마른 은영이 생각이 났던 것이다. 내게 사촌 여동생은, 늘 커다란 눈망울로 절뚝거리는 모습이었다. 다리가 꼿꼿했더라면 이모의 얼굴에 드리운 그림자는 없었을까. 가끔 책을 들고 거실의 긴 의자에 앉아서 '오빠 왔어?'라고 들릴락 말락 조용하게 인사를 건네던 은영이었다. 언젠가 은영이에게 주려고 책을 사 가지고 이모 집에 갔을 때였다.

 현관문은 열려 있었고 아무도 보이지 않았다. 거실 소파에 앉으려다 기척 없이 방문을 밀었다. 햇빛이 창문을 투과하여 방 안을 훤하게 드러낸 바로 그 순간, 나는 온몸이 얼어붙은 채 얼떨떨한 기분이었다. 아무것도 걸치지 않은 눈부시게 하얀 여성을 보았기 때문이었다. 그렇지만 봉긋한 젖가슴 선은 허리 아래까지였다. 빈약한 엉덩이는 가느다란 대퇴부와 연결되어 비틀어지고 휘어진 다리로 내려갔다. 은영이는 침대에 기대어 고개를 숙인 채, 자기 자신의 검은 삼각 숲을 내려다보고 있었다. 손에 뭔가 들고 있던 은영이는 화들짝 놀란 얼굴로 나를 쳐다보았다. 비밀을 들킨 경계의 눈초리였다. 은영이의 표독스런 눈빛은 금시 부끄럽게 변했다. 내가 오히려 놀라서 문을 닫아버렸다. 목덜미에서 얼굴까지 붉게 물든 은영이의 부끄러움이라니. 나 또한 은밀한 장면을 보다가 들킨 미안함과 아울러 야릇한 흥분이 감돌았다. 생리대를 바꿔 차려고 했던 모양이었다. 처음으로 이성의 발가벗음을 본 그 충격이라니. 나는 그날 밤 집으로 돌아와서 방문을 잠그고 수음을 했었다. 은영이가 여동생과 여성으로 겹쳐서 묘하게 나의 뇌리에 각인된 것이 그 무렵이었을 것이다.

 이모는 담배 연기를 풀풀 날리며 한참 동안 나를 뚫어지게 쳐다보았다. 세상과 자기 자신에 대한 원망이 가득 차서 위태위태한 눈빛이었다. 퀭한 이모의 눈은 금방이라도 눈물이 뚝 떨어질 것처럼 슬픔이 어려 있었다.

 "청우야, 은영이 보고 싶으냐? 이제 그년은 내 가슴속에

만 있구나."

　나는 그제야 은영이가 죽은 것을 알았다. 군대에 가있는 내가 충격을 받을까봐 그랬는지, 어머니도 내게 아무 말이 없었다. 그래도 그렇지, 어른들의 심사를 이해하기가 어려웠다.

　이모는 버스 안에서도 아무 말 없이 졸다가 차창 밖을 바라보기만 했다. 우리는 고속버스에서 내려 택시를 갈아 탔다. 이모와 함께 절 입구에서 합장을 했다. 기암괴석을 머리에 이고 있는 마두산 봉우리들은 긴 능선으로 이어져 있었다. 중턱에 있는 절은 오래된 고찰이었다. 우리의 목적은 급성 백혈병으로 죽은 은영이의 천도를 위해서였다. 이모는 촛대에 박힌 손가락만한 양초들에게 불을 붙였다. 슬며시 일어서는 불꽃들은 은영이의 눈망울이라도 되는 듯 환하게 웃었다. 불상 앞에 이모는 가져온 과일과 꽃을 정성스럽게 놓았다. 그리고 향 연기가 처연하게 피어올랐다. 신들린 사람처럼 수없이 절을 하는 이모를 두고 나는 슬며시 옆문으로 빠져 나왔다.

　돌계단을 밟고 올라가니 산신전이 보였다. 문을 열자 어두운 산신전이 내 앞을 훅 감싸 안았다. 한참 어둠에 익숙해서야 사물의 윤곽이 드러났다. 불상 뒤에 드리워진 탱화 속에서 많은 얼굴들이 나를 일제히 쏘아보았다. 나는 등을 굽혀 머리를 조아리고 나서 일어섰다. 왠지 갑자기 섬뜩한 기분이 들었다. 후다닥 소리가 나자 고개를 옆으로 돌렸다. 그러자 오른 쪽 문설주 부근에 사뿐히 내려서 숨어있던 고양이 한 마리가 나타났다. 검은 털 고양이는 천연덕스럽게 성큼성큼 마루바닥을 지나 바깥으로 나가버렸다. 나는 잠시 머리를 가득 채웠던 공포를 털어내면서 문 밖으로 나왔다.

　을씨년스런 날씨였다. 싸늘한 바람이 내 목을 감고 지나갔다. 몇 점의 시커먼 떠돌이 구름들이 점점 커지더니, 이내 빗방울이 돋아서 살갗에 스며들었다. 산중에 촘촘히 서 있던 나무들은 늦겨울 비를 맞고 있었다. 나는 이모가 불공을 드리고 있을 대웅전을 내려다보았다.

　이모는 무슨 생각으로 골몰하고 있었을까. 말라빠진 식물처럼 시름시름 앓다가 야위어간 은영이, 열아홉의 꽃을 피우지도 못하고 저 세상으로 떠난 은영이. 한 줌의 재로 변한 자기 자신의 육신 한 조각을 세찬 바람에 날려 보낸 억울함 같은 것들이 꽉 차있을 것이다. 어쩌면 이모는 그 흔적과 기억을 지우려고 애를 쓰고 있을까. 아니면 여태껏 마음에 있을지도 모르는 어려서 잃은 핏덩이를 가슴에서 꺼냈을지도 몰랐다.

　대웅전 댓돌에는 이모의 신발이 그대로 있었다. 나는 쫄

쫄 떨어지는 약수 물을 빨간 바가지로 받아 마셨다. 약수터 옆에는 시누댓잎들이 바람에 서걱거리고 있었다.

  회색 스웨터에 검은 바지를 입은 이모가 밖으로 나왔다. 멀리서 은영이와 닮은 청초한 자태의 여인이 천천히 내려오고 있었다. 그것은 나의 단순한 환상적 작용에 기인했거나 잘못된 착시현상일 수도 있었다. 그러나 나는 그 순간에 두 사람이 한 사람의 모습으로 겹친 것을 분명히 보았다.

  약수 물을 들이 킨 이모는, 나를 보며 알지 못할 쓴 웃음을 지었다. 그 눈동자에 어린 빛은 슬픔이 가득하여 금방이라도 눈물로 떨어질 것만 같았다. 거무스레하게 기미가 낀 이모의 하얀 얼굴은, 어떤 체념의 기운이 감돌고 있었다. 충혈된 눈빛에는 더 말할 수 없는 고통의 그림자들이 웅성거리는 듯 했다. 인간이 소유하고 있다고 느낀 것을 잃었을 때, 분노가 이글거리게 될 수밖에 없었다. 지난 세월, 이모부나 시어머니에 대한, 아니 인간들에 대한 증오와 배신감 따위가 억울한 자신의 심연을 화산처럼 폭발시켰을 것이리라. 어쩌면 인간끼리 부딪치는 억울함 뒤에는 신에 대한 원망이 가득 도사리고 있을지도 모른다. 하늘에서 내린 어둠이 땅에 적실 무렵, 우리는 절을 뒤로 했다.

일찍 퇴근하는 날은 재래시장 앞에서 버스를 내렸다. 시장을 거슬러 오다가 김이 뭉게뭉게 나는 곳으로 들어갔다. 마침 출출하여 선지 해장국을 먹고 싶었다. 구석진 곳에 앉아있는 낯익은 사람들은, 고물을 줍는 그 늙은이와 가끔 골목길에서 대거리를 하는 늙은이였다. 문을 닫고 들어서는 나를, 그녀가 퀭한 눈으로 한참 쳐다보다가 이내 안다는 표정을 지었다. 나는 고개를 끄덕이며 건너편에 앉았다. 그녀들은 돼지 머리 고기 한 접시를 놓고 소주병을 주거니 받거니 했다.

"술 한 잔 하려오?"

해장국을 시켜놓고 젓가락을 들고 있던 내게 고물상 늙은이가 말을 건넸다. 나는 손을 내저었다. 얼큰한 국물을 숟갈로 퍼먹고 있던 내게 늙은이는 다시 술을 권했다. 거절하는 것도 예의가 아닌 것 같아서 소주 한잔을 받았다. 늙은이들은 술을 꽤 마신 듯 했다.

"젊은 사람이 참, 건실한 것 같아."

내가 얼른 빈 잔을 건네주며 술병을 기울이자 그녀가 앞에 있는 늙은이에게 말했다. 나는 밥을 씹으면서도 늙은이들의 말소리를 들었다.

"내가 말했지? 시어미가 설치면 안 좋은 꼴을 본다고."

"아녀! 그래도 모른 척 하면 며느리 년, 버르장머리만 나

빠져. 어디 감히 설쳐!"

"말마라! 내 새끼라고, 아들을 감싸다 보니 이 꼴 난 거 아니냐."

"그래도 그렇지, 서방이 사업을 하다 보면 계집질도 할 수 있는 거지. 넌, 아들이 군인였잖어?"

"다 지난 이야기여. 살만큼 살았으니, 때가 되어 빨리 죽었으면… 기다리는 일은 지루해. 결국 죽는 것도 기다리는 일이지만."

늙은이의 자조 섞인 말이 내 귓속으로 슬며시 들어왔다.

아침에 부리나케 출근을 하면서 가끔 두 늙은이를 보았다. 바깥 날씨는 점점 화창해졌다. 그러다가 며칠 동안은 날씨조차 음습하게 꼼지락거렸다. 날씨가 고무줄처럼 당겼다가 오므라지는 계절에는 젊은이들조차 몸이 오싹했다. 대개 계절이 뒤바뀔 때마다 그런 자연의 현상은 늘 있게 마련이지만.

저녁 무렵 골목길로 접어들었을 때, 입구에는 매직 펜 글씨로 써 붙여진 안내판이 서 있었다. '죄송합니다. 이틀 동안만 돌아가 주십시오. 김 씨 상가 올림.'

아침에 보지 못한 이질적인 물건들이 좁은 골목을 가로막았다. 철 대문 집 앞이었다. 투명 비닐로 쳐진 기다란 천막과 근조를 알리는 등불이 걸려있었다. 아무래도 그 늙은이의 신수 좋은 친구가 죽은 것이 틀림없었다.

그 후로도 골목길에서 고물 더미를 손수레에 싣고 있는 늙은 그녀의 모습을 더러 보았다. 늙은이는 눈빛이 마주쳐도 아무 말 없이 그냥 하던 일을 할 뿐이었다.

달력에 빨간 숫자가 박힌 날이었다. 나는 오전 내내 뒹굴고 있다가 주섬주섬 옷을 입고 집을 나섰다. 아파트에서 산 능선으로 올라가는 왼쪽 기슭에 절이 있었다.

어스름이 내려오자 사위는 차츰 짙은 회색빛으로 젖어들었다. 대웅전을 가운데로 목련나무, 단풍나무에 철사 줄로 매달린 연등들이 눈을 뜨기 시작했다. 주로 여인네들은 빨강, 하양, 노랑, 분홍색의 연등 속에 촛불을 켜고 있었다. 연등에는 가족들의 이름과 소원성취, 혹은 아무개 영가라고 쓴 종이 꼬리가 달려서 나풀거렸다. 사방이 어둑해질수록 등불들은 밝았다. 신도들의 구시렁거리는 말소리와 시멘트 바닥을 신발 끄는 소리가 시끄러웠다. 확성기에서 퍼져 나오는 불경과 목탁 치는 소리가 점점 차분한 분위기를 잡아나갔다.

나는 은영이의 이름을 쓴 연등에 불을 붙였다. 하얀 불빛은 마치 은영이의 창백한 얼굴마냥 나를 물끄러미 바라보는 듯 했다. 은영이의 얼굴에 겹친 이모의 모습이 잠깐 어른거리다가 스러졌다.

"줄을 서요!"

누군가 큰소리로 말했다. 어디선가 들었던 음색이었다. 나는 웅성거리는 사람들 틈바구니에서 소리가 나는 쪽을 돌아보았다. 낯익은 얼굴이었다. 늙은 그녀가 회색 개량 한복 차림으로 서 있었다. 늙은이의 눈빛과 내 시선은 몰려드는 사람들 때문에 차단되었다. 그때, 늙은이가 이모의 시어머니일지도 모른다는 뜬금없는 생각은 왜 들었을까.

"아직 여덟 시도 채 안되었는데……."

물방울무늬의 투피스 차림을 한 여인이 퉁명스럽게 뱉었다. 그렇지만 제등 행렬은 새끼줄 꼬아지듯 길어졌다. 주홍 색 장삼을 걸친 스님이 맨 앞으로 나섰다. 스님의 까까머리가 어둠 속에 묻혀버리자, 행렬은 지네처럼 꿈틀거리며 기어가기 시작했다. 그리고 돌탑 앞에서 한 바퀴를 돌았다. 따악 딱, 똑 또옥. 목탁 소리와 함께 스님의 염불이 낭랑하게 밤공기를 헤치면서 퍼져나갔다. 사람들의 웅성거림은 더 이상 들리지 않았다. 절 초입을 벗어 난 행렬은 산자락을 돌아서 내려갔다. 이제 막 모내기를 한 논에서 요란스럽게 울던 개구리들의 울음이 뚝 끊겼다. 논 가운데 난 길로 행렬이 접어들었다. 논물이 가득 찬 수면 위로 연등의 불빛들이 흔들렸다. 반달이 뿌연 구름 사이에서 얼굴을 내밀었다. 연등의 불빛들은 바람에 날리는 꽃잎처럼 물 위에 떨어져 있었다. 소슬한 바람이 불었다. 나는 무연히 걸어갔다.

어머니는 이모가 몇 달간이나 집에 틀어박혀 있었다고 내게 말했다. 내가 제대를 했을 때에 이모를 볼 수 없었고, 행방이 묘연했다. 나 역시 여러 군데에 알아보았고, 백방으로 수소문을 했으나 막막했다. 파출소에 가출인 신고를 하고도 한참 지나서 어머니가 말했다.

"청우야? 아무래도 글렀다. 생각해 보면 네 이모가 사채놀이를 하다 보니 혹시, 사람들에게 얽히고설켜서 우리가 모르는 일도 있을 거고……."

어머니는 암으로 돌아가실 때까지 마냥 애만 태웠다. 어쩌면 어머니의 속은 숯덩이처럼 까맣게 타버렸을지도 몰랐다. 살아있다면, 이모 역시 마찬가지일터였다.

며칠 동안 골목에서 그 늙은이의 모습을 통 보지 못했다. 하기야 사람이 늙으면 기약이 없다니까, 모를 일이였다. 구조조정으로 잘린 김 차장의 송별 회식 때문에 코가 삐뚤어지게 마셨다. 포장마차까지 두서너 차례를 더 들려서 집에 오니 한 밤중이었다.

늦게 일어나니 배가 고팠고, 속이 쓰라렸다. 나는 승강기를 내려 시장 거리로 어슬렁어슬렁 내려갔다. 해장국 집

출입문 옆에는 여전히 커다란 알루미늄 솥에서 고기를 삶는 김이 모락모락 피어났다. 어중간한 시간 때문이었는지, 손님들은 눈에 띠지 않았다. 마늘을 까고 있던 주인 여자가 아는 체를 했다. 쥔 여자는 내가 다른 음식을 주문하지 않는 한, 선지해장국을 가져다주었다.

"거 있잖아요? 가끔 여기 오던 할머니."

밥 한술을 막 떠 넣으려는 내게 쥔 여자가 말을 이었다.

"손수레를 끌던 분 말입니까?"

"글쎄, 그 노인네가 어제 죽었어요."

멍하게 바라보는 내게 쥔 여자는 호들갑스럽게 말했다.

"손수레를 끌고 쓰레기 처리장 길을 올라가다가 변을 당했다나 봐요. 멈춰있던 큰 화물차의 브레이크가 갑자기 풀려서 슬슬 내려오더니, 노인네가 피할 틈도 없이 그냥 막 덮쳐버렸대요. 나도 가봤는데… 아이구, 시신이 짓이겨져서 피투성이였는데, 꼭 짐승처럼… 거 왜, 있잖아요? 가끔 길에 다니다 보면 자동차에 깔려 널부러진 개나 고양이 같은."

그랬을까. 동물의 내장과 뻘겋게 뭉그러진 살덩이가 함부로 뒤섞인 채 길바닥을 흥건하게 적셨으리라. 늙은이가 오래된 폐품 기기를 분해한 것처럼. 늙은이는 이모의 시어머니였을까. 알 수 없었다. 이모의 얼굴이 늙은이의 모습을 덮으며 내게서 사라졌다. 내가 알았던 모든 이들은 그들과 알았던 인연만큼, 시간만큼 흘러야 잊혀질까. 누구나 이승에서의 질긴 인연이 저승까지 이어질지, 그건 모를 노릇이었다. 내 육신이 의식을 지탱하고 있는 이후에도.

 이튿날 아침에는 또 늦잠을 자서 출근 시간이 늦을세라 나는 마구 뛰었다. 아파트 뒤 골목으로 접어들었을 때였다. 쓰레기봉투들이 쌓인 곳에서 갑자기 뭣인가 튀어나오더니 쏜살같이 내뺐다. 가끔 나타나는 검은 어미 고양이였다.

건물 주인은 오십 후반의 빼빼 마른 여자였는데, 가끔 관리실에 들렀다. 할 때마다로 밥맛이 없는 여자였다. 입주자들이 두루마리 화장지나 비누를 헤프게 쓰는 것이 마치 복순의 잘못이라도 되는 양, 관리소장에게 삿대질을 하며 큰소리로 훈계하는 것을 보면 꼴불견이었다.

세탁기와 숨소리

건물 주인은 오십 후반의 빼빼 마른 여자였는데, 가끔 관리실에 들렀다. 한마디로 밥맛이 없는 여자였다. 임주자들이 두루마리 화장지나 비누를 헤프게 쓰는 것이 마치 복순의 잘못이라도 되는 양, 관리소장에게 삿대질을 하며 큰소리로 훈계하는 것을 보면 꼴불견이었다.

아파트 창문이 흔들렸다. 새벽바람이 심상치 않은 모양이었다. 복순은 쟁반을 들고 안방으로 들어갔다. 남편의 머리맡에 쟁반을 두고 상보자기로 덮었다. 남편은 멀겋게 뜬 초점 없는 눈으로 복순을 올려 보았다. 말이 좋아서 남편이지 낫살 차이로 보나 하는 짓으로 봐도, 복순이 부르는 대로 영감이라는 호칭이 더 어울렸다. 남편은 중풍으로 쓰러진 것이 벌써 삼 년도 넘었다. 안방은 영감 차지였고 복순은 예삐와 함께 옆방을 썼었다. 그러나 예삐조차 제 어미에게 가버린 뒤에는 복순이 혼자였다. 가끔 한 달에 두어 번 정도 나이트클럽 종업원으로 일하는 큰아들이 올 때 만 구린 냄새가 가득 밴, 안방으로 들어가 윗목에서 쭈그리고 잤다. 그렇지만 면역이 된 탓인지 안방의 역한 냄새조차 지금은 아무렇지 않았다.

"으째, 기저귀는 안 갈아도 되까?"

복순이는 남도사투리가 섞인 억양으로 영감에게 물었

다. 영감은 그때서야 눈빛에 약간 힘을 주면서 얼굴을 폈다. 이렇게 물었을 경우, 눈을 찡그리면 기저귀를 갈아주었다. 물론 영감의 어눌한 말씨조차 어린아이의 소리처럼 변한지 오래되었다. 모처럼 찾아오는 자식들조차 복순의 통역이 없이는 통하기 어려웠다. 부부끼리 말을 주고받지 않아도 서로 뜻은 통하련만, 복순은 누가 있으나 없으나 영감에게 꼭 말을 걸었다. 말을 걸지 않으면 자기 자신이 오히려 허깨비 같은 느낌이 들었기 때문이다.

젖은 기저귀와 속옷가지를 들고 화장실로 들어갔다. 욕조 옆에 있는 세탁기의 덮개를 열고 세탁물을 넣었다. 시작 단추를 누르자 물이 나오면서 또 덜덜거리는 소리가 났다. 통돌아가는 소리는 마침내 우당탕하며 멈추고, 탈수는 전혀 안되었다. 고친다 하면서도 미루었는데, 서비스 수리신고를 해두었으니 오늘 내일쯤은 직원이 방문할 것이었다.

오리 털 잠바까지 입고 털실목도리를 칭칭 감은, 복순은 나가다 말고 다시 안방으로 들어왔다.

"나, 갔다가 올 테니까 잘 있어 이."

영감이 찡그린 것 같았다.

"아니, 쌌어? 아까는 괜찮다고 해놓고는."

복순은 이불을 들치고 영감의 기저귀를 벗겨 아랫도리를 들여다보았다. 간밤에 갈아준 그대로였다. 손가락만한 거무데데한 것이 희끗한 거웃 속에 묻혀 있었다.

"그럼 뭐여?"

영감의 얼굴을 살폈다. 다녀오라는 시늉인데 왠지 힘이 더없어 보였다. 오래된 병이라 복순이 역시 면역된 되었다. 벌써 일 년 전에 친목계모임에서 탄 상포를 장롱 속에 준비해 두었다. 뿐이랴, 금년에는 까닭 없이 김장도 마흔 포기가량 했더니 딸이 의아해 하는 눈치였다.

며칠 전만해도 그랬다. '어이 영감, 나 갔다오께 잘 있어.'라고 하자 영감은 멀건 눈동자를 약간 돌렸고, 별 생각 없이 출근을 했었다. 그날따라 비상계단 턱에 붙은 놋쇠 판을 광택제로 닦다 보니 늦게 서야 집에 오게 되었다. 그런데 웬걸, 현관문을 열고 안방에 들어서자 말자 구린내가 진동하는 것 이었다. '에끼 이 눔의 영감태기야! 조금만 참지. 아이고, 내 팔자야.' 하고 복순이 냅다 소리를 질렀으나 영감은 눈만 깜빡 했을 뿐이다.

"빨리 출근을 해야 돼. 오늘은 월급 타면 맛있는 것 많이 사올게, 잘 있어요."

현관문을 열고 5층 계단을 내려가는데 괜히 마음이 급하여 발을 헛디딜 뻔 했다. 밖으로 나서니 찬바람이 쌩쌩 불었다. 한 무더기의 바람이 복순의 귀싸대기를 후려치고는 지나갔다. 시영아파트 입구를 지나서 버스 정류장으로 빨리 걸었다. 가로등이 듬성듬성 졸린 듯 새벽어둠을 밝혔다. 여름 같았으면 오가는 사람들이 많았겠지만, 신문배달 오토바이 소리만 요란했다.

  전조등을 켠 버스가 바로 왔다. 버스 안에는 대여섯 명의 승객이 앉아있었는데, 눈에 익은 나이가 지긋한 사람들뿐이었다. 다른 날 같았으면 의자에 등을 대자마자 금방 졸음이 올 터인데 아무런 생각이 나지 않았다. 이상하게도 눈만 멀뚱멀뚱했다. 머리는 그냥 텅 비어버린 듯 멍했고 광고 불빛과 가로등들이 휙휙 지나갔다.

  도심지에 가까울수록 차량과 사람들이 제법 많이 오갔다. 지하철도 운행할 시간이었다. 복순은 버스에서 내려 지하도를 지났다. 우뚝 우뚝한 빌딩들이 즐비하게 서 있는 보도를 따라 걸었다. 누군가 뒤에서 등을 툭 쳤다. 옆 빌딩에서 청소를 하는 여자였다.

  "아줌마? 다 왔는데 뭘 그렇게 빨리 가?"

  "추워서 그래."

  "빨리 일한다고 빨리 퇴근하나, 어차피 시간되어야 퇴근하지. 거기도 오늘 월급이 나오겠네. 불황이라고 임대료가 잘 안 걷히면 날짜가 늘어져서 큰일이야?"

  "줘야 주는가 하지."

뚱뚱한 여자는 아주 영악하여 근처 빌딩들의 속사정을 훤히 꿰고 있었다. 가끔은 빌딩에 새로 입주한 회사에서 고사를 지내고 먹을거리를 얻으면, 몇몇 청소원 여자들을 불러 모으기도 했다. 하기야 복순이 역시 그 점에 있어서는 마찬가지였는데, 그런 자리야 말로 그녀들의 직장에 관한 정보교환의 장이기도 했다. 살아온 처지가 다르고 나이 차이가 나도 빌딩을 청소해주고 밥벌이하는 현실이 그녀들의 기준이었다. 뚱뚱한 여자는 자신이 일하는 빌딩이 보이자 뛰어가다시피 사라졌다.

6층 건물 옥상 난간 사이로 불빛이 보였다. 건물 맨 꼭대기의 바닥에 세 평 남짓 가건물을 지어서 숙직실로 사용하는 곳이었다. 옷을 갈아입고 청소를 한 후 잠시 쉬기도 하는데, 경비원까지 수시로 불쑥 들어와 텔레비전을 보며 놀기도 했다. 건물의 현관 덧문은 아직 닫혀있었다. 복순은 덧문을 손으로 쾅쾅 두드렸다. 경비원이 술을 마시고 깊은 잠에만 빠져있지 않으면, 벽을 울리는 진동음이 숙직실까지 탁탁 전달되었다. 언젠가 한번은 경비원이 밤새도록 전등불만 켜놓고 6시가 훨씬 넘어서야 밖에서 오는 바람에 건물 안으로 들어가지도 못하고 비를 흠뻑 맞은 일도 있었다. 경비원들은 근무를 하다가 아침에 막 교대를 했다. 밤에는 관리소장이 없으니까 자기들 맘대로 편하게 근무했다.

　지하 2층에 지상 7층 건물인데, 쉰 줄의 관리소장과 경리 여직원, 경비원 두 명과 청소원인 복순이가 모두 관리실 직원이었다. 말로는 코딱지만한 빌딩이라고 하지만, 지하 2개 층은 호화 룸싸롱이고 1층은 고급 일본식 음식점이며 나머지 다섯층은 전부가 임대 사무실이라 알짜였다. 도시의 중심지라서 그런지 사무실도 여러 종류의 업종이었다. 여행사, 경제연구소, 디자인업, 사채업, 무역회사, 결혼중매업소 따위와 뭔지 모르지만, 비까번쩍한 사무용 집기로 꾸며놓은 여직원 하나만 달랑 있는 사무실까지 열 곳이나 되었다. 더러는 차린 지 한 달도 채 못돼 문을 닫는 곳도 숱하게 많았다.

　건물 주인은 오십 후반의 빼빼 마른 여자였는데, 가끔 관리실에 들렀다. 한마디로 밥맛이 없는 여자였다. 입주자들이 두루마리 화장지나 비누를 헤프게 쓰는 것이 마치 복순의 잘못이라도 되는 양, 관리소장에게 삿대질을 하며 큰소리로 훈계하는 것을 보면 꼴불견이었다.

　"막 문을 열려던 참 이였는데……."

　어제 근무한 김 씨였다. 김 씨는 츄리닝 바람으로 졸린 눈을 비비며 덧문을 끼리릭 올렸다. 김 씨는 행동거지가 조금 굼떴다. 입사한지가 한 반년쯤 되었는데 말도 별로 없었다. 며칠 전, 소방서에서 겨울철 화재예방 때문에 특별히 검열을 한다며 관리소장이 직원들에게 눈치 것 잘 하라고 신신당부를 했다. 경비실로 찾아온 소방서 직원들이 '관리실이 어디냐'고 김 씨에게 묻자, 가만히 있기만 했다. 보다 못해 현관에서 바닥 걸레질을 하던 복순이가 대신 안내를 한 것이다.

더구나 소방서 직원들을 기계실과 기름 탱크로 안내 할 때도, 옆에 있어야 할 사람이 사라져서 찾느라 난리가 났었다. 김 씨는 주인여자의 먼 친척이 되는가 보았다. 정신 증상에 문제가 있는 건 아닌 성싶었으나, 사람을 가급적 회피하거나 혼자서 씨익 웃는 묘한 표정이고 보면 이쪽에서 오히려 이상할 정도였다. 어쩌다가 우연히 시선이라도 마주치면 미심쩍은 얼굴로 고개를 돌려 외면해버리곤 했다.

복순은 목도리를 풀면서 김 씨가 켜놓은 승강기를 타고 숙직실로 올라왔다. 그런 후 작업복으로 갈아입고 쌀을 씻어서 전기밥통 속에 넣었다. 복순은 혼자 먹을 아침을 두 차례나 준비하는 것조차 습관이 되었다. 관리실에 들어가 종합열쇠통과 청소도구를 가지고 내려갔다. 사무실에 들어가 형광등을 켠 후 의자들을 책상에 올려놓고 빗자루로 바닥을 쓸었다. 날마다 청소를 하니까 하루 정도 걸러도 모르겠지만, 복순은 자기자신이 하는 일이 세수하는 것과 비슷하다고 생각했다. 입주업체 사람들은 9시 무렵까지 출근했다. 짧은 시간에 사무실들과 복도까지 청소하는 일은 중노동이었다. 비질을 마친 다음 쓰레기통을 비닐봉투에 담고 물에 짠 마대로 바닥을 닦았다. 일을 하다 보면 추운지도 몰랐고 열심히 움직이다 보니 몸에서 열이 나고 땀이 났다.

 네 번째 사무실 바닥을 닦을 때, 갑자기 마대자루 아래가 툭 부러졌다. 걸레가 닳아지면 모를까 단단한 재질의 나무자루가 뜬금없이 부러지는 일은 처음이었다. 복순은 얼른 숙직실 옆 비품 창고로 마대자루를 가지러 가면서 왠지 마음이 불안했다. 거의 청소를 다할 무렵, 사무실 창문으로 흐릿한 빛이 들어왔다. 아침은 훤하게 밝았는데 마음은 괜히 조급했다. 몇 년을 했던 일이고, 급할 까닭이 없는데 오늘따라 왜 그런지 알 수 없었다.

 청소를 대충 마무리하고 현관으로 내려가자 박 주임이 웃는 얼굴로 경비실 안에서 복순에게 아는 척을 했다. 거무레한 구레나룻을 깔끔하게 면도를 한 것 같았다. 김 씨와 교대를 한 모양이었다. 박 씨는 복순이보다 2년 정도 일찍 입사한 고참이다. 사무실에서는 그를 박 주임이라고 불렀다.

 "아줌마? 오늘 월급날인데, 몸보신 좀 합시다. 그런데, 어째 얼굴을 보니 안색이 별루네. 어디 아파요?"

"잠을 설쳤더니 피곤해서 그런가 봐요."

"아따 집에 가봐야, 잠을 못잘 이유나 있어요? 말이 되는 소리를 해야지 원. 누워있는 바깥양반이 잠을 설치게 할 힘도 없을 것이고."

오랫동안 함께 근무해서 속을 터놓은 때문인지, 박 주임은 복순의 집안 내막을 대략 알고 있었다. 더러는 우스갯소리를 해도 받아 넘기는 처지였다. 또한 관리실이 돌아가는 형편을 어림잡아 귀띔 해주기도 했다. 그래서 복순이도 먹을거리가 생기면 박 주임을 꼭 챙겨주었.

"그저께 미스 김에게 물어보니 오늘은 제대로 월급이 나올 것 같다고 합디다. 임대료는 잘 들어오는데, 다른데다가 부동산을 산 은행대출이자 때문에 그렇대요. 쓰발, 있는 사람들은 욕심이 하늘을 찔러. 전번 달처럼 한 이십 여일이나 밀려버리면 마누라한테 말도 못하고 은행에 가서 또 현금서비스를 뽑아야 하는데, 빌딩 사장님 같은 사람이 우리네 형편을 이해나 하겠어요."

한 달 동안 뼈마디가 부스러지게 일한 대가를 제 날짜에 안준다고 툴툴거렸다. 김 씨가 교대를 끝내고도, 아직 뭉그적거리며 있는 것을 보면서 복순은 다시 숙직실로 올라왔다. 몇 년 동안을 제 날짜에 맞춰 급료를 받은 적이 별로 기억에 없었다. 당연히 사람을 부려먹었으면 월말에 봉급을 줘야 하는데, 그렇지 못했다. 말이야 임대료를 수금해서 돈을 마련한다지만, 여러 가지 말을 들어보면 납득이 안됐다. 지난 추석 명절 때처럼 은행 마감시간을 훨씬 넘긴 다음에야, 부랴부랴 월급봉투를 채워준 것은 그나마 다행한 일이었다. 돈이 빙빙 돌고 돌아야 사람들의 형편도 돌아갈게 아닌가. IMF가 끝났다고 좋아했더니 또 무슨 경제 불황이라는 말뿐이었다.

 복순은 청소하면서 가져온 신문지와 폐지를 모아 가지고 올라갔다. 하늘은 흐릿했고 찬바람이 불었다. 옥상 한 구석은 그녀가 폐지나 폐품을 모아 둔 곳이었다. 비나 눈에 맞지 않도록 투명비닐로 덮어서 많게 모아지면 고물장사에게 넘겼다. 돈이라 해봐야 고작 몇 천원에 불과하지만, 공돈 같아서 영감과 예삐가 좋아하는 오렌지주스나 초콜릿을 사가면 복순의 마음은 흐뭇했다.

 복순은 화장실에 들어가 씻고 숙직실 방으로 들어왔다. 냉장고에서 꺼낸 밑반찬을 방바닥에 내려놓고 밥통을 열었다. 고소한 밥 냄새가 콧속으로 들어왔다. 그러자 잠시 잊고 있었던 영감이 생각났다. 영감이 생각나면 어떤 때는 덩달아서 돌아가신 어머니도 연상 작용으로 떠올랐다.

 기억조차 가물가물한 수십 년 전, 복순이 시골 초등학교를 졸업하고 집안일을 돕고 있을 무렵이었다. 열아홉 살의 초여름 밤은 학교 운동장에서 영화를 상영했다. 닷새마다 돌아오는 시장이 파하면, 트럭을 개조한 영화사 차량이 이 동네 저 마을로 들쑤시고 다녔다. 확성기가 동백아가씨 같은 대중가요로 분위기를 잡아놓았다. '눈물이 아니면 도저히 감상할 수 없는 시네마스코프 총천연색 어쩌구저쩌구' 하는 저음의 남자 목소리가 처녀들의 마음을 흔들어 놓은 것도 이쯤이었다. 어스름이 깔리면 처녀들은 동네를 빠져나왔다. 삼삼오오 떼를 지어 개구리가 시끄럽게 우는 들판과 노랗게 팬 보리밭을 지나서 가설극장으로 갔다. 농사일에 찌든 일상의 탈출이었다.

하얀 천으로 울타리를 친 가설극장 안에는 그야말로 인근 젊은이들이 모처럼 만나는 장소였다. 복순이가 영화사의 변사로 따라다니는 춘발이를 만난 것이 바로 그 여름이었다. 체구는 아담했지만 얼굴이 둥글고 속눈썹이 긴 복순이였다. 영사기를 돌리는 트럭 안에서 자신을 점찍은 춘발이를 처음 보았다. 동네 처녀들과 함께 왔을 때, 몽땅 무료로 몇 번 입장시켜준 저의를 한참 후에야 알았다. 나중에야 확성기의 목소리의 주인공이 춘발이라는 것을 알았지만, 그때는 이미 구면이 되어버렸다. 그리고 영화가 끝나고 보리밭에서 캄캄한 여름 밤 하늘을 쳐다보았을 때, 인생의 주사위는 던져지고 만 것이다. 열두 살이나 차이가 난 것을 안 것도 한참 후였다. 어머니의 말을 듣지 않고, 춘발을 계속 만나서 바가지를 엎어놓은 것 마냥 배가 부른 것조차 운명이었다.

 아들 둘, 딸 하나를 낳았지만, 서방이라고 아직껏 집안에 생활비를 제대로 들여온 적이 없는 위인이었다. 삼십 후반부터는 카바레를 출입하더니만, 아예 제비족으로 나섰는지 몇 년 전까지만 해도 집에는 이따금씩 들어왔다. 아마 중풍만 걸리지 않았더라면, 지금도 동네 개처럼 무도장 주변으로 돌아다닐 것이 뻔했다.

 남편이라는 작자가 그 모양인데, 자식들인들 잘될 리 만무했다. 콩가루 집안이 따로 없었다. 딸은 공장에 다니다가 같은 공원과 동거생활 중이고, 큰아들은 서른이 넘었는데 나이트클럽 종업원이었다. 아들은 눈이 맞은 술집 아가씨와 결혼식도 안올리고 살다가 예삐를 낳아놓고 그만 이혼해버렸다. 막내아들이 군에서 제대하여 화물차 운전을 하며 겨우 생활비를 조달해주는 형편이었다. 복순은 그간 식당 일이며 공장 일을 다녔지만, 그것도 나이가 들어 계속하기 힘이 들었다. 그래서 오륙 년 전부터 청소부 일을 다닌 것이다. 다 팔자려니 하고 살다 보니 벌써 쉰 중반이었다.

복순은 숟가락으로 밥통 속의 밥을 뒤적거리다가 그만 숟가락을 부러뜨리고 말았다. 낡은 숟가락의 모가지 부분에 힘을 세게 주어 부러졌건만 까닭 없이 그냥 불안했다. 그래도 일하고 난 뒤의 빈속이라 밥은 꾸역꾸역 위장 속으로 잘도 들어갔다.

맨 나중에 청소하는 관리사무실로 갔다. 관리소장에게 인사를 하자 굳은 얼굴로 복순을 힐끔 쳐다보았다. 처음 보는 여자 손님이 미스 김 건너편에 앉아있었다. 복순이 나가려고 하자 소장이 손사래를 치면서 퉁명스럽게 말했다.

"청소해도 돼요."

관리소장은 다시 그 여자 손님에게 고개를 돌렸다. 복순은 마대로 걸레질을 하면서 그들의 말을 들었다.

"또 그 일 때문입니까?"

"어떻게 선처를 좀 부탁드릴 께요."

여자는 풀이 죽은 얼굴로 말했다.

"그거야 일전에 댁의 바깥양반에게 충분히 말씀을 드렸던 거고, 우리 회사계획을 당신들 때문에 바꿀 순 없는 거 아닙니까?"

"그럼 우리는 어떡하란 말입니까?"

"나한테 억지를 부려서 될 일도 아니니까, 정 억울하시면 법대로 하실 일이고 우리야 임대차 계약서대로 합니다."

관리소장이 매몰차게 말하자 여자는 눈물을 글썽거리며 복순을 쳐다보았다.

"저희는 친정아버지한테 돈을 어렵게 빌려서 권리금을 주고 식당을 인수했어요. 처음에는 장사가 안돼서 찐 계란과 수박 같은 걸 들고, 사무실들을 돌아다니며 손님을 유치하느라고 얼마나 애를 썼다고요. 이제 겨우 주변 손님들이 좀 들고 하여 된다 싶은데 이게 뭡니까?"

"그 점은 이해를 하는데요. 우리 회사의 형편이 워낙 급해서 팔게 된 겁니다."

소장이 말을 무 자르듯 막으며 어르자, 여자는 눈물을 흘리더니 손바닥으로 눈을 비볐다. 비비고 난 여자의 눈 가장자리가 붉어졌다.

"요 전번에 영업하던 이들에게 권리금으로 팔천이나 주었다구요. 그 돈은 어디 가서 찾아요?"

"아니, 그럼 우리에게 그 돈을 물어달라는 겁니까?"

"그건 아닌데요. 그렇지만, 우린 이렇게 되면 엄동설한에 길거리로 나앉게 되는 거 아네요. 그러지 말고 사장님 좀 만나게 해주세요."

또 다른 건물에 세든 여자는 애걸하다가, 점심 손님 때문에 가봐야겠다면서 나갔다. 복순은 숙직실로 올라가면서 그 여자가 측은했다. 그러면서도, 음식점을 한다면서 저렇게도 세상 물정을 모르나 싶었다. 사채업이나 임대업을 하는 사람들이 그런 인정머리를 다 베푼다면 걱정 없는 세상이지. 자신이 이런 데서 일을 하며 주워들은 상식으로는 돈 있는 사람들이 더 무서웠다. 막일하는 사람들에게 제때 월급은 못 줘도 부동산은 계속 사들여야 하는 빌딩 주인이 그랬다. 돈놀이와 상품권 장사로 돈을 벌면서도, 화장실에 있는 두루마리 화장지를 몰래 훔쳐 자기 사무실에 놓고 쓰는 사채업자도 마찬가지였다.

비상계단 아래서 찬 기운이 올라와 썰렁하게 몸을 훑었다. 복순은 문득 영감의 모습이 떠올랐다. 영감은 쓰러진 뒤부터 살고 있는 아파트를 복순이 명의로 등기해놓으라고 재촉했다. 서울로 올라 온지 삼십 여 년 만에 십삼 평짜리 시영아파트를 마련한 것은, 그나마 복순의 억척스러움 때문이었다. 제 딴은 그래도 가장이라고 남편 춘발의 명의로 해둔 것이다. 그런데 아들이 둘이나 되는데도 굳이 복순이 앞으로 명의이전을 해놓으라고 한 것은 무슨 심사일까. 경비원 박 씨는 물론 몇 사람들에게 물어보니, 모두들 이구동성으로 등기비용이 들어도 영감 말대로 하라는 것이었다. 요즘에는 자식들이 부모가 가진 재산 없으면 우습게 본다는 것이었다.

점심을 라면으로 때우려 했더니 박 주임이 복순에게 근

처 식당에서 설렁탕을 먹자고 졸랐다.

"그런데 아줌마? 미스 김이 이상한 소릴 하던데?"

"무슨 말이라요?"

"사장님이 관리소장더러 빌딩은 코딱지만 한데 직원들 봉급이 너무 많이 나간다고 하면서, 뭐라나 거 무슨… 구조조정을 하라고 지시했대요. 쉽게 말하자면, 일하는 사람을 줄이라는 뜻이랍니다."

"지금도 힘이 부치는디 사람을 줄인다면 누구를 줄이까?"

복순은 자신과는 하등에 상관없는 일이겠거니 하여, 더 이상 대꾸하지 않고 뜨끈한 국물을 마시며 깍두기를 씹었다. 박 주임이 경비실을 비운지 오래되었다면서 돈을 셈하고 나갔다.

복순은 구름 속에서 비추는 밍밍한 햇빛을 맞으며 걸어왔다. 직원 중에서 잘리면 누가 나갈까. 관리소장이야 여자 사장과 그렇고 그런 관계라니까 턱도 없을 것이고, 아무래도 경비원 중에서 한 사람을 내 보낼 것 같다는 생각이 들었다. 더구나 달포 전에 빌딩에 도둑이 들어서 한바탕 난리가 난 적이 있었다.

그날 밤 경비 근무자는 박 씨였다. 복순이 일찍 출근했을 때, 넥타이를 매고 외출복차림으로 바람처럼 어디 선가 나타났었다. 묻지도 않았는데, 박 씨는 조금 일찍 나가려고 옷을 미리 입었다는 것이다. 복순은 집히는 게 있어 얼굴이 살짝 붉어진 박 씨에게 웃어주었다. 아무래도 박 씨는 애인을 만난 것이 틀림없었다. 그런데 문제는 사무실 청소를 하려고 5층 무역회사에 들어갔다가 기겁을 했다. 책상 서랍들이 내용물과 함께 바닥에 내팽개쳐진 상태였다. 진열된 의류는 말할 것 없고 금고 문까지 열려 있었다. 부랴부랴 다른 사무실들을 돌아보니 벽체를 뚫어 난장판을 만들어 놓았다. 한참 만에 파출소에서 나와 조사를 했는데, 돈이며 카메라, 고급 의류 같은 값비싸고 들고 가기 쉬운 물건만 죄다 없어졌다는 것이다.

관리소장은 부아가 치민 험악한 얼굴로 '제대로 근무는 했느냐'며 박 주임을 신경질 나게 다그쳤다. 그러더니 한 이틀이 지나자 소장에게 무슨 말을 들었는지, 관리실에서 박 주임이 실실 웃으면서 나왔다. 결국 그 일은 박 씨가 한 달 월급을 못 받는 선에서 마무리되고 말았다.

사무실 청소는 아침나절에 했으니 오후에는 승강기 안이나 복도를 걸레질했다. 오후에 청소를 하다 보면 더러 못 볼 것을 보는 경우가 있었다. 떡, 건강식품 따위의 행상이나 보험, 자동차 영업 사원들이 빌딩으로 들어오다가 경비원에게 쫓겨나갔다. 가끔은 볼펜 같은 물건을 들고 구걸

하러 온 사람에게 경비원이 고래고래 소리를 지른다 치라면, 복순은 괜히 깜짝 놀랐다. 다행히 오늘은 그런 꼴을 보지 않았다. 그렇지만 아까 임대차 문제로 눈물을 훔친 여자의 모습이 불현듯 머리 속에서 어른거렸다.
"아줌마? 사무실로 오세요."
미스 김이 창문틀에 걸레질을 하고 있던 복순을 불렀다.
"왜? 불렀어?"
퇴근 시간은 거의 다 되가는데 은근히 조바심이 났던 것은 사실이다. 나이 어린 아가씨에게 속내를 보이기가 뭣하여 대답해 놓고는 사무실로 들어갔다. 관리소장은 차를 마시다 말고 희멀건 얼굴을 들어 복순을 바라보더니 입을 열었다.
"아줌마? … 아니요. 나중에 말합시다."
소장은 분명히 무슨 말을 하려다가 끊고 미스 김에게 고개를 돌렸다. 미스 김으로부터 급료봉투를 받아 든 복순은 사무실을 나왔다. 관리소장은 원래 사람이 그런지, 아무것도 아닌 일로 궁금하게 하는 말버릇이 있었다. 복순은 우선 제 날짜에 받은 봉급을 쥔 것이 흐뭇했다. 당연히 받아야 할 것을 받았는데도 여태껏 그렇지 못한대서 오는 기쁨이었다.
오후 다섯 시가 훨씬 넘어 있었다. 여느 때는 네 시만 지나면 퇴근을 했다. 그것은 불문율처럼 다른 빌딩도 마찬가지였다. 일할 때 입었던 옷을 갈아입었다. 계단을 따라 내려갔다. 일식집의 하얀 수건들이 널려진 빨래건조대를 보자 복순은 문득 세탁기 생각이 났다. 서비스 센터에는 늦게 방문하라고 부탁을 해놓았었다. 경비실 안에서 박 주임이 고개를 빼면서 복순에게 뭐라고 했다. 복순이 경비실로 다가가자 창문을 열면서 박 주임이 말했다.
"받았어요? 늦었네."
"예. 나 먼저 갑니다. 오늘 신세는 내일, 아니지, 모레 근무할 때 갚을란께 그리 아세요."
 빌딩을 나서자 사이 길에 숨어있던 찬바람이 한 무더기 불어왔다. 어스름이 밀려오고 있으나 핸드백에 돈 봉투가 든 마음 때문인지 새벽녘 보다는 덜 춥게 느껴졌다. 큰 길로 나서자 행인들이 바쁘게 오가고 있었다. 복순은 지하철 입구로 들어갔다. 우렁우렁한 전동열차가 들어와 자동문이 열리자 승객들이 쏟아져 나오고 밀려들어갔다.
 너 댓 살가량의 깜찍하게 생긴 계집아이가 늙은이 옆에 앉아서 금박지에 든 초콜릿을 까먹고 있었다. 복순은 예뻐 생각이 났다. 이혼을 하고 떠났지만, 자신의 핏덩어리를 낳았으니 분명히 며느리였다. 날건달인 큰아들과 이혼한 후 손녀를 데리고 떠난 며느리를 탓할 수만은 없었다. 더구나 코딱지만 시영아파트에 중풍 걸린 시아버지와 청소부로 다니는 시어머니까지 있는 집안이었다. 닳고 닳은 세상에 며느리가 참고 사는 것이 쉬운 노릇은 아닐 듯싶었다. 한 동네에 살면서 어릴 때부터 며느리를 좋아했던, 노총각이 나타났다. 이때까지 독신으로 있다가 결혼을 하겠다니 도저히 말릴 재간이 없었다. 조금 서운한 것은 늘 복순이 품속에서 '할민이, 할민이' 하고 따르던 예쁘년이 제어미를 따라 가버린 일이었다. 아이의 장래를 위하여 며느리가 데리고 가겠다는 데 면박을 주지는 못했다. 오히려 자기 자신이 창피한 노릇이었다. 예쁘가 떠날 적에 '할민이 같이 가. 할민이 빠이빠이.' 하며 고사리 손을 흔든 것을 생각하면 지금도 가슴이 미어졌다. 아마 아들 녀석이 며느리에게 잦은 손찌검만 하지 않았어도 며느리는 그냥 살았을 것이고, 예쁘년도 이 시간에 집에서 할머니를 기다렸을 것이라는 마음이 들었다.

전철역 출구로 나오니 바깥은 어둑했다. 찬 기운이 썰렁하게 도사리고 있었다. 복순은 시장에 들러 갈까하다가 세탁기 때문에 빠른 걸음으로 집을 향했다. 아파트 입구 가게의 밝은 전등이 울긋불긋한 과일들을 화려하게 비췄다. 복순은 사과를 샀다. 까만 비닐봉지를 들었다. 영감에게 과일 즙을 먹일 요량이었다. 영감은 온몸이 거의 마비되었어도 복순이 주는 음식물은 모두 잘 받아 먹었다. 그래서 지금까지 오래 견디었는지 몰랐다. 어둠 속에서 아파트는 빠끔한 불빛들이 늘어났다. 복순은 계단을 밟아 올라가면서 괜히 마음이 불안했다.

현관문을 열었다. 비닐봉지를 놔두고 벙긋 열린 안방 문을 밀었다. 구린내 섞인 퀴퀴한 냄새가 콧속으로 스며들었다. 누워있는 영감은 눈을 감고 있었다. 늘 영감이 잠들어 있을 때는 깨우지 않았다. 복순은 목도리를 풀고 나서 집에서 입는 누비옷으로 갈아입었다. 화장실로 들어가 소변을 보고 변기의 물을 틀었다. 슈욱 하고 물이 내려가는 소리가 들렸다. 일어서서 세탁기를 들여다보니 빨래는 탈수가 안된 상태였다. 그때 마루에 있는 전화기 벨이 울렸다. 세탁기 수리 센터 직원의 전화였다. 전화를 계속 받지 않아서 돌아가려고 했다는 것이다. 늦었지만 금방 들린다는 말에 복순은 다시 안방으로 들어갔다. 영감의 머리맡에 놓아둔 쟁반을 치우려고 보자기를 들쳐보니 그대로가 아닌가. 웬만하면 비워있을 그릇들이 아침 그대로였다. 복순은 이상한 마음이 와락 들어 남편의 어깨를 흔들었다.

"영감! 고만 자고 일어나 봐요. 밥이나 먹고 자라고!"

복순이 큰소리로 부르며 계속 마구 잡아 흔들자, 남편은 슬며시 실눈을 뜨는가 싶더니 또 눈을 감았다. 복순은 갑자기 무서운 생각이 들었다. 그때 춘발의 입에서 '꺼억' 하고 고양이 하품소리를 내더니 이내 잠잠해졌다. 남편의 코와 가슴에 귀를 대어 보니 숨이 죽어 있었다. 두근거리던 가슴은 이내 허전해지면서 힘이 쭉 빠졌다.

현관문을 두드리는 소리가 났다. 복순은 이불을 당겨 남편의 어깻죽지까지 덮어주고 일어섰다. 안방 문을 닫고, 현관문을 열었더니 청색잠바를 입은 수리 센터 직원이 서 있었다.

"문을 안 열려서 또 안 계시나 하고 그냥 갈려고 했습니다. 벨을 계속 눌렀는데, 못 들으셨나 보죠?"

"화장실에 있어서……."

복순은 미안해서 얼른 거짓말로 얼버무렸다. 직원은 공구가방을 들고 복순을 따라 화장실로 들어왔다. 복순이 세탁물을 꺼내어 욕조 안에 쌓아놓았다. 세탁기를 이리저리 살피던 직원은 덮개를 떼어서 단추를 몇 번 눌러보며 말했다.

"사모님? 이건 아주 오래된 모델인데요. 기능 센서가 낡아서 문젠데 고칠 수는 있지만, 또 고장 나기 십상입니다."

"그래도 어떻게 해야 할 텐디."

"요즘 신제품들은 잘 나와요. 차라리 중고로 처분하시고 조금 보태면 괜찮은 걸로 구입하실 수 있을 겁니다."

"맞기는 맞는 말인디, 우선 당장은 돌려야 한께 어떻게 한번 고쳐 보세요."

복순은 세탁기를 고치는 직원이고 뭐고 빨리 가줬으면 싶었다. 직원과 말대꾸를 하면서도 신경은 온통 안방 남편에게로 가 있었다.

"어, 마침 맞는 부속품이 있네요."

"얼마나 걸려요?"

"금방 해 드릴께요. 한 이십 분 정도 걸리면 됩니다."

직원은 세탁기에서 뜯은 부속품을 내려놓으며 공구가방에서 꺼낸 부속품의 포장을 찢었다. 직원이 고치는 동안 방으로 들어가 보고 싶었지만 참았다. 남의 속도 모른 직원은 '딴 일 볼 거 있으면 보라'고 했다. 그러나 복순은 건성으로 '알았다'며 그대로 멍하니 서 있기만 했다. 한참 만에 직원은 웃음을 띠며 공구가방을 주섬주섬 챙겼다.

"사모님? 다 되었습니다. 에이에스는 그냥 해드리는 거구, 출장비 오천 원만 주시면 됩니다."

복순은 직원이 현관으로 나가는 사이에 얼른 안방으로 들어와 지갑에서 만 원짜리 한 장을 꺼냈다. 그리고 누워 있는 남편을 살짝 내려다보았다. 아까 이불을 올려준 그대로였다. 순간 갑작스레 무서운 생각이 들었다. 아까와는 달리 얼른 나가서 그 직원이라도 꽉 붙잡고 싶었다. 직원이 잔돈이 부족하다고 하자 복순은 그냥 거스름돈을 받지 않았다. 복순으로서는 드문 일이었다. 현관문을 여닫을 적에 찬바람이 몰려들어왔다. 복순은 갑자기 삭신이 떨렸다.

그러나 천천히 안방으로 들어갔다. 그리고 남편 옆에 다가 앉았다. 손으로 남편의 이마를 만지니 차가웠다. 조금 전까지의 무섬증은 금세 사라지고, 마음이 가라앉은 대신 하염없이 눈물이 쏟아졌다. 가만히 남편의 목 언저리를 만졌다. 남편이 불쌍하다는 생각이 들자 복순은 목이 메었다. 복순은 뭔가 치밀어 오르는 감정을 못 누르고 냅다 소리를 질렀다.

"이 앰병할 놈의 인간아! 왜 너 혼자 먼저 가냐. 누구 맘대로 혼자 가냐? 날 이 고생 시켜놓고 혼자 가고 싶으냐. 지지리도 못난 영감탱이야!"

금방이라도 누워있는 남편이 '지금 뭐 하느냐? 왜 재수없게시리 울고 지랄하느냐?'며 벌떡 일어날 것만 같았다. 혼자 실컷 울고 나니까 정신이 개운했다. 쫓기듯 바쁜 영혼이 있고, 살살 불어오는 오뉴월의 더운 바람처럼 느긋한 영혼이 있다면, 남편 춘발은 아무래도 후자일 것 같았다. 그렇지만 어두운 그늘 같은 것도 재빨리 복순의 가슴속으로 숨어버렸다. 아무도 보지 않는 곳에서 달랑 외롭게 혼자만을 느꼈다. 태어나서 지금까지 닥쳐온 모든 과정을 수습하고 처리했던 습성이었다. 항상 자신을 저만큼 던져 놓고, 이쪽 현실을 지그시 눌러가며 몸으로 대들었다. 복순은 그런 긴장의 연속을 체념으로 녹이면서 허무로 받아들였다.

복순은 전화 메모 책 뒤에 적어 놓은 동네 장의사로 전화를 했다. 아무리 값을 깎아도 180만원 아래로는 안 된다고 했다. 구청 건너편에 있는 병원의 다른 장의사에 물었더니, 250만원만 내면 화장까지 해주겠다는 것이었다. 답답하면 간혹 찾아가는 무당할멈에게 영감이 죽었다고 전화를 했다. 할멈은 자신의 점괘가 맞았다고 자화자찬을 하며 원래는 3일장인데, 밤 6시에 죽었으니 2일장으로 해도 된다는 것이다. 정신없이 여기저기에다 전화를 했다. 큰아들은 재차 전화를 걸고 신호음이 한참 갈 때서야 휴대폰을 받았다.

"큰 애냐? 지금 느이 아부지 가셨다."

아들은 한참동안 아무 말이 없었다. 수화기에서 시끄러운 음악이 들렸다. 둘째 아들과 병원 장의사 사람들이 동시에 들어왔다. 시신을 수습한 아들이 병원으로 떠나고 복순은 남편이 누웠던 이부자리를 치웠다. 분명히 배어있어야 할 구린내와 퀴퀴한 냄새도 안 났다.

병원 영안실은 추운 바깥 날씨에 비해 훈훈했다. 병풍

앞에 남편의 영정이 웃고 있었다. 주민등록증 사진을 확대하여 놓은 것이, 꼭 수배인물 몽타주 같았다. 어떻게 알았는지 동네 아낙네들은 물론이고, 조카들과 아들들의 친구들까지 왔다. 밤이 이슥할 때는 문상객의 수효가 제법 많아졌다. 동네 아낙네들과 친목계원들은 위로한답시고 계속 맥주와 소주잔을 건넸다. 먼저 취기가 도는 쪽들로부터 와자지껄 시끄러워졌다. 문상객들의 경직된 표정조차 슬픔과 걸맞게 돌아가다가 조금씩 풀어졌다. 조문을 온 빈객이 향을 태우고 머리를 조아린 후 소주 한잔을 마시며 이내 웃음소리를 내는 것은 그렇다 치고, 청바지 위에 광목치마를 두른 딸이라든가, 껌을 짝짝 씹는 조카들은 어쩐 노릇인가. 복순은 생각을 하고 또 생각했다. 정말 슬픔이 있기나 할까하고. 모두들 자신을 위로하러 와서 눈물을 질금거리는 이들도 따지고 보면, 자기 자신의 설움에 젖어 우는 것이 아닌가.

"아줌마? 죽은 양반은 죽은 양반이고, 산 사람은 살아야 될 거 아니오. 뭐 좀 먹어야지."

처음의 애처로운 표정은 온데간데없이 헤벌쭉한 얼굴로 동네 아낙네가 종이컵을 내밀었다. 복순은 씁쓸한 액체를 목젖으로 넘겼다. 뜨거운 것은 온몸으로 퍼졌다. 다른 여자들이 주는 몇 잔을 더 마셨다.

바로 그때, 꾸벅 고개를 숙이며 복순의 손을 두 손으로 잡은 남자가 있었다. 영정에 절을 하고 온 빌딩 박 주임이었다. 그는 묘하게 얼굴이 일그러졌다.

"안되었습니다. 조금 더 사셔야 되는데…"

"먼데까지 오니라고 고생했어요. 이야, 여기 우리 사무실 손님 뭣 좀 차려주라."

박주임은 소주 두 잔을 마시고 일어나면서 조위금 봉투 두 장을 잠바 안주머니에서 꺼냈다.

"아줌마? 이건 내 거구, 요건 관리소장이 줍디다. 연락했더니, 급하게 처리할 일이 있어서 못 오겠답니다. …그리고, 나중에 다시 연락은 드리겠다면서 내일부터 청소는 옆 빌딩에서 일하는 아주머니가 함께 하게 되었다고, 장례식이나 잘 하랍니다."

박 주임이 가고 난 뒤, 복순은 혼자서 계속 소주를 딸아 마셨다. 그리고 '허 허 허' 하고 남자처럼 웃었다. 자꾸만 미친 사람처럼 헛웃음이 나왔다.

"엄니! 술 그만해!"

서 있던 딸이 복순을 향해서 큰 소리를 질렀다.

그렇게 말하는 해병대의 초점은 힘이 빠져있었다. 딱히 말해서 그의 비장어린 표정만으로는 그 순간을 뭐라 단정지울 수가 없었다. 삶의 의지가 없다고 표현을 했지만. 무엇이 그를 벼랑 끝까지 밀고 갔을까. 그토록 억울한 표정으로 토하듯, 절망과 좌절을 입에 담는 사내의 말은 유리잔을 놓고 계속 되었다.

한파주의보

그렇게 말하는 해병대의 초점은 힘이 빠져있었다. 딱히 말해서 그의 비장어린 표정만으로는 그 순간을 뭐라 단정지울 수가 없었다. 삶의 의지가 없다고 표현을 했지만, 무엇이 그를 벼랑 끝까지 밀고 갔을까. 그토록 억울한 표정으로 토하듯, 절망과 좌절을 입에 담는 새새의 말은 유리잔을 놓고 계속되었다.

"내가 해병대에 있을 때에는 끝내줬지."

"그래도 지금은, 공수부대 애들이 더 세다는 거는 남자라면 다 아는 거 아냐."

"웃기지마! 임마! 그전에는 해병대가 훨씬 훈련이 심하고 힘들었지. 김포에서 떼거리로 갸들하고 한판 붙었는데, 공수부대 애들이 혼비백산해서 도망간 적이 있었어. 정말이야. 임마."

"군대에 갔다 온 아무에게나 물어봐라. 누구 말이 맞나?"

"아, 씨팔. 정말이라니까. 넌 방위병출신이라서 잘 모르겠지만, 해병대가 먼저 생겼어. 그 전에는 지금처럼 공수부대를 별로 안 쳐주었거든."

해병대 자랑으로 선수를 쳤던 키 작은 사내가 대답했다. 하얀 운동화를 신은 발로 바닥을 쓱쓱 비비고 서 있는 사내는 수그리던 고개를 들었다.

"나 같은 방위병출신은 개끝발이지만, 군대 이야기도 너한테 하도 많이 들어서 이제는 신물이 난다."

의기양양하게 해병대를 자랑하던 사내는 못마땅했다. 레일과 전동차바퀴의 마찰되는 소리가 들렸다. 그는 멋쩍은 눈으로 차창 밖에 지나가는 불빛을 보다가 몸을 돌렸다. 그리고 말대꾸하던 동료를 흘긋 쳐다보았다. 그는 처음보다는 목소리가 더 낮았다. 얇은 홑 점퍼와 꾸깃꾸깃한 면바지 차림이었다. 키가 큰 다른 사내는 출입문 옆에서 손잡이를 잡고 있었는데, 그 역시 약간 초췌한 얼굴로 주위를 의식하지 않았다. 오리 털 파카를 입은 키 크고 얼굴이 길쭘한 사내가 손잡이를 바꿔 잡으며 입을 열었다.

"야! 개병대나 공수부대가 지금, 우리처지하고 무슨 상관이 있냐?"

"왜 그래, 임마. 그 때가 좋았다는 거지 뭐."

"다 옛날이야. 잊어버려! 군바리 말뚝 중사로 제대한 게 무슨 대단한 벼슬이라고."

키가 큰 사내는 작고 통통한 사내의 비위를 건드리지 않으려다가 한 마디로 팍 무질렀다.

퇴근 무렵의 전철 안에는 사람들이 꽉 들어 차 있었다. 서 있는 사람들을 헤집고 나가기가 어려울 정도였다. 모두 말없이 달리는 속도에 실려 가는데 비해, 그들의 목소리는 컸다. 승객들은 거의 외투나 파카 같은 두툼한 옷을 입었다.

그들은 전동차에서 내렸다. 4번 출구로 나가는 곳에서 목도리를 두른 여인이 판촉물 광고지를 나눠주고 있었다. 더러는 거절하고 마지못해 받았던 행인들도 쓰레기통에 버렸다. 그들이 계단을 올라오자 지하철의 훈훈함은 순식간에 날아갔다. 지하철의 전동열차가 쏟아놓고 주워 담았던 사람들이 흩어졌다. 바깥은 우뚝 선 빌딩들 사이로 차량들이 오고 갔다. 세찬 바람이 휘몰아쳤다. 엄청나게 추운 영하의 날씨였다. 나약한 육신들이 와들와들 떤다고 바람이 멈출 리 없었다. 누가 먼저라고 할 것도 없이 두 사람은 약속이나 하듯 옆 골목으로 들어갔다. 두 사람은 웅크린 몸으로 걸어가면서 서로 뭐라고 말을 주고받았다. 키 작은 사내가 앞장을 섰다. 그리고 주황색 포장마차들이 줄지어 서 있는 한 중간으로 들어섰다. 비릿하면서 단 냄새가 확 풍겼다. 앉아서 어묵을 우물거리고 있던 남녀가 그들과 눈이 마주치자 얼른 외면했다. 그들은 둥근 의자에 걸터앉았다. 안에는 바람막이가 있어서 덜 추웠다.

"나도 알아, 새꺄! 이 좆같은 세상에 남보다 더 빨리 뒈지는 일이 얼마나 억울하다는 것이."

"야, 그러니까 악착같이 살아야 한단 말이야. 살다 보면 또 방법이 있겠지."

해병대를 달래듯 키 큰 사내가 넌지시 부드러운 말로 위로했다.
"아줌마! 여기 꼼장어와 쏘주 한 병이요."
가래침을 뱉듯이 해병대가 말했다. 가스 불에서 꼼장어가 익을 때까지 둘은 아무 말이 없었다. 미처 안주접시가 오기 전, 유리잔에 따라놓은 술잔을 해병대가 굵은 손가락으로 집어 들었다. 그리고 남실거리는 소주잔을 단숨에 마셨다. 술기운은 뜨겁게 그의 가슴을 태우고, 입 천정을 통해 바깥으로 나왔다. 허연 입김이 공간으로 흩어지며 사라졌다.
"이제는 살고 싶은 욕망 같은 것도 없어. 살려면 살아야 할 이유가 있을 거 아녀. 그게 없단 말이야."
그렇게 말하는 해병대의 초점은 힘이 빠져있었다. 딱히 말해서 그의 비장어린 표정만으로는 그 순간을 뭐라 단정 지울 수가 없었다. 삶의 의지가 없다고 표현을 했지만. 무엇이 그를 벼랑 끝까지 밀고 갔을까. 그토록 억울한 표정으로 토하듯, 절망과 좌절을 입에 담는 사내의 말은 유리잔을 놓고 계속되었다.
"돈이야 원래 없었으니까, 한번 망해도 그렇게 억울할 건 없다손 치더라도 그 쫄병 새끼가 나를 배반한건 정말 참을 수 없어. 사람 새끼라면 적어도 개돼지보단 나아야 할 거 아녀? 그럴 순 없지."

"그건 그래. 아무래도 난 도저히 이해가 안가. 믿어지지 않는다고. 아무리 의리가 땅에 떨어졌다손 치더라도 그렇지, 개새끼들도 제 주인을 알아본다는데, 사람이 그러면 못쓰지."

해병대 아니, 진식이라는 사내의 말에 맞장구를 치면서 키가 큰 사내도 잠시 어두운 얼굴이었다. 건성으로 대답해 놓고 미안했던지 연거푸 소주잔을 목에 털어 넣었다. 설거지 통에서 그릇을 닦아내는 여인은 그들을 무연히 보다가 두어 발짝 옆으로 옮겼다. 그리고 안주감이 들어있는 진열장 문을 들췄다. 양푼 속에 데워지는 어묵국물에서 모락모락 김이 났다.

포장을 들치고 네 명의 손님이 차례로 들어오자 썰렁한 기운도 함께 들어왔다. 그렇지만 실내의 분위기는 왁자지껄했다. 포장 비닐 막이 바람을 맞으며 펄럭펄럭 소리를 질렀다. 한참동안 가만히 있던 키가 큰 사내가 긴 얼굴로 손님들을 보면서 뜬금없이 씨익 웃었다. 그러더니 들었던 젓가락을 탁자에 꾹꾹 찔렀다.

"진식아, 너 생각나니? 우리 국민학교 다녔을 때 용가리 통뼈 그 새끼 말이야."

"응 춘길이? 방촌리에 살던 똘똘이 놈 말이지? 으흐흐 그 새끼는 왜?"

"나, 꼼장어를 보니까 갑자기 그 놈 생각이 난다?"

"맞아, 학교 가는 길에 땡땡이 잘 깠지. 냇가에서 자전거 밧데리를 돌려서 장어 잡는 거 구경하다가 선생님한테 혼났어. 춘길이가 꼬셔서 종일 함께 놀았거든. 집에 가서 아버지한테 뒈지게 맞았어. 흐흐으 춘길이 그 새끼, 니기미."

"그때만 하더라도 넌, 내 책가방을 들고 다녔지."

"웃기고 있어. 임마! 넌, 내 얼굴만 봐도 쪽도 못쓰고서는… 너야 말로 개병대에 가서 용 되었지."

조금 전까지 분기탱천했던, 그들의 대화는 갑자기 엉뚱한 방향으로 돌아갔다. 초등학교 시절이며 고향친구들의 이야기를 실없이 늘어놓았다. 그렇지만 썰렁한 몇 마디조차 허공으로 뜨면서 침묵이 흘렀다. 이 추운 겨울에 느닷없이 옛적 여름철의 이야기를 꺼낸 것도 그랬다. 그들은 서로 정작 지금 말하려는 주제에 뭔가 섣부르게 접근하지 못했다. 지뢰지대에 들어선 수색대의 정찰병처럼 서로 건드리지 않으려고 조심했다. 술김에도 아픈 곳을 후려치는 실수를 범하지 않으려 애를 썼다. 그래서 위태롭게 빙빙 겉도는 어설픔으로 죄 없는 소주만 축 내는 꼴이었다.

소주 몇 잔과 안주 몇 조각이야 그들을 잠시 엮어주는 끈이다. 그렇지만, 그들에게 술은 과거의 오래된 사진을 재현하였고 현재의 답답한 상황을 슬쩍 덮었다. 어질어질

한 과거는 희미한 기억의 저 너머에서 위태롭게 솟아봐야 헛일이기 때문이다. 세월이 삭아질수록 미래는 어둡고 과거는 침침하다. 현재는 과거를 회상하기 위한 존재의 기반일 뿐이다. 해병대를 들먹거리는 사내에게 군대생활을 했던 과거는 늘 희망으로 착각이 되었던가. 그렇지만 남정네들의 삶에 지친 남루한 현실에는 그것조차 안주감이었다. 현재는 순간으로 존재하고 있으니까.

"넌 여전해. 그 능청 떠는 거 하며, 짜아식."

"너도 그래, 아직도 순진하기는 녀석."

그 말이 나오자, 우쭐했던 해병대의 목소리는 다시 목구멍 속으로 기어들어 갔다.

"만길아! 정말, 오랜만에 만나서 너 역시 잘 해보자고 한 거 아냐? 정말 내 꼴이 말이 아니어서 분통만 터져서 너한테 전화도 안 했지. 너 김 사장 아니, 김 병장 그 새끼를 중국에서 알게 된 게 정말 확실해?"

해병대 출신 진식은 참았던 궁금증을 억지로 가까스로 뱉었다.

"그랬어? 김 사장이 너한테 그렇게 말했단 말이지? 김 사장은 원래는 구로동 우리 집 옆에 살았었지. 처음에는 무슨 사업인가 하면서 거덜이 나가지고 빚쟁이 등쌀에 쫓겨 다니다시피 살더니만… 부부가 조그만 아파트에 살면서도 고급승용차를 각각 하나 씩 몰고 다니더라고. 우리 애 엄마 말로는 홍콩을 들락날락하며 장사를 했다는 거야. 돈을 잘 쓴다는 소문이 있었고. 처음에는 컴퓨터 칩 같은 부품 장사부터 돈이 될 만한 것은 싸그리 들고 다녔다 거든. 무슨 수로 돈을 잘 벌었는지는 몰라도. 한 마디로 말해서 요령이 있고 재주 많은 밀수꾼인 셈이었지. 강남 어딘가로 이사를 갔다가 우리 집과 다시 연락이 되어 만난 거지 뭐. 야, 그런데 왜?"

"나한테는 분명히 그랬어. 중국에서 사업을 하면서 널 알았다고 했거든."

아까와는 달리 진식의 짱짱한 목소리는 온데간데없고 풀죽은 음성이었다. 그러더니 순식간에 다시 술잔을 목구멍에 털어 넣었다.

"아 쓰발, 또 열 받네. 그 때 회사 판매 직원들이 있는 데서 말이야, 우연히 만난 너한테는 그럴 시간이 없어서 말은 안 했지만, 나도 그 새끼보다는 더 힘들게 살았거든. 지금까지 살아 왔던 것을 말하자면 무지 무지하게 길어. 해병대에 들어가서 말뚝을 박고, 한 십 년 넘게 있다가 재작년에 중사로 제대를 했었지. 대대장 새끼하고만 안 싸웠어도 군대에서 제대도 안하고 상사 계급장은 붙였을 거야. 그랬으면 최소한 지금쯤은 중대 인사계 노릇은 했을 거다."

"임마! 깡술은 그만하고 안주나 먹어!"

 열기에 오그라져 거뭇한 꼼장어가 담긴 접시를 만길이 젓가락으로 찍었다.

"제대하고부터는 세상 참, 우둘투둘하게 살았지. 그래도 퇴직금은 안 까먹으려고 몸으로 때우는 일만 찾았는데……. 아 참, 넌 우리 해미 엄마 잘 모르지? 객지에서 만난 여잔데, 어쩌다가 눈이 맞아 큰 아이를 임신해서 할 수없이 살았어. 부대 근처에다 살림을 차렸지. 부대 아파트에 살면서 애들도 둘이나 낳았어. 계집애들만. 처음에는 살림살이도 깐깐하게 잘하였고 살아 보려고 무던 애를 많이 썼었는데……. 내 고집으로 제대하고 나서부터 이상하게 됐어."

 중간을 뚝 끊어먹는다 싶더니, 삼파장 램프를 쳐다보던 진식이 말을 이었다.

"야! 그런데 돈을 못 벌면, 무능한 남자냐? 하기야 원래 남자는 사냥하고 여자는 애를 낳고 기르는 게 주특기인데, 옛날로 치면 원시인들이 사냥했던 일이 지금으로 치면 돈을 버는 일이겠지. 남자들은 나이를 먹고 늙어도 **뼈 빠지게** 벌어서 처자식을 먹여 살려야 훌륭한 가장이지. 사람이라는 게 기껏 해봐야 몇 십 년 사는데, 월급 몇 푼을 타려고 아등바등하는 이 꼬라지도 처량했지. 그러니 지칠 줄 모르는 기계가 되어야 잘난 서방노릇을 제대로 하는 거 아니냐."

"네 집사람, 원래 뭐했던 여잔데?"

"임마, 그게 뭐가 중요해? 그래, 부대 근처에 있던 다방에서 처음으로 만났다. 마음은 착했지. 커피 배달을 했지만, 그런 여자들 하곤 전혀 달랐어."

친식은 소주 한 잔을 홀짝 마시더니, 초점을 흐리며 말을 꺼냈다.

제대하고 나서 아무 직업이라도 찾으려고 애를 썼다. 해병대에서 달만 채우고 근무하면 봉급이 나오던 것과 사회의 구조는 전혀 달랐다. 일시금으로 받은 퇴직금 몇 천만 원이 통장에서 야금야금 줄어들었다. 생활비가 빠듯해지자 부부간에 티격태격 싸우는 횟수가 늘었다. 아내는 가끔 파출부 일을 나가는 성 싶었다. 아내의 짜증은 시일이 지나면서 늘어났고 부부 사이는 차츰 냉랭하게 변했다.

'그 잘난 군대생활도 어설펐는데, 사회생활은 더 말해서 뭣해! 아이그, 내 팔짜야.'

막상 제대를 했더니 아내는 엉뚱한 소리를 하는 거였다. 사실 제대한 것도 따지고 보면, 아내의 입김이 원인제공이었다. 부동산 투기 바람이 김포지역을 한바탕 휩쓸 무렵이었다. 하사관 노릇 오래 해봐야 싹수가 노랗다는 둥, 은근슬쩍 잔소리를 늘어놓았다. 하기야 아내로서도 갑자기 수

도권으로 개발 바람이 불어 거액의 보상금을 타는 사람들을 보니 욕심이 생길만했다. 남들이 하루아침에 돈을 긁는 걸 보고 눈이 뒤집혀진 것이다. 그러나 진식으로서는 아내가 돈독이 올라 변질된단 것이 아무리 접어도 너무했다. 돈이란 다시 노력해서 벌면 된다고 생각했던 터였다. 그는 아무래도 아내가 갑자기 너무 변했다는 느낌을 떨쳐 버릴 수 없었다. 이제까지 믿었던 아내를 타인으로 생각하던 바로 그 무렵이었을 것이다.

"저 모르시겠습니까? 해병대 김 병장입니다."

벼룩신문에 난 직장이라도 알아보려고 집을 나서는 중이었다. 참신한 사십 대 남자로 운전 잘 하고 양심이 바른 분 환영, 월 소득 3백 보장. 손톱만한 광고가 눈을 끌었다.

마을버스에서 내렸다. 전철로 갈아타려고 천천히 걷고 있었다. 일이 되려면 기회는 우연히 오는 것이다. 까만 양복차림의 사내가 진식을 뒤돌아보게 만들었다. 바글바글 많은 사람들 속에서 누구나 생길 수 있는 일상의 한 순간이었다. 그 순간이 인생의 방향을 사정없이 비틀어버린 것이다. 김 병장이 얼른 자신을 알아 볼 정도로 극진했던가 하는 의문점은 한참 나중이었다.

"사업상 누굴 만나고 오는 길인데, 세상은 참 좁고 좁네요. 부대에 계실 선임 하사관님을, 제가 혹시 잘못 본 줄 알았지요."

 오히려 속으로는 진식이 더 반가울 지경이었다. 깍듯이 정중한 태도로 자신을 알아주는 사람은 제대하고 나서 처음이었다. 군대에 있을 때 김 병장에 관한 기억이 어렴풋이 났다. 상관이나 고참에게는 아부를 잘 하고 뺀질거리는 성격이었다. 휴가나 외출을 보내주면 꼭 희한한 물건 한두 가지를 가져와 슬쩍 책상 서랍에 넣어주는 것이라든가, 최음제, 정력사탕 따위를 본 것도 그때가 처음이었다.

 그 며칠 후, 진식은 김 병장, 아니 김 사장의 번듯한 회사에 취직되었다. 상무이사의 명함을 받았다. 직원 열 댓 명이면 해병대 중대 선임하사관 시절에 거느린 부하 수효보다 적었지만, 특별히 신경을 쓸 근무조건도 없었다. 관리부장이라는 사람이 결재 서류를 내밀면 서명만 했다. 서명이야 군대에서 오랫동안 해봐서 매끄럽게 잘 긁었다. 하루는 퇴근 무렵 사장이 저녁이나 하자고 불렀다. 고급 일식 음식점에서였다.
 "상무님, 혹시 여유가 있으시면 돈을 좀 늘려보시지요. 어차피 회사에서는 은행돈을 쓰고 비싼 이자를 주는데, 아까운 생각이 듭니다. 이왕이면 상무님한테 돈을 불려드리는 것이 더 낫겠다는 생각이 들어서요."

욕심이란 그렇게 생겼다. 회사를 도왔다는 명목이 자기 자신의 합리화로 작용했다. 그래서 아내 모르게 예금을 찾아 김 병장에게 건넸다. 수표처럼 생긴 약속어음을 머리털이 나고 처음 받아 보았던 것이다. 매달 꼬박꼬박 이자를 받아먹는 맛에 친척으로부터 저금리의 사채를 빌려 몇 천만 원을 더 드밀었다. 그게 슬슬 먹이를 뿌려놓은 줄 알았어야 했다. 아니, 엄밀히 따지자면 김 병장은 더 오래 전에 거미줄을 처 놓았을지도 몰랐다.

애초에 부부는 각각 반쪽으로 만났던 것이다. 그러니 늘 비밀은 존재했다. 진식은 아내에게 정말 미안했다. 그렇지만, 돈을 더 불려서 턱 갖다 주면 입이 벌어질 것만 생각한 것이다. 모든 일은 그의 목표와 동 떨어진 방향으로 떠내려갔다. 그랬을 때의 막막함. 그리고 허무함. 언젠가 부부는 들쭉날쭉한 형체가 오묘한 대칭을 이룬다고 떠벌렸던 사실도 잊어버렸다. 반쪽의 형체가 누렸던 희열의 기쁨은 고통의 흔적으로 기다리고 있었다. 어쩌면 신의 저주는 자신에게 구석구석 그토록 철저한 모멸로 채웠는지 모를 일이었다. 교묘하게 위장된 생의 되풀이는 인생의 테두리 안에서 벌어진 것이다.

아이들의 모습은 언제나 진식이 자신의 어린 시절 위에 겹쳤다. 그것만은 아내의 냉랭함이 더 할수록 이상하게도 반비례했다. 이제까지 마구 달려왔던 인생이, 막 간다고 해서 누구 하나 거칠 것은 없었다. 몸뚱어리야 해병대 수색중대에 있을 때에도 몇 번은 위험한 고비를 넘긴 적이 있었다. 군대에서 아무리 영웅으로 추켜 주어도 개죽음은 있게 마련이다. 아주 무가치하게 버려질 수 있었던 것이다. 죽은 다음에 영웅이 되어본들 그게 무슨 의미가 있단 말인가. 물론 나라를 위한다는 명분의 납덩어리가 수면 아래로 그를 가라앉혀 꼼짝 못하게 했지만. 그러나 그런 생각조차도 사회에 나와서 어렴풋이 체득하게 된 것이다. 모든 후회가 왔을 때야 진식은 자기 자신을 저주했다. 딸애들의 슬픈 눈망울은 늘 피곤한 생각의 맨 끝에 도사리고 있었다.

날마다 넥타이를 매고 회사에 출근하는 기분으로 우쭐했다. 군대 울타리로 들어서는 것과 사뭇 달랐다. 처음 두 달 동안은 월급도 잘 나왔다. 아내의 의심쩍은 말도 있고 해서 경기도 광주에 있는 물류창고에도 가 보았다. 집에서 쓰는 세제, 주방기구, 가전제품 따위와 심지어는 포장 김치 같은 식품까지 취급을 했다. 그런 물건을 피라미드 형태의 점 조직을 이용하여 소비자에게 직거래를 하는 회사였다. 한 사람의 영업사원이 자꾸 새로운 사람을 끌어들여 판매조직을 넓혀나가는 다단계 회사였다.

가끔 명절이 되어 귀향했을 때나 얼굴을 보던 고향 친

구 만길을 그 곳에서 볼 줄이야. 그 후 전화로는 몇 번인가 서로 안부를 물은 적은 있었다. 제대를 할 그 무렵에도 한 번인가 통화를 한 것 같았다. 친구 만길을 우연히 마주친 곳이 회사의 영업장이었다. 그 때 꺽다리 만길은 진식을 보더니 반색을 했다. 중국에서 사업을 하면서 사장을 알게 되었다 는 것이다. 얼른 보면, 망할 이유가 전혀 없을 것 같은 회사가 갑자기 거덜이 난 것이다. 파산을 당한 회사보다 진식의 꼴은 전쟁포로만큼 비참했다.

'꼴조차 보기 싫으니 빨리 집을 나가요.' 몇 달을 싸우면서 시달린 부부는 처음처럼 막말을 하고 헤어졌다. 하기야 보증금 몇 천 만원에 사글세로 얹혀있는 단칸방에서 더 이상 버텨 볼 재간이 없었다. 수소문하여 그 곳까지 어떻게 알고 찾아온 빚쟁이들의 꼴도 자신이 집에서 나가버리면 안 볼 것이었다. 애비로서 중학교를 다니는 딸애들을 볼 면목은 더더욱 아니었다. 되는대로 살았던 인생이 마냥 우스웠다. 그냥 잠깐 스쳐가는 꿈이었나 싶기도 했다. 남들처럼 사는 방법이 자기 자신에게 똑같이 적용되리라고 생각한 것이 큰 잘못이었다. 사람들이 사는 게 겉으로는 똑같은 줄 알았는데 막상 그게 아니었다. 사람들 사는 일은 저마다 다른 구석이 있었다. 한 마디로 사회를 너무 몰랐다. 막연한 꿈, 막연한 행복조차 그를 피해 간 것이다. 그는 지독하게 운수가 없다고만 생각했다. 막연하게 만들어진 꿈이 바야흐로 사회에 나와서 허물어졌다.

그랬을 때, 갑자기 어디선가 죽음의 그림자가 휘까닥 나타났고 자리를 잡았다. 잘 보이지 않는 발바닥의 지문과 겨드랑의 터럭처럼 음흉한 그림자는 몸 어딘가에 숨어 있었다. 마치 그를 유혹하려는 신기루와 같이. 어두운 공포는 사물을 보는 그의 느낌조차 바꾸어버렸다. 가령 실버들 가지의 새 순을 보고도 앙상한 겨울나무로 착각할 정도였다. 순간의 유혹을 참지 못하면 바로 끝이었다. 전방 초소에서 보초를 설 때 졸음의 유혹을 뿌리치는 어려움과 같았다. 그러나 이대로 죽을 수는 없었다.

"선임 하사관님? 거의 다 왔습니다."
"그런데, 나는 김 병장을 뭐라고 불러야 하나? 이제부터… 김 사장님이라고 불러야 옳겠지요?"
"그냥 편하실 대로 하세요."

오르막 커브 길에 접어들면서 진식이와 함께 근무할 때처럼, 깍듯이 김 병장이 말했다. 그는 짧은 머리에 무스를 잔뜩 발라 번쩍거렸다.

"거 동네 한번 대단한 걸. 집들도 꽤 크고 으리으리 하구만."

"당연하지요. 여긴 강남이라도 다른 곳과는 수준이 또 다르죠. 보세요? 저거 좀 보세요. 고층 아파트는 별로 없고 죄다 고급 빌라와 단독주택뿐이잖아요."

높은 벽돌담장 위로 고개를 들고 있는 건물들과 푸르게 우뚝 우뚝 서 있는 나무들이 승용차 밖으로 스쳤다. 승용차는 붉은 벽돌담장을 돌아가다가 철 대문 앞에서 멈췄다. 대문 바로 옆은 차고였다. 드문드문 담 가까이로 고급 외제 차량들이 주차되어있었다. 승용차 안에서 리모컨을 누르자, 차고 문이 슬슬 올라갔다. 승용차가 그 안으로 들어가자 문은 자동으로 다시 닫혔다. 계단을 걸어 올라서니 마당이었다. 잔디는 파랗게 깔려있었고, 구불텅한 소나무들과 승용차만한 크기의 돌들이 담장을 따라 정원을 이루었다. 현관을 들어섰다.

김 병장, 아니 김 사장은 그야말로 적당히 조심하면서도 자신만만했다. 아주 여유가 있는 자세로 듣기 좋은 말을 아끼지 않았다. 어딘가 과장된 모습이었다. 그러나 진식은 그저 휘둥그레 눈을 뜨며 거실 안의 유럽식 가구들과 장식품들을 넋 나간 듯이 바라보았다.

"이 동네는요. 풍수지리가 좋대요. 이사를 오고 나서부터 사업이 잘 되는 것 같아요. 내가 아는 사람은 부친의 유산을 많이 받았나본데, 벤츠 오백을 굴리고 다닙니다. 남들 이목이 있으니까 오백을 삼백으로 로고를 바꿔 다는 짓을 하는데, 그런걸 보면 나도 조금은 기가 죽지요 뭐. 다른 사람들 말로는 상속세만 몇 십 억을 냈다는데, 아무튼 가진 것만 강남에 빌딩이 있고, 지방에 부동산이 많다니까. 그래도 처음 유산을 받았을 때보다는 많이 줄었대나 어쩐대나."

안방에서 문을 열고 젊은 여자가 나오더니 진식에게 고개를 끄덕였다. 김 병장의 아내는 서른 중반쯤 되어 보였다. 갸름한 얼굴이었다. 긴 머리를 올린 여인의 눈이 빛났다. 예사로운 눈은 아니었다. 사람을 정면으로 응시하나 초점은 흩어진 듯한 신기가 도는 눈빛이었다.

"아 선임 하사관님, 제 아냅니다. 당신, 인사해! 내가 말했지? 군대 생활을 할 때, 날 엄청 잘 봐주셨던 분이라구."

"갑작스럽게 이렇게 귀한 분을 모시고 오면 어떡해요. 이거 어쩌나? 시장에도 못 다녀왔는데."

그들은 거실을 지나서 미닫이가 열린 식당 방으로 들어갔다. 말은 그랬지만 식탁에는 갈비찜과 생선구이 따위의 반찬그릇이 가득 늘어져 있었다. 그들이 올 것을 미리 알았는지, 수저와 젓가락도 세 벌이나 놓여 있었다.

"이 쪽으로 오세요. 가운데 그리 앉으세요. 네 네, 신수가 좋으시네요."

느닷없는 칭찬을 듣고도 기분이 썩 나쁘지 않았다. 김 병장은 웃옷을 식탁 옆의 옷걸이에 걸고 나서 진식의 옆으로 앉았다.

"부모가 남겨주면 뭐 합니까. 돈을 물처럼 푹 푹 퍼 쓰다 보면, 언젠가는 거덜이 날 텐데. 그래도 걱정 없이 잘 쓰더라구요. 안 그러겠어요? 쓰던 버릇이 몸에 배었는걸, 못 쓰면 병이 나겠죠."

긴 식탁에 앉아서 계속 떠버리는 남편의 말을 듣던 여인은 간간히 말을 거들었다.

"식사하시면서 말씀들 나누시죠."

김 병장은 여러 말을 하면서 최근에 작은 빌딩 하나를 샀다는 말을 슬쩍 끼워 넣었다.

"사업이란 것이 항상 잘 풀리기만 하지는 않는 것이 현실이고, 든든하게 부동산 한 덩어리가 뒤를 바치고 있어야 사업을 벌릴 수 있지요. 이놈의 세상은 정직하게 살면 어떤 귀신이 와서 채가듯 사기를 당하기 십상입니다. 그래서 빌딩 하나를 싸게 사긴 했는데… 그러다 보니, 좀 끌어 들인 돈을 대느라고 애를 먹었습니다. 후 후 후."

"자기는, 그렇게 장만한 재산이 튼튼한 거지 뭐."

김 병장의 아내가 눈을 흘기면서 재빨리 남편의 말에 덧붙였다. 진식은 김 병장의 아내가 따라준 양주잔을 거푸 비웠더니 뜨거운 기운이 온 몸으로 기분 좋게 퍼졌다.

"그런데, 내가 군대에서 제대한 걸 어떻게 그렇게 빨리 알았어요?"

"아 그거야… 늘, 제가 선임 하사관님 생각을… 얼마나 했다 구요."

"아까 차 안에서 말한 그 사업은 뭔가요?"

진식은 자기 자신의 말투가 아주 어색하다고 느꼈다. 애써 김 병장에게 존칭을 쓰는 것이 위태롭고 안쓰러울 정도였다. 하기야 군대생활을 졸병으로 했다고 하여, 무턱대고 반말로 싸질러 버리는 것도 안 좋았다. 진식의 입장으로는 이제 사회의 초년생이니, 이등병과 하등에 다를 바 없었다. 개도 안 물어갈 나이 몇 살 더 먹었다고 으스댈 일만은 아니었다. 지금의 처지로 보아 오히려 체면이고 자시고 잘 보여야 될 사람은 자기자신이었다. 그리고 혹시나 미심쩍어 사는 집을 잠간 눈여겨보러 왔지만, 역시나 잘사는 듯싶었다.

부엌일을 하는 여인이 과일접시를 식탁 위에 놓고 진식을 슬쩍 흘겨보며 나갔다. 그러자 김 병장의 아내는 다시 접시를 들고 일어서면서 남편에게 말을 건넸다.

"불편하실 텐데 저 쪽으로 가시죠."

진식은 거실의 누런 물소가죽 소파에 앉았다. 부부간에 표정으로 뭔가 눈치를 주고받다가 멈췄다. 그 순간, 묘한 표정을 짓던 김 병장의 아내가 입을 열었다.

"자기가 말씀을 드리지 그러세요?"

"아, 그러지 뭐. 그게 말입니다. 적은자본으로 투자하기에는 안성맞춤이고요, 선임 하사관님처럼 아직 사업을 잘 모르는 분들이 하기에는 딱 적당하다고 할 수 있죠. 이만길 씨라고 공무원을 하는 분도 처음엔 주저주저하다가 어디서 듣고 왔는지, 몇 구좌를 더 들겠다고 오히려 생 떼를 쓰지 뭡니까? 요새 홈 쇼핑 광고 방송에도 계속 나옵니다. 홈 센스라는 거 모르세요? 주로 가정에서 쓰는 질 좋은 생활필수품들을 싼값으로 제공하는 사업입니다. 쉽게 말하자면, 공장에서 복잡한 유통과정을 거쳐 소비자에게 가는 유통마진을 확 줄인다 이겁니다. 불필요한 인건비와 물류비가 줄어드니 자동적으로 소비자가 이득을 봅니다. 그러자면 시중에서 물건을 살 수 없도록 하고 바로 소비자끼리 연결되어 움직이는 체계가 적격이죠."

군대에 있을 때에는 어눌했던 김 병장의 말씨였다. 다단계 사업이 떼돈을 번다는 소문이 퍼질 무렵이었다. 홈쇼핑 방송 아나운서보다 더 매끄러운 김 병장의 화술에 진식은 은근히 놀랐다. 그건 당연했다. 군대에서야 졸병이니까, 분위기에 주눅이 들어 자기표현을 제대로 했을 리 없다는 생각이 들었다. 사람이 열두 번이나 변한다는 말을 체득하지 못해서였다.

 만길에게 연락을 해보고 즉시 달려왔던 것이다. 흑석동 입구의 첫 버스 정류장 건너편이었다. 회색빌딩의 1층은 시계 점이고 2층은 호프집이었다. 진식의 전화를 받은 사람은 김 병장의 아내였다. 계단을 부리나케 올라갔다. 꼭대기 층의 현관문이 열렸다.
 그런데, 아뿔싸! 회색 소매의 주인은 까까머리였다. 회색 승복을 입은 여인은 김 병장의 아내가 틀림없었다. 얼굴은 여전히 고왔지만, 머리털이 없는 여인은 생뚱했다. 이건 도대체 말이 아니었다. 아무리 세상이 어제 오늘 다르게 변한다지만, 정신이 어뜩했다. 불과 두어 달 전의 긴 머리털이 통째로 잘린 장본인으로, 바로 눈앞에 선 현실을 진식은 흔쾌히 감당하기 어려웠다. 그녀의 검은 눈동자는 여전히 신기를 머금은 것 같았지만, 왜 그런지 어둡고 피곤한 얼굴이었다. 어찌 보면 또렷하지 않는 거미의 눈과 같았다. 상대는 이쪽을 훤히 아는데, 이쪽은 저쪽을 잘 모르는.
 "잠깐만 계세요. 이이가 지금 예불이 끝날 때가 되었거든요."
 넓은 방은 미닫이문으로 닫혀 있었다. 붉은 바탕에 금분으로 쓴 반야심경과 험상궂은 달마상이 커다란 액자로 벽에 걸려서 진식을 노려보았다. 천정에는 갈가리 찢어진 울긋불긋한 천이 내려뜨려졌다. 그녀의 민둥 머리를 보고 썩 미덥지 않던 진식은 방 안을 휘휘 둘러보고 나서는 더욱 혼란스러웠다. 불과 몇 분이었을 테지만, 가닥도 잡히지도 않는 오만가지 생각들이 파리 떼처럼 머릿속을 날아다녔다. 미닫이 안쪽에서 딸랑딸랑 종소리가 났다. 김 병장의 아내는 현관 옆방에서 얼른 나와 미닫이문을 열었다.

또 하나의 큰 방이 나타났다. 벽 앞 제단 위에는 금불상이 앉아 있었다. 금불상 양 옆으로 목불상과 탱화를 모셔놓았다. 방 전체가 법당이었다. 개량한복 차림의 사내가 뒤를 돌아보았다. 김 병장이었다. 바짝 깎은 머리 외에는 사장노릇을 하던 때와 별다르지 않았다. 정작 더 당황한 사람이야말로 진식이었다. 김 병장의 소재를 알아냈을 때만 하더라도 잡으면 목이라도 비틀어 버리고 싶었다. 상상하지도 않는 현실을 보자니, 자기 자신이 어리둥절했다. 오히려 자신의 처지보다는 이들의 입장에 슬슬 동정이 갈 정도였다.

"이이의 사업이 그 지경이어서 몹시 아팠어요. 온몸이 지근지근 쑤시는가 하면, 병원에도 가보고 아무리 약을 먹어도 머리가 깨어질 것처럼 많이 시달렸거든요."

어금니의 금빛이 살짝 살짝 드러내며 그녀가 조용하게 말했다. 김 병장은 아내 옆에서 자기 자신의 짧은 머리를 자꾸 만지작거렸다. 진식은 김 병장의 겸연쩍은 듯한 모습을 보면서 이상한 생각이 들었다. 남의 돈을 사기한 철면피 같지 않았다. 부끄러움을 느끼리라는 그녀는 아주 자연스러운 반면, 남편이 오히려 수줍은 내색을 하고 있었기 때문이었다.

"처음에는 신경을 많이 쓴 후유증이려니 했죠."

"그랬어요. 선임 하사관님."

진식은 이를 사려 물며 독하게 대들어야 한다고 마음을 먹었다.

"내 돈은 어떻게 할 건데?"

"당연히 다른 사람들 보다는 먼저 해드려야죠."

"그러믄요. 각서를 써드리겠습니다."

김 병장이 동그란 눈으로 진식을 보며 아내의 말을 거들었다. 이어서 머리를 깎고 불당을 만든 사연을 꺼냈다. 자못 진지하면서도 애걸하지 않는 그들의 말에, 진식은 최면술에 걸린 사람처럼 조용히 듣고 있었다.

김 병장은 그간의 어려움을 말했다. 아내와 함께 여러 병원을 다녀 보았지만, 아무 이상을 발견하지 못했다는 것이다. 시일이 지나도 전혀 차도가 없던 중, 친척이 용하다는 점쟁이에게 가자는 제의를 했다는데, 교회 집사였던 아내로서는 펄펄 뛰었다. 그러던 아내가 육신이 약해지면 정신의 저항조차 둔해지는지, 불현듯 점쟁이에게 가자고 졸랐다. 점쟁이 말로는 귀신이 씌운 거라고 해서 크게 굿판을 벌였다는 것. 그 후에 어떤 스님을 만났더니 직접 불당을 만들고 내림굿을 받으라는 간곡한 설득이 있었다는데, 어찌되었건 간에 그녀는 지금 무당으로 변신한 것이다.

"다른 사람은 몰라도 선임하사관님의 돈만은 어떻게 하던지 해드리겠습니다. 나를 꼭 믿으십시오."

김 병장은 민둥머리를 벅벅 긁으며 비굴하게 들릴 듯 말 듯한 목소리로 말했다. 믿으라는 말에 진식은 맥이 풀렸다. 하기야 멱살잡이를 한다고 해서 해결 될 문제가 아니었다.

그들은 참이슬 소주를 두병이나 비웠다. 바깥바람이 더욱 세차게 불어서 비닐 막 펄럭거리는 소리가 요란했다. 꼼장어는 나무벌레처럼 꺼멓게 식어있었다. 눈이 아리도록 연기를 내며 타던 양념에 버물어진 돼지고기 냄새도 날아갔다. 그 새 손님들이 몇 차례 바뀌었다. 못마땅한 눈길을 주던 포장마차 주인은 체념했는지, 그들에게 관심조차 거둔 듯 했다. 진식은 병을 기우려 빈 잔을 채우면서 말했다.

"아주 홍콩으로 줄행랑을 놓았군 그래."

"아닐 걸. 그래도 약속을 하고 갔는데, 오겠지… 나도 미치겠다."

바람 빠진 풍선처럼 만길이 대꾸를 했다. 그렇지만 확신에 찬 엊그제의 장담은 어디로 사라지고, 자신 없는 표정이었다. 만길의 이빨 빠진 듯한 말 속에는 뭔가 욕심이 남아 있는 것 같았다.

"뭘 임마?"

만길의 하소연이 삐죽 삐죽 기어 나왔다. 알아보았더니 김 병장 부부는 빌딩을 담보로 이미 몇 억을 은행에서 대출을 받은 사실이었다. 김 병장은, 어떻게 은행 지점장으로 있는 만길이의 사촌 형을 소개 받았던 터. 더구나 만길이까지 연대보증서에 인감도장을 찍었던 것이다. 원래 담보로 되어 있던 대출금을 갚고 다시 대출을 받는 조건이었다. 문제는 그 돈을 은행끼리 주고 받았어야 하는데, 중간에서 김 병장이 가로채어 홍콩으로 떠나버린 것이다.

"아니, 넌 그게 말이 된다고 생각하냐? 한두 푼도 아니고 은행에서 그렇게 쉽사리 큰돈을 그 새끼손에 주었다는 게 이해가 안 돼. 안 그래?"

진식이 어이없는 눈으로 반문했다.

"그렇게 해서라도 도와주면, 빌려준 돈을 받아 낼 줄 알았거든. 내가 공무원이고 보증을 선 게 화근이지."

담배 연기를 허공에 뱉어 버리고 나서 만길이 힘없이 말을 이었다.

"국제전화를 두 차례나 했더라고. 홍콩에서 노름판의 뒷돈을 대고 고금리 사업을 하는데, 한국에 오기만 하면 빚을 금방 다 갚을 수 있다는 거야. 김 사장 말을 들어보면 거짓말은 아닌 것 같아."

"국내에는 아이들도 없고 재산도 없는데, 돌아올 까닭이 뭐 있냐! 아 씨팔, 한 번도 아니고 두 번씩이나 당했는데… 넌 어떡 하냐?"

"야 믿어야지, 별 수 있나."

"하기야 믿었으니까 보증을 섰을 거구, 보증을 확실하게 섰으니까 은행 창구에서 돈이 나갔겠지."

자신이 꼬여 들어간 이야기가 길어지자 불안한지 만길은 거푸 담배 연기를 뿜었다. 그리고 물 컵을 든다는 것이 엉겁결에 소주잔을 들었다가 다시 내려놓았다. 진식으로서는 물어볼수록 궁금증만 더했다. 아무래도 이상했다. 자신이 모르는 이야기를 만길은 이미 다 알고 있지 않는가. 시원하게 툭 터서 말하지 않는 만길이까지 적이 의심스러웠다. 그렇지만, 만길이도 엄연히 피해자라는 게 마음에 걸렸다. 진즉 김 병장이 했던 짓거리를 자신이 눈치 빠르게 짐작을 했어야 했다. 정말 자신은 아내의 말처럼 미련퉁이인 것 같았다. 진식이 다시 짜증이 섞인 투로 입을 열었다.

"그럼 김 병장 그 새끼가, 네 말대로 홍콩에서 한 밑천

해 가지고 온대면 넌 어떤 대가를 얻는데?"

 그 말이 끝나자마자 만길은 똥그랗게 눈을 뜨다가 고개를 밑으로 처박았다. 한참동안 침묵이 흘렀다. 밖에서 누군가 혀 꼬부라진 목소리로 크게 소리를 질렀다. 진식으로서는 답답해서 대화가 이 지경까지 이르렀지만 미안했다. 그렇지만 이미 말은 목구멍에서 나왔고 만길의 귀청을 뚫은 후였다.

 "즈이들 계산대로 중국에서 뭔가 잘 되면, 우리한테 얼마 정도는 내밀지 않겠어?"

 뜬금없는 만길의 대답이었다. 너무 어설프고 어정쩡했다. 다만 뭔가 기대를 잔뜩 걸고 있는 만길에 관하여 알 수 없을 뿐이었다. 진식으로서도 김 병장에게 미련이 남아 있는 것처럼 확 자신을 벗어 던지지 못했다. 진식의 얼굴은 화색이 돌다 못해 빨개졌다. 그러더니 게슴츠레한 눈으로 만길을 뚫어져라 쳐다보았다.

 "아무리 생각해봐도 모르겠거든. 나쁜 자식들! 어떻게 제 놈이 내가 제대한 줄 알고 나한테 접근했는지 그 점이 말이야."

 만길은 길쭉한 얼굴을 옆으로 슬쩍 돌리며 진식을 외면했다. 순간 만길의 얼굴은 더 빨개졌는데, 술 때문에 꼭 그런 것만은 아닌 듯싶었다. 그리고는 아주 궁색한 변명처럼 한 마디를 늘어놓았다.

"…그야 뭐, 요즘 세상이 어떤 세상이냐. 생판 모르는 회사에서 전화도 걸려오고 집으로 광고물까지 들어오는데, 맘먹으면 그런 게 대수냐."

밤이 깊어지자 등짝이 써늘했다. 발바닥이 차디차서 감각조차 무디었다. 누구라 할 것 없이 두 사람은 일어섰다. 만길이 포장마차 주인에게 얼마냐 고 물었다. 바지 뒷주머니와 윗옷 안 주머니를 한참 뒤지는 만길을 진식이 물끄러미 바라보더니, 꾸깃꾸깃하게 접혀진 돈을 꺼냈다.

"아줌마? 돈 받으세요."

"너는 어디로 갈 거야?"

"나? 잠자는 곳? 군대생활을 할 적에도 아무 곳이나 고꾸라져 자는 데가 내 집이었어."

그들은 비닐포장을 들치고 밖으로 나왔다. 어둠이 가득 찰수록 거리의 불빛들은 빛났다. 진식은 구부정한 모습으로 씽씽 지나가는 차량들을 흘끗 보았다. 드문드문 보이는 행인들조차 잰 걸음으로 없어졌다. 밤이 깊어지고 그 많던 인파의 물결도 사그라졌다. 몸이 달달 떨렸다. 찬바람이 세차게 몰려오더니 그들의 귀싸대기를 후려치고는 어디론지 도망을 가버렸다.

그날을 시작으로 많은 밤을, 때로는 낮도 밤처럼 보냈다. 그럼에도 불구하고 그녀와 내가 시간의 소모만큼 가까워지지 않았다. 뜨거워진 육신으로 용광로를 나왔다고 정신까지 한 덩어리가 되는 건 아니었다. 원인이 누구에게 있건 간에 아직 그대로였다.

어둠 속의 사마귀

그날을 시작으로 많은 밤을, 때로는 낮도 밤처럼 보냈다. 그럼에도 불구하고 그녀와 내가 시간의 소모만큼 가까워지지 않았다. 뜨거워진 육신으로 용광로를 나왔다고 정신까지 한 덩어리가 되는 건 아니었다. 원인이 누구에게 있건 간에 아직 그대로였다.

나는 방한복 겉주머니 속에 손을 집어넣어 미리 끊은 무궁화 열차표 두 장을 만지작거렸다. 만

약 오지 않으면, 어떻게 해야 할 것인가. 점점 불안한 느낌이 들었다. 역 광장을 울타리처럼 막고 서있던 상가 건물들 안에서 형형색색의 여행 옷차림의 승객들이 떼거리로 몰려 나왔다. 단체 여행객들은 개찰시간에 맞추어 갈 것이다. 역 건물의 전광판 시계는 09:50이었다. 나는 옷소매를 슬쩍 올리며 시계를 보았다. 숫자시계나 바늘시계나 시간은 똑같았다.

감기 기운은 아주 끈끈하게 내 몸에 달라붙어있었다. 그 독한 감기를 떨치려고 하루에도 네 차례나 약을 삼켰다. 그러나 약 기운이 다시 떨어질 때면, 콧구멍 속이 따갑고 목구멍은 때앗때앗 통증이 왔다. 그렇지만 나는 기를 쓰고 빵이나 닭튀김 나부랭이까지도 닥치는 대로 먹어

치웠다. 그럴 때 마다 동물이 따로 없다는 생각이 들었다. 먹이가 뱃속을 가득 채우고 나면, 나른한 졸음이 슬며시 오고 먹잇감을 잊어버린 사자처럼 권태와 게으름까지 나를 유혹했다.

전광판 시계는 09:54였다. 무언가 뜨거운 기운이 온몸을 돌아가면서 나를 긴장으로 꽉 조였다. 어차피 하루가 지나면 나는 다시 일상으로 돌아 올 것이다. 그런데 또 무엇인가 내 깊숙한 곳 어디에서 똬리를 틀고 있는 정체 모를 그림자가 슬며시 지나갔다. 그것이 외로움인지 고독인지 모르겠다. 이대로 가다가는 부스러질 것이다. 부스러질 것이 두려웠다. 한동안에는 깨뜨려지거나 부스러질 것을 각오한 적도 있었고, 이를 사려 물며 두려움을 떨치려고 애도 썼다. 지금 내게 주민등록번호의 앞자리는 크게 의미가 없다. 그 동안 쫓겼던 내 위축된 인생조차도 입을 사려 물고 계산한 야비함 때문에 풀릴지 모른다. 어찌 보면 나도 억울하다. 내가 죽으면 세상도 끝이다. 비겁한 인간을 만든 것은, 그 시대의 책임도 있는 법이니까.

마침 진동으로 켜놓은 휴대 전화기가 울렸다. 그녀의 휴대전화 번호가 찍힌 전화기가 부르르 떨었다.

"어디야?"

"여기예요. 2층 대합실 개찰구 앞."

그녀는 다른 곳에서 나를 기다리고 있었다. 나는 뛰어서 계단으로 올라갔다. 그녀는 곧 출발할 열차시간에 대한 초조함도 없이 미소를 지으며 오른손을 올려 까딱거렸다. 우리는 개찰구를 빠져 나와 다시 플랫폼으로 내려갔다. 태백선의 종착역인 강릉까지 갈 무궁화 열차는 막 떠나려는 참이었다. 그녀는 핸드백과 종이가방을 들고 나를 따라 열차 안으로 들어 왔다.

그녀는 창가에 나는 통로 쪽에 앉았다. 열차는 역을 뒤로 하고 움직이기 시작했다. 방한복을 벗어 접은 그녀는 핸드백과 내 여행 가방을 시렁 위에 올려놓았다. 그리고 종이가방을 의자 밑에서 들어 올리더니 비시시 웃으며 나를 쳐다보았다.

그녀의 신경질은 늘 바르르 떠는 입술에서 얼굴 전체로 퍼지곤 했다. 그러나 얼굴보다 가슴 속으로 더 깊이 감추어진 속내는 알 수 없었다. 그녀가 종이가방 속에서 오렌지를 꺼내어 합성수지 칼로 껍질을 벗겼다.

"왜? 대합실에 있었어?"

"아이그, 당신 놀라게 해 주려고 그랬지."

이 계장이라는 호칭이 당신으로 바뀐 지가 언제부터였던가. 이런 일 말고도 몇 번인가 나를 놀라게 한 적이 있었다. 열차는 속도를 더하여 도심을 빠져나갔다. 열차는 뒤집어지거나 다리 밑으로 곤두박질치지 않는 한, 양평, 원주, 제천을 지나 영월, 태백을 넘어 강릉에 도착할 것이다.

  그녀에게서 난 버버리 향수 냄새가 기억을 유혹했다. 황홀했던 그날 밤이 떠올랐다. 유난히 비가 잦은 해였다. 몇 번을 만난 후 겨울을 재촉하는 비가 내리고 있었고, 도심의 먹자골목은 광고 불빛과 사람들이 어지럽게 섞였다. 회사 직원들과 회식이 끝날 무렵에, 그녀는 가까운 곳에서 기다리고 있었다. 미용실에서 갓 나온 그녀의 머리는 부슬비에 젖으며 호프집으로 들어갔다. 나는 그녀와 또 마셨고, 밤 열한 시가 훨씬 넘은 시간에 우리는 아롱거리는 불빛을 따라 낡은 모텔로 들어갔다.
  방 안에는 싸구려 이불이 개켜져 있고 침대 옆으로 커다란 거울이 벽에 붙어 있었다. 나는 비에 젖은 옷처럼 마음도 잔뜩 구겨진 상태였다. 그녀 역시 빈속에 들었던 술기운으로 몸이 나른하였을지 몰랐다. 거울에 비친 남자. 알몸의 낯익은 남자와 알몸인 낯선 여자가 하나의 살덩어리가 되었다. 말초신경의 피돌기가 시작되어 말랑말랑한 돌기에 실핏줄 끝까지 가득 찬 힘의 탱탱함. 나는 사마귀의 야무지고 강한 입이 되어 산봉우리를 물었다. 내 생명의 뿌리는 숲을 헤치고 젖어있는 계곡을 밀고 들어갔다. 나는 거울 속에 비친 낯익은 수컷의 꿈틀거림을 보았다. 그리고 그녀의 거웃과 내 거웃에 묻었던 열정의 흔적. 끈적끈적한 에너지의 찌꺼기. 밤은 어두웠지만, 시간은 소리 없이 영원한 것 같았다. 그 순간, 아릿한 비누냄새가 났던가. 향수냄새가 났던가. 화장기는 땀으로 지워지고 커튼 틈으로 들어온 바깥 불빛으로 그녀는 평화롭게 보였다. 꿈결 같은 시간은 어디로 인가 가버렸다. 꽉 붙잡을 수 없는 시간이 지나면 허무한 아침이 왔다. 담배를 물고 일어났을 때, 라이터가 머리맡에 있었지만, 그녀는 가고 없었다. 그녀가 떠난 방에서 혼자 서성거렸다. 무엇인가 발바닥에 밟혔다. 아킬레스건을 꾹 쑤신 따끔함. 침대 아래 떨어진 귀걸이였다. 백금에 스브 다이어가 박힌 세련된 한 짝 이었다. 귓불에 붙어있던 반짝임이 그녀의 눈빛으로 바뀌면서 밤의 기억은 나를 지나갔다.

그날을 시작으로 많은 밤을, 때로는 낮도 밤처럼 보냈다. 그럼에도 불구하고 그녀와 나는 시간의 소모만큼 가까워지지 않았다. 뜨거워진 육신으로 용광로를 나왔다고 정신까지 한 덩어리가 되는 건 아니었다. 원인이 누구에게 있건 간에 아직 그대로였다. 오히려 날이 갈수록 애정은 답보상태로 식어가고 있었다. 나와 그녀 사이를 매어줄 끈을 찾지 못했다. 그런데도 이상한 일은 길을 걷다가도 비숫하게 생긴 여자들을 보면 그녀의 모습이 내 머리 속을 가득 채워버렸다. 순간순간 그녀가 나타나 나를 꼼짝 못하게 했던 기억들이었다. 그녀는 내게 무엇이었을까.

"뭐 해요? 이것 먹지 않고?"

오렌지를 두 개나 까놓고, 속살에 붙은 하얀 껍질을 떼어내면서 나에게 먹을 것을 채근했다. 어쩌면, 그녀에게 나는 남편과 자식역할을 동시에 하고 있었을지도 모른다. 향긋하고 달착지근한 과즙이 입 안을 가득 채웠다. 레일 이음매에 닿는 쇠 바퀴 소리가 들리고 강물이 보였다. 호수같이 질펀한 수면은 햇빛에 반사되어 새하얗게 들어왔다.

당신이라고 내가 따로 부르는 여자가 있었다. 지방도시의 꼬질꼬질한 시장 통, 코딱지만한 가게에서 옷 장사를 하는 아이들의 엄마였다. 잘 살아 보겠다고 억척스럽게 변한 아내였다. 적어도 남편이란 작자가 실직하지 않고 직장에 잘 붙어있었던들, 사모님 소리를 들으며 지낼 여자였다. 일주일에 하루 동안 남편으로 와서, 이튿날 새벽에는 어김없이 세탁물과 함께 다시 일주일을 기약하는 몇 년이 지나갔다. 아내는 내가 객지에서 숨을 헉헉거리며 수컷의 힘으로 발정 난 암컷과 엉키고 있다는 사실을 전혀 모를 것이다. 하도 도처에 널린 게 바람난 사람들의 이야기라지만, 세상의 누구보다 더 나를 믿고 있으리라. 아직까지 한 번도 다른 여자에게 눈길을 준적이 없는 깨끗한 남편으로 믿어 의심치 않을 것이므로. 그런데, 나의 이런 완벽한 비밀이 왠지 불안하게 무너지려 하고 있다.

 모든 시초는 우연에서 비롯된 것처럼 느껴지지만, 가만히 생각해보면 내 자신의 약한 곳 어디에서 시작되었을 것이다. 외로움과 더불어 동물적인 갈증이 암컷을 구걸하는 원초적 본능으로 호시탐탐 기회를 노리고 있었으리라. 객지에 혼자서 시간을 갉아 먹고 있다는 것으로, 은연중 유혹의 손길을 기다렸을 게다. 아니, 컬컬하고 갈증 난 빈 뱃속에 뭔가 시원하게 쏟아 붓고 싶었던 거다. 나는 먹이를 기다리는 사마귀처럼 또는 배고픈 거미같이 사방에 덫을 놓고 있었다. 나의 고통과 안타까움을 빨리 덜어주려면, 먹이 감을 금방 잡아야 했다. 그때 내가 간절히 바라는 것은 윤리와 도덕, 선과 악으로 표시되는 이분법이 아니었다. 본능 속으로 수컷을 나타내는 성징이 우뚝 서 있는 한, 발정 난 암컷은 걸리게 되어 있는 것이다. 암컷도 자신의 본능을 충족시켜줄 먹이를 위해 거리를 헤매고 있을 것이다.

직장을 그만 두었던 내가 그녀를 다시 만난 것은 이년 전이었다. 가로수가 금방이라도 노란 은행잎들을 우수수 털어버릴 것 같은 가을, 전철역 부근에서였다.

"어머! 이 계장님 아니세요?"

거래처에서 일을 마치고, 바로 퇴근하는데 여자의 음성이 들렸다. 분명히 나의 과거를 부르고 있었다. 긴장이 되어 두리번거리다가 뒤에 서있는 회색 코트 차림의 그녀를 보았다. 약간 살집이 붙은 듯했지만 예전 그대로 하얀 얼굴에 까만 눈썹이었다. 다만 검붉은 입술연지가 야릇한 느낌을 주었을 따름이다. 그 순간 움츠러들었던 내 가슴이 조금은 풀렸다.

"계장님은 옛날 그대로 이시네요."

"이거 세상 참, 지금 어디 살아요? 아 이럴게 아니라 커피라도."

그녀와 나는 지하철역 근처에 있는 커피숍으로 들어갔다. 그녀는 아직도 나를 계장님이라고 불렀다. 뜨거운 커피가 모락모락 김을 낼 때 내가 물었다.

"아이가 몇 살이지요?"

그녀는 약간 당황한 듯 낯빛을 붉히면서

"전 아직… 그대로 예요."

라는 자신의 난처한 대답이 어색했는지, 금방 뒷말을 이었다.

"지방으로 내려가신 후 그만 두셨다는 말을, 후배에게 들었지요."

그녀가 아직까지 독신이라는 말을 하지 않았더라면, 내가 주말 부부가 아니었다면, 우리의 대화는 아무래도 줄었을 것이고 빨리 헤어졌을 것이다. 잘났건 못났건, 사기꾼이 득실거리고 불신이 넘치는 이 거대한 도시에서 상대방에 관하여 미리 조금이라도 안다는 것이, 얼마나 다행스러운 일인가. 그것은 그녀나 나나 마찬가지일 거라. 적의를 품고 의심에 가득 찬 눈초리로 상대방의 속마음을 관찰하는 일이야 말로 사람을 피곤하게 하는 것이다. 그녀는 마침 일이 끝나서 집으로 귀가하려던 참 이라고 했다. 저녁 한 끼니를 때워야 했던 내 입장으로선 그녀가 잘 아는 근방의 설렁탕집은 안성맞춤이었다. 더구나 그녀의 회사가 공교롭게 내가 다니는 회사 근방이었으니 우리가 만날 우연의 확률은 많았던 것이다. 퇴근하면 남는 건 시간 밖에 없는 나로서는 냉정하고 말고 할 겨를이 없었다.

가을비가 세차게 내렸다. 빗줄기는 아스팔트 길 바닥을 번지르르한 물로 발라서 거리의 휘황찬란한 불빛을 반사시켰다. 비가 오면 도시는 금방 젖었다. 늦가을 비는 애처롭고 을씨년스러웠다. 삭막하기 이를 데 없는 콘크리트 숲의 처연함 속으로 우산들이 이리 저리 움직였다. 아마 그때에는 내 마음도 우울함에 푹 젖었으리라. 비가 추적추적 내리는 겨울의 문턱은 그런 냉랭함으로 나를 묶으려 했다. 나 또한 외로움이 삭신에 젖어 전염병균처럼, 꽉 차있었을 것이다. 아무렇지도 않는 듯 허허로움을 숨기고 비록 쓴 웃음을 지었지만, 스산한 생각이야 어디로 갔겠는가.

나의 동물적인 충동은 어디에서 시작되었을까. 어쩌면, 아내의 사타구니 냄새를 잊을 수가 없어서 현실과 상상의 비빔밥 같은 혼란 속을 헤맸는지 모른다. 시궁창 같은 세상에서 황홀에 도취될 하룻밤을 꿈지럭거릴 수 있음을, 의식의 잔해에서 걷어냈을지도 모른다. 비가 가랑가랑 내리는 순간에.

오랜만에 만난 것 치고는 우리는 금방 친해졌다. 취객들의 와자지껄한 분위기가 넓은 호프집의 홀을 가득 메우고 있을 때, 그녀는 짧게 다듬은 머리의 갸름한 얼굴로 나를 마주 보며 말했다.

"난 말이죠. 이제는 내 마음대로 살 거예요. 살 거라구요. 정말 아무 누구라도 나를 막진 못할 거라구요."

해상감옥에서 탈출이라도 한 억울한 인간처럼 절규하듯 그녀는 말했다. 나는 예전에 미처 알지 못했던 그녀를 더 가까이서 읽었다. 그렇지만 사람의 속마음이란 알다가도 모르는 것이고 늘 변하기 마련인 것이다. 내가 변하면 타인도 변할 수 있게 마련이다.

"내 청춘도 얼마 남지 않았어요. 그러니까 계장님도 내게 부담 느끼지 마세요."

그렇다면, 그녀는 거짓말처럼 인생을 살았던가. 아니었다. 서른일곱이었고 미혼이었다. 누가 보아도 실제보다는 서너 살 아래로 보일 만큼 괜찮은 외모였다. 하기야 요즈음 같은 불황에 그녀가 손대고 있는 사채업도 그리 만만치는 않을 것이었다. 고리대금업이 자신의 생리에 잘 맞지는 않을 것이나, 처음부터 알고 덤비는 일이 어디 있냐는 말도 틀린 것은 아니었다. 먼 친척 되는 사람과 어울려 하는 터라 아직까지 계속하고 있다고 했다.

여태껏 왜 혼자였는가를 그녀가 자기 자신의 입으로 말한 적은 없었다. 내가 물은 적은 더더욱 없다. 아무리 생각해 보아도 이유는 한가지로 설명되지 않는다. 첫사랑의 실패에서, 일찍 아버지를 잃은 가정 형편 때문이라든가, 혹은 가파른 생활고 따위의 많은 사연들이, 그녀가 결혼하지 못한 탓은 아닐 것이다. 금년 언젠가, 그녀의 동료였던 후배가 우연히 내게 귀띔을 한 적이 있었다. 첫사랑 남자에게 임신중절수술이 잘못되어 불임일거라는. 내게는 그다지 중요하지 않는 관심 밖의 말이었다. 물론 지금 생각해보니, 갖가지 이유가 가끔 히스테리를 넘는 발작증세의 원인은 될 수도 있었다. 어떤 상처가 그녀로 하여금 감정의 모든 요소들을 얼키설키 묶어 긴장상태로 몰고 가는 것일까.

　나는 가끔 그녀가 자기 자신을 착각한다는 느낌이 들었다. 불혹이 가까운 나이를 접어 두고, 자신을 스물 중간처럼 말 할 때였다. 눈을 내리깔며 '나이 육십이라도 비구니 스님들은 처녀지 않나요?' 라고. 일종의 그런 자위의식조차도 따지고 보면, 내세울 것 없는 우울한 과거의 일에서 비롯되었는지 모른다. 타인들의 행복 때문에 자신이 불행해졌다 는 말을 서슴없이 해대는 여자. 어쩌면 그것은 오랜 시간 동안 짓눌린 자괴감 같은 것이 아닐까. 그래서 쓸데없이 독하고 복수심에 불타는 듯한 도전적인 언행을 자신도 모르게 뱉는 것일까. 기분이 좋을 때는 여간 낫낫한 표정으로 남을 칭찬하고 추켜세우는 여자였다.

　"저거 좀 봐요! 야, 정말 멋지다."
　그녀의 탄성이 내 생각을 흔들어 깨웠다. 치악산을 지날 무렵, 가파른 기암절벽 아래로 강물이 휘돌아 가고 있었다. 바위 틈새로 아찔하게 돋아있는 소나무들과 강가의 모래톱도 지났다. 아이같이 탄성을 뱉어 내고 내 어깨에 그녀는 몸을 기댔다. 통로를 지나는 도시락 판매원의 손수레를 세웠다. 그녀는 잽싸게 도시락 두개를 사서 무릎 위에 올렸다. 열차는 제천을 지나서 태백준령을 향하여 레일을 달렸다. 산세가 험해지면서 어둠 컴컴한 터널이 간간히 나타났다.

김밥을 집어서 젓가락을 내 입 앞으로 가져왔다. 이런 경우마다 늘 자기 자신의 감정으로 상대방을 잣대질 해버리는 짓거리를 탓하기에도 이제는 지쳤다. 내가 만약 거절하기라도 한다면, '당신 마누라가 이랬으면 그랬겠느냐? 자존심 상해서 말이 안 나온다.'는 둥 옆에 누가 있건 말건, 거칠게 내친 말들이 홍수처럼 시작 될 것이다.

"왜 이틀 밖에 시간을 안 냈어? 마지못해 가는 거 아녀요?"

"그런 거 아니고, 월말까지 빨리 처리할 것이 있어서 그래."

샐쭉하게 토라진 얼굴을 얼른 펴지 않았다. 하긴 지난 이 년 여 동안, 그녀가 내게 협박한 언어의 폭력으로 싸움이 발단된 것은 헤아릴 수 없었다. 내게는 그런 빌미들이 주는 말의 되새김질보다는 가끔 내 옷을 찢거나 몸통에 손톱자국을 내는 것이 차라리 편했다. 그녀가 확실하게 잘 모르면서 지껄인 몇 마디의 말은, 불길에다 기름을 붓는 것과 같기 때문이다. 부정적으로 느끼려는 사람들에게는, 자신들의 입맛에 맞는 알리바이와 정황도 잘 모르는 증인의 말을 더 믿을 수밖에 없는 것이다.

"당신 마누라가 물어 봤음 이렇게 말하진 않았을 거여요."

여전히 말은 시비조로 토를 달았으나 조금 전 보다는 누그러진 표정의 얼굴을 애서 차창으로 돌렸다. 또 다시 열차가 터널로 들어서자 실내는 금방 어두웠다. 그녀의 손이 내 왼쪽 허벅지를 만지작거렸다.

"한없이 계속 이렇게 가버렸음 좋겠다. 아주 멀리 멀리."

시간이 지날수록 그녀가 내게 감겨드는 힘은 문어의 빨판보다 강했다. 그리고 내게 아주 집착으로 변한 것 같았다. 이상한 것은 내 마음과는 반대로 동물적 행위가 주는 쾌감이 더욱 나를 늪 속에 빠뜨렸다. 행위의 나이테가 두꺼워질수록 그녀는 점점 내 머리 속으로 영역을 넓혀 들어왔다.

만난 지, 몇 개월쯤 지나서 어느 날, 여느 퇴근 무렵처럼 전화가 왔다. 서로 믿음의 증표로 커플링을 한 개씩 하자는 제안이었다. 야근할 일 때문에 다음날 만나면 어떻겠느냐는 내 말이 끝나기도 전에, 화를 버럭 내면서 회사 앞에서 기다리겠다고 전화를 끊어 버렸다. 언제나 그녀의 전화는 일방통행 이었다. 한밤중에 내 원룸으로 찾아온 그녀는, 아무 말 없이 방을 휘휘 둘러보더니 불쑥 말했다.

"우리 함께 살아요. 당신 없인 이제는 정말 못살 것 같아요. 내가 하자는 대로 해요. 이혼하고 나한테로 와요."

술에 취해 약간 게슴츠레한 눈빛으로 그녀가 말했다. 나는 담배가 다 탈 때까지 가만히 있다가 대꾸했다.

"그럴 순 없어."

"뭐라구. 지금 한 말, 다시 해봐요."

언성을 높이면서 그녀는 나를 쏘아 보았다.

"그럴 줄은 알았지만, 당신이라는 사람은 내게 실망과 배신만을 주었어요. 계속 만나지 말았어야 했는데… 허위와 위선으로 가득 찬 당신이지만, 내가 좋아서 매달린 건 우리 서로 잘되자는 믿음이었어요."

"그렇게 말하면, 말장난이 되는 거야."

내 말이 단호하게 들렸는지 그녀가 발끈했다.

"남자가 왜 그렇게 비겁하죠. 자신이 책임지지 못할 거면서 일을 왜 이 지경으로 만들었어요? 나쁜 자식!"

욕설과 동시에 그녀는 내 앞에 있던 유리 재떨이를 집어들어 싱크대가 있는 타일바닥에 던져 버렸다. 둔탁한 소리가 나면서 깨진 유리 파편들이 여기저기 반짝거렸다. 그렇다고 마음이 산산조각 난 것은 아니었다. 나는 그 순간, 어쩌면 이것이 나를 파멸로 끌고 가는 시작의 조짐일지 모른다는 느낌이 와락 들었다.

그 뒤에 한 달 동안 연락이 없었을 때도 내 마음은 마냥 홀가분하지 않았다. 그렇지만, 나는 주말이면 어김없이 아내와 아이들을 보러 집으로 내려갔으며, 월요일 아침에는 다시 넥타이를 맸다. 무슨 일이 있어도 힘겹게 얻은 두 번째의 직장 일에 소홀할 수 없었기 때문이었다.

"오랜만예요. 나 없으니까 마누라 사랑 많이 했겠네."

휴대전화기로 걸려온 그녀의 목소리는 여전히 빈정거림 속에 비웃음이 배어있었다. 만나자는 제의가 없었더라도, 내 쪽에서 궁금했을 것이다. 우리는 저녁을 먹고 진한 커피를 마셨다. 나는 그녀가 이끄는 대로 적나라하게 섹스 장면이 나오는 외국 영화를 보았다. 어느 새 나의 가운데 것은, 철없이 이성을 무시하며 본능을 뜨겁게 달구는 중이었다.

지난여름이었다. 그녀는 자신의 일이 바쁠 때에는 연락이 없다가도 조금 한가하면, 하루에도 몇 번씩 '어디에 있느냐. 누구랑 무엇을 하느냐.'고 휴대전화기로 물었다. 나는 그날 그녀가 살고 있는 동네 부근 전철역 입구에서 만났다. 처음 우연히 만난 바로 그곳이었다. 하얀 투피스 차림의 그녀는 시원하게 보였다. 우리는 호프집에서 거품이 넘치는 맥주잔으로 더위를 식혔다. 튀김 닭을 아사삭 씹고 있을 때, 그녀가 먼저 말을 걸었다.

"요즘 당신이 나를 자꾸 피하려고 하는 것 같은데, 왜 그래요?"

빈속에 술이 들어가면서 말꼬투리를 잡는 것이 피의자에게 올가미를 던지는 수사관 같았다. 하기야 예전 직업의 습성이 우리들 몸 구석 깊숙이 어딘가 남아 있을 것이었다. 어쩌면, 시간이 그토록 지났음에도 일정한 벽이 우리에게 존재했을까. 집요한 그녀의 말꼬리 달기를 자르기 위해서는 공기처럼 시중에 떠도는 돈 버는 이야기가 제격이었다. 그녀는 지금까지 돈 버는 일이 자신에게 버팀목이었다고 말했다. 권력의 맛을 본 사람은, 돈이 그 대신을 할 수 있다는 것을 안다. 써늘하기 까지 했던 호프집을 나서자 바깥은 더웠고, 술기운이 금세 올라왔다.

할 말이 있다는 속내를 짐작하면서 그녀를 따라갔다. 초등학교 안은 넓었지만 조용했다. 가끔 교문 앞을 달리는 차량의 소음이 이따금 들렸다. 운동장 한 구석에는 콘크리트로 만들어진 탁자와 의자들이 등나무 그늘 밑에서 어둠을 지키고 있었다.

"아무리 생각해도 세상에 나 혼자 뿐이라는 느낌은, 무서움마저 왈칵 들었어요. 내가 무엇 때문에 이렇게 귀신한 테 홀린 것처럼 허우적거리고 있나? 무엇이든지, 어떤 일이든지, 하려고 맘만 먹으면 못 이룰 일도 없다고 생각했는데, 당신 문제만큼은 정말 어렵군요. 뭐죠? 무엇 때문이죠? 고통이 따를 거라는 각오를 했지만, 한숨도 못자고 머리가 깨질 것처럼 아파서 힘들었어요. 시간이 지난만큼 이루어 놓은 건 없잖아요. 아니 어쩜, 하는 일까지도 당신을 좋아한다는 생각 속에 섞여 증발해버려요. 만약에 내가 당신의 아이를 가졌다면, 나를 이렇게 우습게 대하지는 않았겠지요. … 요즘에는 늘 당신은 저만큼 떠 있고 나 혼자 아무리 발버둥쳐서 달려가도 당신은 꼭 그만한 간격으로 떨어져 서서 비웃음으로 웃고 있는 그런 악몽만 꾸었어요. 잠을 설치면 또 아침이고……."

넋두리를 섞어 한참을 울고 난 뒤, 그녀의 목소리는 가라앉은 것 같았다. 하늘은 더욱 어두워졌으며 후텁지근했다. 학교 근방의 고층 아파트의 불빛과 가로등 불빛들도 먼발치로 물러가 있었다. 흐느끼면서 어깨를 들썩거리던 것과는 달리 차분한 어조로 그녀가 말을 이었다.

"모든 걸 당신 위주로 끌어왔으니, 이제부터는 나도 가만있지는 않겠어요. 쉽게 당신 뜻대로 해결되진 않을 거예요. 세상 우습게보지 마시라 구요."

그녀는 단호한 어조로 말을 뚝뚝 끊어 나가면서 검정 핸드백 끈을 만지작거렸다. 나는 격한 감정을 꺾어 누르며 담배를 깊이 빨았다.

"한 가지 물어 볼게 있어요. 지금까지 날 사랑한 건 맞아요?"

"…말로써 답변 하는 건, 지금 감정으로 불편해. 당신의 느낌이 있을 거 아냐?"

그녀는 까무러치듯 의자에 털썩 주저앉더니 표독한 눈으로 노려보며 목소리를 높였다.

"당신이 나를 기만한 대가를 톡톡히 치를 거예요. 내가 입을 열면, 당신은 패가망신한다는 거 알기나 해? …조총련 간첩 강기만이 죽은 거?"

그녀는 고개를 꼿꼿하게 쳐들면서 갑자기 내 잠재된 의식 저 아래의 것을 끌어다 놓았다. 순간 낭패감에 나는 손발이 떨리고 가슴이 터져 버릴 것만 같았다. 그렇지만, 한편으로는 왠지 울고 싶은데 뺨이라도 맞는 이상한 감정이 생겼다.

"그 사건의 시효는 이미 지났어. 물론, 당신이 알았는지는 모르겠지만 업무상 과실치사 일 뿐이고 조 과장은 암으로 죽었고, 천 계장은 미국으로 이민 갔어. 뭐가 어쨌다 는 거야?"

나는 억지로 태연해지려고 애를 썼다. 연거푸 담배에 불을 붙였다. 내가 그렇게 나올 줄 알았다는 듯 그녀는 싸늘한 비웃음을 흘린 내뱉듯이 받았다.
  "억지로 자백을 받으려고 전기고문 하다 사람을 죽게 한 것도 과실치사인가요? 그래요. 당신 말대로 법적시효는 지났겠지요. 하지만 신문에 한번 나보세요. 지금이 어떤 세상인데, 누구 하나 당신을 동정이나 하나."

  생각조차 하기 싫은 과거였다. 나는 대공 분실에서 오로지 국가와 민족을 위하여 일했던 일 벌레였고, 하고 있었던 일은 내 모든 자존심과 긍지였다. 그녀는 그때 아마 상급 부서의 비밀문서 처리를 담당했을 것이다. 사건의 내용은 이랬다. 제주도에서 일본 오오사까에 사는 재일 조선총련 간부인 큰 아버지를 만나고 온, 강기만이 용의자였다. 길쭘하고 검으티티한 얼굴에 찢어진 듯한 매서운 눈으로 윗입술이 두꺼운 마흔 줄의 사내는 고문으로 쓰러졌다가 삼 일만에 죽은 것이다. 밀항선을 타고 일본에서 돈을 벌어 부자가 되려고 했다는 강기만의 진술과는 달리, 김일성의 사진을 들고 선서한 기념사진이 추가로 입수되면서 수사팀은 바짝 열이 올랐다. 또 재일공작 지도원인 상부선 김포식과 일본인 스즈끼에 대한 여권발급 사실을 그가 알고 있다는 것을 우리는 확신했다. 끝까지 완강하게 부인한 강기만을 우리는 점잖게 내 보낼 수가 없었다.

조 과장이 그랬다. '이런 쥐새끼 같은 빨갱이 새끼 한 놈 동정해서 사천만 국민을 죽일 순 없지!' '맞습니다.' 분명히 내가 그랬을 것이고, 아마 지금도 그런 비슷한 대답을 했을 것이다. 사천만 국민을 위하여. 나를 위하여. 조사한 지 이틀 후 조 과장이 수사 실에서 급히 나오고 강기만은 독감 걸린 환자처럼 발발 떨더니 죽었다. 우리는 강기만이 죽은 사인을 급성폐렴으로 위쪽에다 보고했다. 당시 그 일은 덮어졌다. '당신들은 열심히 잡기나 해! 간첩을 풀어주고 말고는 윗선에서 결정할 정치적인 문제니까.' 높은 사람은 그렇게 말했다. 퇴직금을 받고 나올 때 내 마음은 갈기갈기 찢어져 있었다. 국가와 민족을 위해서 하는 일이라면, 어떤 것도 용인되었던 시대가 그렇게 서서히 지나갔다. 고문을 했던 수사관은 인간백정으로 변하는 분위기였다. 잘못되어도 뭔가 한참 잘못된 것이다. 자유민주주의 체제를 유지하기 위해서는, 송충이 같은 간첩 몇 놈이 죽은들 내 양심 따위가 아플 하등의 이유가 없다. 저들도 세상을 피의 숙청으로 도배할 적에는 선량한 백성들을 무수하게 낫과 망치로 죽였지 아니한가. 체제를 지탱해온 일꾼들은 이제 용도폐기가 되었다. 미욱한 인간은 늘 토사구팽 되어야 마땅했으므로. 세상은 그렇게 호락호락하지 않았다. 다만 몸담고 있었던 조직에서 배반을 당한데다가 그녀까지 배신의 흉내를 내고 있다는 사실. 언제나 배신자는 가까이 있는 법이다. 권력은 짝짓기의 순간적 황홀한 쾌락과 비슷했다. 먼저 배신한 자에게도 회심의 미소는 있는 법이다. 가해자도 피해자도 언제나 한 순간은 함께 뭉개졌다.

"맘대로, 맘대로 해!"

나는 이를 사려 물며 조용히 응수했다. 패배한 자의 용기는 그렇게 자포자기 속에 맴돌았다.

"이제부터 칼자루는 내게 있다는 거 잊지 마세요."

그녀는 탁자 위에 있는 핸드백을 집어 들었다. 그리고 아까 들어왔던 교문을 향하여 걸어갔다. 나는 그녀의 뒷모습을 바라보았다. 피해의식을 건들면 그녀의 동물적 성깔머리가 금세 돋아 쏜살같이 달려 나왔다. 심지어는 집에 전화를 하여 아무 말 없이 한참 있다가 뚝 끊어버리는 경우도 몇 번 있었다. 세치의 혓바닥으로 상대방 마음에 상처를 내고, 자신마저도 감정 속으로 용해되어 증오가 치밀었다. 내가 아내와 이혼하고 자신과 결합하는 것이 과연 당연하다는 것일까. 분명히 그녀는 내게 무서운 집착을 갖고 있는 것이다.

열차는 점점 늘어난 협곡을 지나 긴 터널들을 지났다. 시야가 좁아지면 속도만 있었다. 그녀는 행복한 꿈이라도 꾸는지 눈을 감고 내 어깨에 기대어 잠든 것 같았다. 산봉우리들은 끊임없이 첩첩 이어졌으며 흰 눈으로 뒤덮였다. 차창 아래로는 시커먼 석탄 물이 철로 주변을 튀어 박혀 더러웠으나, 하얀 눈빛이 돋보였다. 태백역을 지난 열차는 조금씩 속도를 줄였다. 바깥은 온통 하얀 세상이었다. 나무들도, 산비탈에 웅크리고 있는 작은집들도 눈 속에 파묻혀 얼른 명암이 구분되지 않았다. 태백선과 영동선이 합해진, 백산역을 뒤로 하고 열차는 산맥 종단의 턱을 넘어서려 했다.

"아저씨! 콜라 하나 만 주세요? 얼마예요?"

언제 깨었는지, 그녀는 앞 칸 문을 열어 손수레를 끌고 온 판매원을 통로에 세웠다.

"마셔요!"

명령조로 내게 말하며 그녀가 눈웃음을 쳤다. 이럴 때 그녀의 표정은 천진난만한 어린이처럼 밝았다. 나도 그런 순간에는 미심쩍었던 느낌은 달아나고, 오래 함께 살았던 것 같이 편안함이 스며들었다. 언젯적 그녀의 말처럼 우리 사이에 아이가 생겼더라면, 지금 쯤 어땠을까 하는 생뚱한 상상이 스쳤다. 그렇지만 나는 풀어지려는 나의 경계심을 바짝 당겼다.

우리의 관계는 알 수 없는 무언가가 도사리고 있는 것 같았다. 같이 한 몸이 되어 뒹굴었던, 많은 날도 몇 마디의 서운한 표현에 당장 적의의 눈빛과 말싸움이 되어버렸다. 하긴 그 원인의 실마리가 내게 있다고 믿는 그녀에게 어떤 이유가 통할까 마는.

나의 불안에도 언젠가는 끝이 있겠지. 모든 것은 언제나 끝이 있게 마련이다. 그런데 지금은 찰거머리 같은 불안이 내게 붙어있다. 덮으면 덮을수록 보자기를 들추고 일어서는 수탉마냥 불시에 고개를 쳐들었다. 절망의 벼랑까지 온 것일까. 이 여행의 의미는 내게 무엇인가. 시장 골목에서 돈 한 푼에 목을 매는 아내와 휴가를 떠난 것은 아득한 옛날이었다. 물론 쫓기는 생활이라고 변명해 왔다. 실직과 객지생활, 내가 시나브로 허물어진 것은 언제부터였던가. 국가와 민족, 그것도 솔직히 말하자면 살기 위한 내 구호였을 것이다. 우리의 거래에 있어서 뭐가 잘못되었다는 것인가. 처음 약속한 계약을 그녀가 위반하고 있질 않는가. 늦었지만, 확실한 정리가 필요하다. 나는 다시 어금니를 사려 물었다.

갑자기 열차가 섰다. 뭐라고 안내방송이 나오더니, 열차는 뒤로 슬슬 후진하는 것이었다. 나한정역 팻말이 보였다.

눈이 휘둥그레지면서 그녀가 나를 쳐다보았다. 나는 그녀의 겁먹은 눈빛을 분명히 읽었다. 이곳이 높은 산악 지대라 급한 경사를 내려가기 위해서, 열차궤도를 지그재그로 놓은 것이라고 말해 주었다. 그러자 금방 씨익 웃으며 그녀가 말했다.

"난 갈수록 당신이 미치게 좋아요. 아이라도 하나 있었음 좋겠어요. 아무리 힘들어도 당신이 옆에 있으면, 모든 것을 이겨낼 수 있거든요. 영원히 내 곁에만 있어 주기만 하면……."

열차가 다시 앞으로 진행할 때 그녀는 손을 슬며시 내 허벅다리 사이로 집어넣었다. 왼쪽으로 고개를 처박고 있던 내 물건이 조금씩 살아나면서 그녀의 손에 잡혔다. 순간 몸 안의 뜨거운 피가 가운데로 몰려 빳빳한 느낌이 짜릿 짜릿 전신으로 퍼져 나갔다. 그녀와 나의 삐걱거리는 갈등은 육신끼리 교접하여 잠시일지라도 가까이 묶었다. 육체적인 접촉이 타인끼리 묶어놓은 이 노릇. 그녀가 유혹하는 순간에 나는 꼼짝하지 못했다. 농축된 정액 덩어리를 지닌 수놈으로 동물이 된 본능에서 인간의 무슨 역학관계가 필요할까만. 나는 짜릿하고 황홀한 찰나의 쾌락을 얻는 대신 그녀에게 무엇을 담보로 주어야 했다. 순간의 극치를 탐할 때 내 번민의 뿌리는 원시의 본능과 이성 사이에 깊이 연결되었으리라.

산허리를 돌아 터널이 나오고 계곡과 터널들은 숨바꼭질하면서 도계역을 지나서 눈으로 덮인 산맥을 빠져 나갔다. 지형의 경사가 차츰 완만해지자 중간 중간 취락들과 차량들이 달리는 간선도로가 나타났다. 타고 내리는 승객들은 그리 많지 않았으나 내리는 승객들은 바깥이 추운지, 겉옷의 지퍼를 올리거나 몸을 움츠렸다.

"아, 바다가 보인다! 저기 좀 봐요."

주위를 아랑곳없이 그녀가 큰 소리로 말했다. 열차의 차창 너머로 시퍼런 바다 물빛이 다가왔다가 스쳐 지났다. 동해시를 지나자 열차 오른 편의 바다는 끝없이 넓게 시퍼런 물결을 깔았으며, 우리가 지나쳐 온 산봉우리들은 거대한 산맥이 되어 흰 눈을 뒤집어쓰고 연달아 북쪽으로 뻗어 있었다. 정동진역에서 열차가 멎을 때 그녀가 픽 웃더니, 손가락으로 바깥을 가르쳤다. 줄줄이 늘어선 카페와 음식점 길 사이로 모텔 건물들이 서 있었다. 여행객들이 모이는 곳이면, 우후죽순처럼 저런 종류의 쉼터가 생기는 것이 관광지의 풍토였다. 우리가 묵을 잠자리를 생각했을까, 그녀는.

열차는 우리를 바다로 끌고 들어가려는 듯 바다 위를 마구 달렸다. 궤도가 해안에 바짝 붙어 밑이 보이지 않았다. 한참을 달리자 바다는 어디론가 금방 사라지고 도시가 나타났다. 우리가 강릉역에 도착한 것은 오후 세시 못미처였다. 시외버스 터미널에서 내가 버스표를 사는 동안 그녀는 화장실을 다녀왔다. 버스는 승객을 아홉 명만 태우고 출발했다. 손님들은 띄엄띄엄 앉았다. 운전석 뒤 켠 한 중간에 나는 차창으로 그녀는 통로 쪽에 자리를 잡았다. 따사로운 햇볕이 내 얼굴을 핥았다. 나는 다시 겉옷을 벗어 발치 옆으로 놓았다. 멀뚱멀뚱 눈을 뜨고 내 어깨에 머리를 기댄 그녀가 입을 열었다.

"자기? 거기에 가서 분위기 좋으면 더 있다 갈 수 있지요?"

"사무실에 일이 있어!"

나는 야간 피곤한 말투로 내뱉고는 아차 싶었다. 나의 음모가 실행될 때까지는 아직 사소한 시비를 자초할 필요가 없었다. 다행히 그녀도 아까 열차 안에서 나의 의중을 물었던 까닭인지 입을 다물고는 내 손 위에 자신의 손바닥을 포개 올려놓았다.

국도 도로변에는 쌓인 눈이 녹지 않아서 흙탕물이 튀어 박혀 더럽혀져 있었다. 가끔 커브 길에서 버스가 한 쪽으로 쏠리면, 그녀는 다급히 손을 잡았고 축축한 기운이 느

꺼졌다.

 여름 날 밤 초등학교 운동장에서 다툼이 있고 난 뒤, 나는 며칠 동안 불면에 시달렸다. 그녀의 공갈과 협박은 잊혀질 만한 내 잠재의식에 다시 한번 칼을 들이 댄 것과 마찬가지였기 때문이다. 누가 배신을 했건 간에, 지난 정권들의 더러운 치부와 맞물려 내가 정의의 양심과 신념으로 국가와 민족을 위하여 청춘을 소모했던 대가는 어디서 하소연을 한단 말인가. 하소연은커녕, 변명할 기회도 없이 도매 값으로 몰매를 맞을 것이다. 그 동안 아이들과 시장에서 장사를 해서 살아 온 아내에게 힘이 되어온 자긍심은 물론, 고생하는 부인을 놔두고 객지에서 불륜으로 가족을 기만했다고 모두 믿을 수밖에 없는 현실이 아닌가. 시간이 지나면, 지금 내가 모르는 변수도 생기는 법. 때에 따라서 어떤 방법으로든지 우선 현실을 다독거려서 위기를 벗어나야 하므로.
 그녀에게 전화를 했다. 바쁘다며 한 발을 빼더니, 생일을 축하한다는 내 말끝에 우리는 만났다. 소고기 안심구이와 포도주를 마시고, 노래방에서 음식물을 소화시키고는 늘 하던 대로 모텔로 들어갔다. 그녀는 내가 거절한 커플링 생각이 났는지, 선물한 목걸이 곽을 핸드백에서 다시 꺼내면서 고맙다며 나를 꼭 껴안았다. 내 마음이 그녀에게서 점점 미끄러진 것은 진즉이었다. 그런데도 몸과 마음이 따로 노는, 나의 이율배반적이고도 비겁한 짓거리를 나는 용인하고 있었던 것이다. 이상한 일이었다. 이 고통의 여정은 무엇이, 어디에서부터, 삐끗하게 어긋났을까. 자웅이 엉겼을 때부터 전생의 질기고 질긴 인연의 끈이 칭칭 감을 것이라는 걸, 왜 몰랐을까.

  버스는 도로를 따라 달렸다. 그녀는 어깨에 기대면서 졸다가 버스가 요동을 칠 때면, 깜짝 깨어 눈을 뜨고 감았다. 도로 오른 편으로 시퍼런 바다가 보였다. 바다는 끝없이 질펀하게 펼쳐져 있지만 모래사장이 깔린 해안으로는 군부대의 철책 선이 울타리처럼 막아 서 있었다. 해안의 시커먼 바위 절벽과 소나무들이 바다 바람을 맞으며 떨고 있고, 가끔 썰렁한 어촌이 웅크리고 있었다. 음력설이 지난 하늘은 그런대로 맑았다. 버스는 대포 항을 끼고 왼쪽으로 돌았다. 눈에 쌓인 거대한 산 봉우리들이 나타났다. 그래서 설악산인가. 눈 속의 산맥과 섬 하나 보이지 않는 짙푸른 바다가 한꺼번에 눈으로 들어왔다. 그녀는 어느새 자세를 고쳐 앉았다. 햇덩어리의 힘도 차츰 떨어진 것 같았다.

"아이그, 벌써 다 왔나? 빨리도 왔네."

그녀가 아쉽다는 표정으로 궁싯거렸다. 속초 시내를 들어선 버스가 터미널에 도착했다. 해안에서 몰려오는 바람이 싸늘하게 머리털을 날리며 지나갔다. 그녀는 핸드백을 든 손으로 방한복을 여미었다. 해거름이 다가 오기 시작했다. 우선 숙소를 정하기 위하여 택시를 잡았다. 모텔은 비수기 철 탓인지 조용한 것 같았다. 우리는 승강기를 타고 4층에서 내려 어두운 복도를 따라 맨 끝 방문을 열었다. 나는 여행 가방을 텔레비전이 앉아있는 문갑 앞으로 툭 던졌다. 방 안은 제법 넓었고, 벽 가까이 붙은 침대 아래로 긴 탁자와 의자 두 개가 창 쪽에 놓여져 있었다. 바로 뒤에 따라 오던 그녀는 쪼르르 달려가 커튼을 당기며 창문을 열었다.

"바다가 바로 앞에 있네. 정말 끝내 주네요. 이리 와서 저걸 한번 보라 구요."

호들갑스럽게 말하던 그녀가 침대 위에 털썩 앉더니, 내 웃옷을 끌어당기며 웃음을 가득 머금은 채 쳐다보았다.

"오늘 밤은 아주 길었음 좋겠다. 당신, 더 있다 가면 안 돼요? 잘, 좀 생각해 보라구요."

나는 억지웃음을 씩 웃고는 그녀를 내려다보며 얼버무렸다.

"가만있자, 저녁부터 먹을까? 더 어두워지기 전에 바닷가를 한번 돌아볼까?"

"우선 혼자 있어 봐요. 내 금방 밖에 나가 뭐 좀 사올게요."

그녀가 올 때까지 나는 방한복을 벗어놓고 리모컨으로 텔레비전을 켰다. 동물에 관한 프로였다. 곤충의 일생을 화면에 담았다. 사마귀라고 부르는 버마재비였다. 칠십 개의 켜켜이 겹쳐진 알에서 성충으로 몸 부풀림을 하고 난 후 다른 곤충들을 먹어치우며 성장하는 모습이 크게 겹쳤다. 백팔십도 이상 돌아가는 굴삭기 같은 머리를 번쩍이며, 강한 이빨과 갈퀴 앞다리를 이용하여 같은 크기의 메뚜기를 갈기갈기 찢어 먹었다. 그 암컷은 발정하면서 하반신이 점점 부풀어 오르더니 더욱 왕성한 식욕을 과시했다. 화면이 한참 지나면서 여섯 놈의 수컷을 차례로 받아들이며 짝짓기를 하던 암컷은 지치지도 않았는지, 자기 자신보다 몸체가 작은 일곱 번째의 수컷이 내미는 생식기를, 벌겋고 통통한 음문에 넣어 한참을 부르르 떨었다. 어지간한 황홀과 쾌감이었을까. 순간 암컷은 잽싸게 머리통을 한 바퀴 돌리더니 수컷의 머리를 덥석 물어뜯고는 이내 야금야금 씹어 먹었다. 그렇지만, 수컷은 죽음을 내던진 채 암컷의 몸과 결합된 상태로 계속 꿈틀거렸다. 유혹은 함정이었고 숙명이었다. 상대를 포식한 암컷은, 이윽고 알집을 바윗돌에 붙이며 추운 계절을 대비할 요량으로 보온재를 입속에서 토하여 알들에다 발랐다. 몸속의 모든 것을 다 꺼내놓고, 가을에 서서히 죽어가는 버마재비 암컷의 모습이 화면을 꽉 채우면서 끝났다.

까만 비닐봉지 하나를 들고 그녀가 다시 방으로 들어온 뒤, 모텔에서 받은 열쇠를 가지고 우리는 밖으로 나왔다. 바다에서 차디찬 바람이 불었다. 그녀의 앞머리가 날려 얼굴을 덮었다가 흐트러졌다. 저녁을 먹어야 되지 않겠느냐는 내 물음에 그녀가 시큰둥하게 대꾸했다.

"바다에 왔는데 잠깐 바다 구경이라도 하고 가요. 캄캄해지면 못 볼 건데……."

우리는 횟집들이 즐비하게 늘어진 곳을 지나서 소나무 숲이 있는 쪽으로 걸었다. 무섭도록 검푸른 바다가 성난 파도를 모래밭으로 밀어내었다. 어둑한 서쪽 하늘 아래에 흰 눈을 뒤집어 쓴 거대한 설악산과 끝없이 소리를 내지르는 파도 소리가 한꺼번에 내 속으로 달려들었다. 살아있으면서도 죽은 것 같은, 저 장엄한 존재들마저 결국 죽음을 향해 갈 것이다. 망망대해에 떠있는 외로움 같은 것이 왈칵 내게로 몰려 왔다. 그녀가 내 팔을 바짝 붙잡더니 어깨에 머리를 기댔다. 밀려오는 바닷물 가까이 다가서다가 백

사장 위를 한참 지났을 때, 그녀는 추웠는지 돌아가자고 했다. 나는 긴장하면서 무슨 말부터 꺼낼까 망설였다. 아직 충분한 시간의 여유가 있는데, 미리 잘못 이야기했다가 혹시 그녀의 발작적인 반응을 부르는 것도 그렇고. 그렇지만, 내 뜻을 냉정하게 전할 분위기로서는 지금이 좋을 것 같다는 생각이 들었다. 만약 내 뜻이 묵사발이 되면 비장한 행동으로 옮길 심산이었다.

"배고파. 당신? 시장하죠? 저기, 우리 회 먹어."

그녀 역시 나처럼 말이 급할 때는, 우리가 함께 근무했던 시절의 버릇처럼 토씨를 빼먹었다. 나는 나도 모르게 침을 꿀꺽 삼키며 긴장된 어조로 말이 나왔다.

"성애, 할 말이 있어?"

"무슨 말?"

" 아직 젊으니까, 성애의 길을 다시 찾아보는 게 어떨까 하고……."

말끝을 흐린 내게 그녀는 쌀쌀한 눈초리로 발끈하며 화를 냈다.

"여기까지 와서 겨우 또 그 소릴! 이 좋은데 와서 내 기분을 망치려고?"

그 때, 지나가는 사람들의 인기척이 안 들렸더라면, 나는 충동을 억누르지 못했을 뻔 했다. 우리는 서로 더 이상 아무 말 없이 횟집 중 한 곳으로 들어갔다. 상을 마주보고 앉아 있던 그녀의 표정이 아까 보다는 더 어둡지 않아 보였다. 내가 소주잔에 술을 한 잔 따라도 그냥 있었다. 다른 때 같았으면 내게서 술병을 얼른 받아 잔을 채웠을 것이었다. 생선 살점들이 가지런히 놓인 접시에 젓가락을 몇 번 가져가면서 술잔을 비운 그녀는 내게 잔을 건네지 않고, 병을 기울였다. 술 한 병을 더 마시고 우리는 일어나 횟집을 나섰다. 사위는 캄캄했으며 모텔 건물들과 술집들이 거리를 이룬 길 건너의 불빛이 나타났다. 모텔 앞까지 천천히 따라오던 그녀가 내던지듯이 말했다.

"노래방에 가던지, 한 잔 더 해요!"

"날씨도 추우니까 들어가는 게 어때?"

찬바람 때문에 술기운이 별로 들지 않은 것 같은 나는 그녀의 기분을 고려하여 조금 떨어진 카페에 들어갔다. 맥주병이 유리잔에 하얀 거품을 쏟아 놓았다. 그녀는 단숨에 마시더니, 암팡지게 대들었다.

"난 뭐냔 말이 예요? 날 어떻게 할거냐구요?"

"내 입장은 성애가 잘 알고 있잖아."

"아니, 그걸 말이라고 해요!"

뜨거운 뱃속으로 시원한 맥주가 흘러들어 나는 적당히 취기가 올랐다. 그녀의 자세가 흔들렸다는 느낌이 들어 쳐다보니, 눈이 게슴츠레 풀어진 것 같았다. 빈 병이 늘어나자 그녀는 건들거린 채 화장실을 다녀왔다. 그녀는 오래 전부터 내게 투정으로 했던 이야기들을 지루하게 늘어놓았다.

머리를 뒤로 묶은 여자 종업원이 아무도 없는 빈자리를 가리켰다. 나는 그녀에게 방한복을 입혀주며 카페를 나왔다. 어둠 속에서 갑자기 나타난 찬바람이 목덜미를 휘어감았다. 그녀는 뭐라고 시부렁거리며 따라 오다가 내가 손을 잡자 그냥 뿌리쳤다. 나도 약간 비척거리며 모텔에 들어섰다. 우리는 복도를 지나서 열쇠로 방문을 열었다. 그녀가 방에 들어 와서는 언제 그랬냐는 듯, 내 웃옷과 자신의 방한복을 옷걸이에 걸었다. 등을 굽혀 부스럭거리던 그녀가 아까 사 들여 놓았던 비닐봉지 속에서 작은 양주병과 건과 류 캔을 꺼내 탁자 위에 올렸다. 다시 술을 마셨다. 짜르르 독한 것이 속으로 들어오면서 갑자기 후끈한 기운이 온몸으로 퍼져 들었다. 의식이 아물거렸다. 흰자위로 가득 찬 그녀의 눈과 꽉 다문 입술만 보였다. 열려진 문틈으로 칙칙한 커튼을 날리며 훅 찬바람이 들어왔다.

"지금까지 당신이 내게 해준 게 뭐가 있어!"

나를 노려보던 그녀는 악을 버럭 쓰면서 냉정한 어조로 말했다.

"당장이라도 강기만 사건을 신문에 불어버릴 거야. 도망간다고 해결될 문제가 아닌 건, 당신이 더 잘 알고 있잖아. 어차피 끝날 거라면, 당신의 가족들에게도 당신이 저지른 치사한 짓들을 모두 알게 할 거야!"

순간, 시장 골목에서 장사를 하는 여인과 풀 죽은 아이들의 모습이 아득히 떠올랐다가 사라졌다. 나는 일어났다. 그리고 나를 유혹하였던 그녀의 팔을 붙잡았다. 벌떡 일어선 그녀가 내 뺨을 후려쳤다. 화끈함이 얼굴을 스쳐 지나갔다.

그래, 우리는 같은 동족끼리 서로 저주하고 죽이면서, 자신들의 새로운 생명들을 끊임없이 만들어 내려고 쾌락의 욕심에 눈이 먼, 한낱 야수와 다를 바 없는 척추동물일 뿐이다. 아니 어쩌면 본능에 충실한 곤충보다 더 못한 야비한 동물일 것이다.

나의 적의는 발끈하면서 온몸을 감전시켰다. 그녀의 가느다란 목덜미가 흐릿하게 보였다. 나는 두 손으로 그녀의 목을 꽉 움켜쥐었다. 손아귀에 걸린 것은 그저 하잘 것 없는 물체였다. 우람한 몸으로 그녀를 창문 쪽으로 밀고 가 손아귀에 더 힘을 주었다. 그녀는 버둥거렸다. 순간 급작스럽게 뭔가 둔탁한 느낌이 머리로 들어왔으며, 어뜩한 혼란스러움이 머리 속을 하얗게 맴돌았다. 나는 이미 항구를 멀리 떠났다. 잘못 선택한 배신의 땅에서는 언제나 예측 못할 변수가 일어나게 마련이다. 그래 나는 어쩌면 늘 배신을 꿈꾸어왔을 것이다. 아내에게도, 이 여자에게도, 아니, 내 자신에게까지. 나의 몸 어딘가에 도사리고 있는 또 다른 배신의 그림자를 제대로 만난 것이다. 처음 잘못 끼워진 단추처럼, 지극히 작은 선택이 결국에는 막막한 지경으로 끌고 갔다. 어떤 악마적인 원인이 나의 이 사악한 놀음을 부추겼을까.

대번에 술이 확 깨었다. 동복을 어쩐지 이상한 생각이 들었다. 벌써 이쯤 되었다는 말인가. 암암리에 먹이 사슬이 연결되었을 지도 모른다는 의심도 들었다. 지난 세월 남한에서 오염되어 썩어문드러진 부패의 독소가, 이들이라고 피해가지는 않으리라는 것이었다.

삼일포의 밤

대번에 술이 확 깼다. 동복은 어쩐지 이상한 생각이 들었다. 벌써 이쯤 되었다는 말인가. 알알이에 먹이 사슬이 연결되었을 지도 모른다는 의심도 들었다. 지난 세월 남한에서 오염되어 썩어 문드러진 부패의 독소가, 이들이라고 피해가지는 않으려라는 것이었다.

이곳에서 이틀 째 밤이었다. 해금강 호텔은 어둠 속에 떠 있었다. 해수면 위로 호텔 건물 꼭대기에 매달린 조명등 불빛들이 반짝이며 흔들렸다. 되비추는 불빛들이 바닷물에 떠 있는 건물의 윤곽만을 드러냈다. 동복은 주머니에 손을 넣고 두리번거렸다. 사위는 캄캄했다. 바다로부터 길게 엎드려 있는 눈 덮인 금강산은 보이지 않았다. 하늘은 그믐으로 달빛조차 없었고, 멀리 고성 항구로 짐작되는 곳에서 아스라한 불빛 몇 개가 깜박거렸다. 동복은 술기운으로 더워진 몸을 다독거리며 자신이 들어가 있었던, 건물을 쳐다보았다. 6층 높이의 건물은 사방 모서리에 켜진 불빛으로 게슴츠레하게 눈을 뜨고 있었다. 바깥은 차디찬 바람이 불었다. 물결이 일렁거리면 아무래도 흔들릴 것만 같은 건물이었다. 그렇지만 바지선 위에 건조한 육중한 건물은 진흙 펄 속에 뿌리를 박은 연꽃처럼 강고했고, 기다란 방파제 안의 내수면은 잔잔했다.

동복은 배의 갑판처럼 빙 둘러 처진, 호텔 해금강호의 하얀 철제 난간을 따라 천천히 걸었다. 그런대로 따사했던 낮과는 달리 밤의 기온은 시간이 갈수록 사정없이 곤두박질쳤다. 긴 소매 추리닝 속으로 선뜻한 기운이 스며들었다. 반대로 심장이 뜨거운 열을 받아서 가슴은 더웠다. 바다에서 달려온 바람이 얼근하게 취한 동복의 얼굴을 할퀴었다.

50여 명의 일행과 함께 서울을 출발한 것은 어제 아침이었다. 동복은 두 대의 버스가 미리 대기해 있던 광화문 관광회사 앞에서 택시를 내렸다. 출발하기 십 여분 전이었다. 몇 사람은 안면이 있었고, 가끔 텔레비전에서 낯이 익은 사람들도 보였다. 우리문화재단에서 후원하는 세미나의 장소가 금강산이라는 것 때문에 동복은 밤잠을 설쳤다.

이번 세미나의 주제는 고구려, 발해 역사 지키기였다. 더구나 북한 측에서도 참석하리라고 했다. 중국의 정치적 계산에서 비롯된 단초가 한민족의 자존심을 건드린 것이다. 국내의 여러 기관과 단체들이 뒤늦게 서야 분기탱천하여 대응한다고 하지만, 겨우 여론조성 정도였다. 민족일보에서 출자한 우리문화재단은 각 대학이나 연구소 같은 데에 공문을 보내왔다.

국방대학원에서 도서관장으로 근무하는 동복이 세미나

에 참석하게 된 것은 그야말로 우연이었다. 장관의 미국 방문을 수행하고 있는 역사학과 김 교수 대신 마땅히 갈 사람이 없었다. 대외적인 위신도 있고 하여 원장이 자신을 지명한 것 같았다. 다행히 동복으로서는 특별히 토론할 발제자가 아니어서 부담은 없었다. 더욱이 묵은 책들을 지키는 갑갑함에서 해방되는 일이기도 했다. 그래서 동복은 오랜만에 초등학교 적 수학여행을 갔던 감회를 느꼈던 것이다.

 이 땅에 태어나서 금강산을 한번 밟고 싶은 소망은 누구에게나 간절한 것이고, 부친 생전에도 금강산에 관한 이야기는 많이 들었던 터였다. 그 동안에는 뱃길로만 다녔던 것을, 육로로 버스를 타고 휴전선을 통과한다지 않는가.

 한편으로는 은근히 두려움이 앞섰다. 초청된 다른 사람들과 달리 자신은 국방부 관련 기관소속이라서 잘못하여 억류되면 어쩌나 하는 마음이었다. 하기야 남북한 정상들이 서로 얼싸안고 만난 마당에 그딴 것이 무슨 상관이야 있겠는가만.

 조금 늦게 온 여성 두 사람 때문에 버스는 정시보다 이십 여분이나 출발이 늦어졌다. 동복은 2호 차량의 한중간에 앉았다. 차창 쪽이었다. 대형버스 두 대에 50여명이 나누어 타서 그런지 빈자리가 많았다. 금방까지 옆 자리에 앉았던 대머리는 1호 차량으로 옮겨 탔는지 안보였다. 지각했던 여성들이 뒷좌석에 앉았다.

이른 아침시간이라 버스는 서울 시내를 빨리 벗어났다. 두물머리를 지나자 질펀한 강물이 햇볕에 반사되어 눈이 부셨다. 동복은 차창으로 스치는 풍경을 보았다. 뒷좌석에서는 계속 쫑알거리며 귓전을 시끄럽게 했다. 얼핏 들으니, 신문사와 관련이 있는 미술관 일을 하는 사람들 같았다. 키가 작달막한 여성은 금테안경을 썼는데, 눈은 작고 입술이 뾰족하게 튀어나와 있었다. 그녀는 옆자리의 단발머리 짝꿍에게 쉴 사이 없이 계속 떠들었다.

"우리는 우리끼리, 저들은 저들끼리 잘 사는 게 서로 편한 거 아니겠어요?"

그녀가 껌을 잘강잘강 씹으면서 말을 이었다.

"맞아요. 손 실장님이 제대로 말씀하시네요. 그래요. 하도 요즘 사회분위기가 이상하게 돌아가니까 좀 뭣하지만… 말이야 바로 말이지, 뭣하게 통일을 하겠다고 저 난리들인지 모르겠어요. 서로 간섭 안하고 이대로 잘살면 되었지… 잘못하다간 양쪽 모두다 거지 꼴 나는 거지요. 독일 같은 선진국도 통일을 했다지만, 아직 서로 입장 차이를 극복하지 못하고 있다는데."

"역사적으로 봐도 그렇지 않은가요? 고조선 때부터 여러 번 갈라졌다가 무력으로 통일된 게 한두 번도 아니잖아요."

"국민소득 만 불이 채 안 되는데, 거지같은 것들에게 퍼주다 보면 우리도 거지 꼴 나는 거지."

그녀들이 말하는 목소리가 크면 클수록 동복은 역겨웠다. 머릿속에 먹물깨나 든 것들이 더 이기적이라는 말이 생각났다. 그녀들에게, 무엇 하러 당신들은 결혼하고 사느냐. 혼자서 살다가 뒈지면 훨씬 인생이 편할걸. 속 썩이는 새끼들하며, 거추장스런 남편 걱정일랑 없이 혼자서 하고 싶은 짓 맘대로 하고 살지. 그렇게 말해주고 싶었다. 하기야 그녀들은 말하는 투로 보아서 맘대로 사는 여자들 같았다. 당장 개인의 이해득실을 저울질하며 실속을 차리며 사는 편이 현명한 노릇일지도 몰랐다. 그렇지만 세상은 혼자만 사는 것이 아니지 않는가.

새벽잠을 설친 탓인지 동복은 살포시 잠이 들었다가 흔들리면서 깨었다. 버스는 왕복 4차선 도로를 버리고 2차선으로 달리고 있었다. 그녀들의 말소리는 들리지 않았다. 하긴 그 정도로 쉴 새 없이 떠들었으면 피곤할 만 했다. 햇살이 유리창을 뚫고 동복의 얼굴을 비추었다.

차창을 내다보니, 산들은 점점 더 크고 험준했다. 앙상한 나무들이 짧게 깎은 머리털처럼 같은 길이로 산등성이를 따라 돌아있었다. 검푸른 잣나무 숲이 칙칙하게 산자락을 감아 덮었다. 삼월이었지만, 아직 늦겨울의 분위기를 못 벗어났다. 가파른 커브 길을 돌면서 버스가 움찔거렸다. 간혹 도로를 넓히는 공사장이 눈에 띠었다. 군부대 막사와 시설들도 자주 나타났다. 군부대 정문을 마악 들어가는 병사들의 행렬이 보였다.

동복은 문득 아들 녀석의 생각이 났다. 훈련소에 들어간 지가 엊그저께 같은데, 몇 달이면 제대를 한다는 것이다. 어렸을 적에는 속깨나 썩이던 녀석이었다. 아들은 삼대 독자였다. 자손이 귀한 내력이었는지는 몰라도, 녀석은 태어날 때부터 여간 힘이 들었다. 신생아의 정상체중에 훨씬 못 미치는 1.5킬로그램이었다. 산부인과 의사는 어두운 표정을 보이며, 산모가 중요하니 아이에 대한 기대를 아예 하지 말라고 오히려 위로했다. 녀석은 두 달 동안 인큐베이터 안에서 다른 애들이 나간 후까지도 살갗이 벌건 미숙아 상태로 있었다. 유치원에 갈 때까지도 말이 어눌했다. 저능아가 아닐까 하고 무척 고심을 했는데, 차츰 여느 아이들처럼 자라주었던 것이다. 겨우 말더듬이를 면할 무렵, 대답이 걸작이었다.

"너는 이담에 커서 무엇이 될래?"

"사람이 될 거야."

"허허허, 녀석. 사람이야, 누구나 다 되는 거고."

동복은 스쳐가는 바깥을 보면서 픽 웃음이 나왔다. 녀석이 대여섯 살쯤 이었으니까, 그저 직립원인으로서 멀쑥한 사람이 되겠다는 뜻으로 대답을 했을 거였다. 물론 아들의 표현과는 다를지라도, 인간 노릇을 못하는 사람이 부지기수인 마당에서랴.

처음으로 아들에게서 심각한 전화를 받는 적이 있었다. 아들은 복수 지원한 세 곳의 대학을 모두 낙방했다. 별다른 과외를 시키지도 않았고, 공부에 대한 강박관념을 심어 주지 못한 동복은 후회스러웠다.

"왜?"

"하두 마음이 답답해서요."

녀석은 주민등록번호를 갓써먹을 나이에, 제 딴에는 큰 좌절감을 맛보았던 것이다. 어쩌면 녀석은, 처음으로 주눅이 머리끝에서 발부리까지 전이된 어두운 그림자를 느꼈을 것이리라. 그것이 인간의 운명임에도 쉽게 털어 버려지지 않는 안타까움이라는 것을.

지방대학을 다니던 녀석과 의견이 대립된 적도 있었다. 퇴근하고 집에 와보니, 아내는 울상이고 녀석이 제 방에서 이불을 뒤집어쓰고 있었다. 마침 평일이어서 더욱 심상치 않다는 생각이 들었다. 아내의 말로는, 녀석이 교수의 만류에도 불구하고 휴학계를 접수시키고 말았다는 것이다. 동복으로서도 아들이 다니던 학과가 적성에 맞지 않다는 것은 알고 있었다. 그렇게 빨리 혼자서 결정해버린 녀석 대신 아내에게만 화풀이를 했다. 동복은 화를 삭이면서 아들에게 물었다.

"이제부터 무얼 하려고?"

"음악에 관련되는 일을 한번 했으면 해서요."

"네 일은 네가 알아서 하겠지만, 잘 생각해서 결정해야 할 거다."

어려서부터 고집이 드센 녀석의 성미였다. 잘못 끼워진 첫 단추의 의미를 아는 동복으로서는 가만히 있을 수밖에 없었다. 두어 살 적에도 녀석은 아내의 시야에서 몇 시간이나 사라진 적이 있었다. 온 식구가 사방을 찾아 헤매고 다닌 후 맥이 빠져 돌아오니, 장롱 속에서 혼자 장난감을 가지고 놀고 있는 것이 아닌가. 무슨 일이고 몰두하면 푹 빠지는 버릇을 가진 아이였다. 제 나름 느끼는 바가 있었을 것이라고 생각되어 선문답처럼 주고받았다. 녀석은 아예 서둘러 짐 보따리를 싸서 집으로 들어와 버렸다. 결국 녀석은 방송국에서 음악 프로를 만드는 일을 하다가 군에 입대했다.

복제인간이 곧 나오고, 수컷 없이 암컷 혼자서 새끼를 만든다는 세상이 아닌가. 그럼에도 유전자의 형질보다는 성장 환경의 조건이, 인간의 사고방식을 만든다는데, 대하여 동복으로서는 공감하고 있었다.

버스가 멈췄다. 휴게소에서 점심을 먹기로 한 것이다. 뒷자리의 여성들이 일어나 우르르 통로를 따라 버스에서 내렸다. 겉옷을 걸쳤으나 얼굴에 스치는 바람은 싸늘했다. 동복은 화장실을 들렀다가 식당으로 들어섰다. 처음으로 나눠 탔던 일행이 한자리에 모인 셈이다. 모두 산행을 예상한 두툼한 옷차림이었다. 비빔밥 그릇에서 고소한 참기름 냄새가 콧속으로 스며들었다.

팔을 잡으며 누군가 아는 척을 했다. 몇 달 전 안보과정 교육을 받은 바 있는 문 교수였다. 여전히 버릇처럼 안경을 치켜 올리며 정신없이 해장국을 떠먹었더니, 자기 자신이 이번 세미나에서 주제발표자로 나선다고 동복에게 귀띔을 해주었다.

버스가 구비 구비 길을 따라 진부령을 넘어서자 해가 기울기 시작했다. 식곤증으로 졸음에 쫓기다가 눈을 떠보니 검푸른 바다가 금방 앞으로 쏟아질 듯 펼쳐졌다. 거진 항구였다. 바로 지나니 낯익은 화진포 호수가 눈에 들어왔다. 동복은 몇 년 전인가 통일전망대에 안보견학을 왔었다.

민가들과 동네가 드문드문 보이다가 이내 그것마저 보이지 않았다. 얼룩무늬 군복을 입은 헌병들이 바리케이드 앞에 서있었다. 통일전망대 입구였다. 철모를 쓴 헌병이 출입문을 열고 올라섰다. 거수경례를 붙이고는 승객들을 훑어보더니 버스 통로를 돌아서 내렸다. 그 순간 탑승객들은 흐트러진 자세를 바로 잡으며 꿀 먹은 벙어리마냥 가만히 있었다. 버스는 천천히 휘어진 오르막 도로를 따라 갔다. 대문짝만한 입간판이 서 있었다.

-안보관광지 통일전망대.

남과 북이 휴전선을 사이에 두고 대치하는 긴장감은 갈수록 많이 옅어졌다. 서로 치고 받았던 현장이 이제는 관광지가 된 것이다. 동복은 묘한 느낌이 들었다. 안보 관광지라는 해괴한 이름을 붙인 것에 대하여. 그리고 동족끼리 피를 흘리며 죽기 살기로 싸운 곳을 관광지라고 하는 것이 왠지 거슬렸다. 버스에서 내리자, 수십 대의 버스들이 나란히 주차되어 있었다. 광장의 여기저기에서 여행객들이 웅성거렸다. 단체로 왔음직한 늙은이들은 전망대의 계단을 올라가고 있었다. 먹을거리 점포를 지나서 좁은 구역은 북새통을 이루었다.

"오시느라고, 수고하셨습니다. 여러분이 귀환할 때까지 안내를 맡을 조선주라고 합니다. 여기에서부터는 조 별로 행동을 하시도록 되어있습니다. 먼저 지금 소지하고 있는 휴대폰과 노트북, 그리고 휴대가 금지된 물품들은 맡기고 들어가야 합니다."

야무지게 생긴 여성 관광안내원이 주의사항을 설명하면서 탑승객들의 이름을 불렀다. 행동통일을 시키기 위해 조직을 각 조로 나뉘었다. 설명이 끝나자 일행은 짐을 들고 남 측의 C.I.Q(세관출입국관리 및 검역) 건물 안으로 들어갔다. 그 곳은 공항의 출입국관리소처럼 치외법권 구역이었다. 동복은 자신들 말고도 금강산으로 들어가려는 관광객이 많은 것을 알고 놀랐다. 줄을 서서 대기한 사람들이 한 오백 명은 됨직했다.

검색대 앞으로 바짝 줄을 지어선 사람들에게 공무원이 큰 목소리로 말했다.

"여러분! 저쪽에서 버스가 늦게 도착되는 관계로 이십 분 정도 늦어지겠습니다. 양해바랍니다."

관광사업을 주관하는 남쪽 회사에서 운행하는 버스가 비무장지대의 양 쪽을 오가며 사람을 실어 나르는 모양이었다. 사람들은 어중간한 시간의 틈새에서 서성거리며 기다렸다. 한참 지나서 버스가 북쪽에서 줄지어 들어왔다. 청색 오리털 파카를 입은 앞 사람이 들어가고 동복의 차례였다. 동복은 묵직한 여행용 가방을 어깨에 둘러맸다. 검색대의 통과 절차는 국제공항과 똑같았다. 그러니까, 이건 항공기를 타고 외국에 가는 것과 진배없는 지랄을 하고 있는 거라고 동복은 생각했다. 가방이 X선투시기의 컨베이어를 따라가고, 동복은 패잔병처럼 두 팔을 들고 검색대를 통과했다.

일행은 아까 관광안내원이 일러준 대로 각 조별로 나누어 버스에 올라탔다. 버스 기사는 챙이 달린 빵 넓은 모자와 제복을 입었다. 북한 남성인줄 잘못 알았던 쉰 살 정도의 연변 조선족 출신 버스 기사를, 관광안내원이 소개하자 탑승객들이 모두 박수를 쳤다. 그는 북한 말씨의 억양이었고 인민군 식으로 손바닥이 바깥으로 보이게 거수경례를 했다. 버스가 북쪽으로 슬슬 움직였다. 아스팔트로 갓 포장된 검은 도로를 지나자, 급커브와 경사가 심한 야산이 뒤로 밀렸다. 여행객들을 태운 열다섯 대의 버스들은 줄을 지어갔다. 동복이 탄 버스는 네 번째였다. 철근 콘크리트로 반듯하게 지은 초소 앞을 지났다. 건장하게 생긴 병사들이 버스를 향하여 손을 흔들었다.

휴가를 나왔을 때, 녀석은 야무지고 단단한 모습이었다.

"아버지? 군인이 되니까, 생각이 자꾸만 흑과 백으로 구분되는 것 같아요. 아마 저쪽 인민군이 아무리 동족이라고 해도 만약에 전쟁이 붙으면 서로 적개심을 갖게 될 것이고, 우리가 죽든지 저들이 죽든지 둘 중 하나일겁니다. 최전방에 근무해보니 그게 어쩔 수 없는 현실이더라고요."

분명히 녀석은 그랬다. 자유분방했던 아들의 입에서.

갑자기 버스가 심하게 흔들렸다. 동복은 고개를 돌려 앞을 보았다. 가던 버스들이 뽀얀 흙먼지를 일으켰다. 비포장도로는 군데군데 패어져 있었다. 안내원이 앞자리에서 일어서더니, 비무장지대를 통과하는 중이라고 말했다.

누렇게 마른 갈대밭이 개활지에 무성하게 자라 있었다. 퇴색한 잎을 단 시누대가 군락을 이루고, 제멋대로 자란 참나무와 아카시아 나무들이 앙상한 모습으로 다가 오다가 멀어졌다. 버스는 남방한계선을 지났다. 지뢰지대. 중앙 분계선까지 음험하게 생긴 표지판이 드문드문 땅에 꽂혀있었다.

군사분계선. 푯말조차 없는 중간 지점. 순간적으로 그것을 넘었다. 동복은 갑자기 불안하고 갑갑했다. 강대국들과 위정자 몇 명이 지도에 인위적으로 그어버렸던 선. 돌이킬 수 없는 역사의 현장이었다. 당장 생존을 막아버린 현실을 두고, 천년도 더 지난 역사를 캐묻기 위하여 세미나에 참석하려 가는 중이라니. 엇갈리는 짓거리를 생각하자니 자기 자신이 참담하기만 했다.

버스가 멈췄다. 인민군 장교로 보이는 두 사람이 버스 안으로 들어왔다. 투박하게 긴 외투와 모자를 쓴 그들은 무표정한 얼굴로 좌중을 훑어보았다. 아무런 말없이 칼날

같은 눈빛을 거두면서 그들이 내려가서야 버스는 다시 출발했다.

중간 중간 철로와 도로공사를 하고 있던 중이었다. 붉은 깃발이 펄럭였다. 안내원이 남북을 잇는 공사라고 부연 설명을 했다. 들판 군데군데 둥글고 커다란 바위들이 켜켜이 쌓여 산을 이루었다. 애벌 소나무들이 가뭄에 씨나락 나듯 민둥산 틈새에 꽂혀 있는 헐벗은 산야가 을씨년스러웠다. 산야의 전경부터가 남과 북은 확연히 달랐다. 자그맣고 퇴락한 회색 주택들은 똑 같은 크기로 앉아있었다. 굴뚝에서는 모락모락 연기가 났다. 가지치기를 한 땔감을 실은 소달구지와 자전거를 타고 가거나 목도리를 감은 행인들이 지나갔다. 버스 안에서 일행이 그들에게 손을 흔들자, 손을 들어 보이는 행인들도 더러 있었다. 버스가 지나가는 곳곳에 서있는 경비병들은 무표정했다.

산을 휘돌아 바다가 보이는 펀펀한 곳에 이르자 마침내 모든 버스가 섰다. 동복과 일행은 인솔자를 따라 내려 넓고 긴 단층 건물 안으로 들어섰다. 북측의 C.I.Q구역이었다. 인민군과 노동당원 복장을 한 검색요원들의 눈이 희번덕거렸다. 검색대 앞에 줄지어선 관광객들은 역력하게 긴장된 표정이었다. 검색을 끝내고 다시 버스에 올라탔다. 버스는 300미터 거리도 채 안 되는 해금강 호텔 앞을 한 바퀴 돌더니 관광객들을 다시 내려놓았다. 번거롭게 한다고 투덜거리는 관광객의 말에 안내원이 겁을 주듯 청산유수로 설명했다.

"여기는 북한 땅입니다. 되돌아가실 때 까지는 하는 수 없죠. 그리고 꼭 지켜주셔야 할 몇 가지가 있습니다. 이곳에 머물고 계시는 동안 절대로 김 장군 부자에 대한 말을 해서는 안 됩니다. 몇 년 전인가, 여성 관광객이 함부로 말을 하여 억류되었다가 풀려난 것을 기억하시죠. 담배꽁초나 침을 뱉으면 무조건 백 달러씩 벌금을 물어야 합니다. 아무도 안 본다고 생각하면 큰 오산입니다. 감시원이 아무데서나 불쑥 나타나거든요. 벌금보다는 성숙한 남한국민으로서 이 좋은 금강산에 와서 기분을 잡치면, 가실 때까지 재미없는 구경이 되고 맙니다. 그리고 여러분께서 투숙하시는 곳이 삼일포의 해금강호텔입니다. 옛날 임금님이 치료하려고 삼일 동안 머물렀다고 하여 붙인 지명이랍니다."

4층 맨 끝 객실을 두 명이 쓰게 되었다. 동복은 짐을 풀고 호텔에서 저녁을 먹었다. 예정시간보다 늦게 서야 호텔 회의장에서 세미나가 열렸다. 고구려 역사와 한민족이라는 주제로 민 교수가 논문을 설명했다. '…이미 코카콜라와 햄버거와 팝송은 글로벌적으로 선택메뉴가 되었습니다. 지리적인 국경은 허울뿐인 군경계선으로 변하고 있습니다.'

뒤이어 몇 사람의 발표가 있었고, 패널 몇이서 토론을 했지만 세미나는 벌써 김이 빠져있었다. 그럴 수밖에 없는 것이, 참석하기로 한 북한 학자들이 불참했기 때문이었다.

함께 투숙하게 된 사람은 무슨 협회 임원이라고 자기소개를 했다. 그 중늙은이는 눕자마자 드르렁드르렁 코를 골았다. 동복은 쉽게 잠이 오지 않았지만, 밖으로 나갈 수도 없었다. 밤 11시 이후에는 통행이 일절 금지된다는 안내원의 신신당부가 있었다. 스르르 잠이 든 동복은 악몽을 꾸었다.

이튿날 아침, 바다에서 써늘한 바람이 불어왔다. 동복과 일행은 버스를 타고 금강산으로 출발했다. 온정각으로 가는 길옆으로 외부인이 접근하지 못하도록 철책선이 처져 있었다. 목도리를 머리까지 휘감은 여인네들은 삼삼오오 떼를 지어 총총 걸어갔다. 버스 안에서 승객들이 멀리 지나가는 주민들에게 손을 흔들자 그들 중 일부가 답했다. 이따금 낡은 트럭들이 지나갔다. 원래 휴게소인 온정각의 이름을 따서, 관광지로 개발하면서 새로 지은 편의 시설 전부를 일컬었다.

동복은 남한의 여느 관광시설처럼 생긴 그 건물들을 바라보았다. 버스들이 멈추자, 차 안에서 관광객들이 우르르 몰려나왔다. 그들은 광장을 지나서 울긋불긋 등산복차림으로 식당을 향했다. 다시 버스를 타고 굵고 촘촘하게 하늘로 뻗어있는 소나무 숲을 지날 때, 안내원은 그 소나무가 금강송이라 알려주며, 조선시대에는 궁궐을 짓는 재목으로 사용되었다는 부연설명을 했다. 버스는 흙먼지를 뒤집어쓰면서 몇 십리 길을 달린 후 주차장에 관광객들을 내려놓았다. 바로 금강산이었다. 낯익은 일행들은 떼를 지어 산으로 오르기 시작했다.

등산로를 올라가는 왼쪽에 사람 크기의 허여멀건한 화강석이 박혀있었다. 그리 오래된 조형물은 아니었다. 위대한 수령 김일성 동지께서 천구백칠십사 년 팔월 십구일 조국통일의 력사적 위업 수행을 위한 강령적 교시를 주신 곳. 깊이 음각으로 새겨져 빨간색 페인트를 칠했고, 빗돌의 끝머리에는 인공기의 별 조각이 뚜렷했다. 그런 종류의 빗돌은 목이 좋은 곳이면 어디라도 박혀있었다. 하기야 김씨 가문의 영광이 어디 금강산 도처에만 있겠는가. 산등성이에는 하얀 잔설이 두껍게 남아있었다.

커다란 바위가 자연스런 구멍을 내어 한 사람이 겨우 빠져나가는 금강문을 통과했다. 풍화에 깎인 바위 계곡 아래로 산봉우리들은 삐쭉삐쭉하였고, 응달진 곳은 빙벽이었다. 산을 받치고 있는 바위들은 기묘한 형상이었다. 기암괴석들은 낙락장송들을 헤치고 하늘을 찌를 듯 솟아있었다. 반듯한 바위에는 크고 작은 이름들이 어지럽게 새겨져 있었다.

  영험하고 웅장한 대자연은 하찮은 인간들을 압도했다. 어질어질하여 현기증이 날 것만 같았다. 동복은 엎드려서 얼음 밑으로 흐르는 물에 손을 담가 보았다. 차고 시렸다. 앞서 가던 사람이 손사래를 쳤다. 햇살을 맞은 물은 연한 비취빛이었고 바위바닥에 새긴 글씨 위로 물이 흘렀다. 연주담을 지나자 좁은 등산로는 미끄러웠다. 동복은 땀이 축축하고 숨 가빴다. 아홉 마리의 용이 살았다는 구룡폭포에서 앞으로 더 나아가지 못했다. 사람들은 그 곳에서 기념촬영을 하거나 쉬고 있었는데, 인민군과 감시원들이 폭포 뒤쪽은 아예 촬영을 못하게 가로막았다. 그러니 등산코스의 끝이었다. 촛농이 흐르듯 얼어붙은 폭포의 물줄기는 얼음 속으로 숨을 죽이며 흘렀다. 산 아래에서 불어오는 찬바람이 동복의 귀싸대기를 후려치고 어디론가 사라졌다.

  하산을 한 후 동복과 일행은 야외 온천에서 목욕을 했다. 하늘에서 햇볕이 좌악 내려 알몸뚱이들을 비추었다. 아무것도 걸치지 않는 자연인들은 시간 속으로 편안하게 녹아 들었다. 일행은 온정각에서 저녁을 먹고 호텔로 돌아왔다. 문 교수가 동복에게, 오랜만인데 얼굴이나 보자며 호텔 로비의 카페에서 술을 시켰다. 그리고 안내원은 내일 오전 해금강을 구경 후에 곧장 돌아간다고 알려주었다. 다른 사람들도 마지막 날 밤이라서 들뜬 것 같았다. 낯을 익힌 남녀들이 서로 섞이면서 술자리도 깊어갔다. 동복은 평소의 주량보다는 제법 술을 많이 마신 상태였다.

호텔 현관문의 반대편에서 다시 돌아왔다. 동복은 목구멍에 맺힌 가래침이 근질거려서 바다를 향해 카악 하고 뱉었다. 뱉고 나서야 아차 하며 갑자기 안내원의 주의사항이 떠올랐다. 그런데 바로 그 순간, 어디선가 사람의 목소리가 들리는 것 같았다. 동복은 귀를 바짝 기울였다.
"이 보시라우요?"
동복은 바짝 신경을 곤두세워 귀청을 열었다. 사방은 어둠 속이라 아무것도 안보였다. 주변에는 분명히 아무도 없었다. 동복은 말소리가 난 쪽으로 몸을 돌렸다. 그 곳은 경비초소였다. 어슴푸레한 경계등 불빛은 두 사람이 겨우 들어 갈만한 초소를 비추고 있었다. 한 사람은 총을 멘 채 밖에 있었고 또 한 사람은 초소 안에 있는 것 같았다. 동복은 그들이 자신을 불렀다는 것을 아는 순간, 자기 자신도 모르게 긴장됐다. 불현듯 안내원의 말이 떠올랐다. '무조건 백 달러를 벌금으로 물어야 합니다.' 동복은 이럴 때일수록 침착해야 한다고 스스로 다짐을 했다. 그래서 짐짓 자신이 저지른 짓거리와는 전혀 상관이 없는 것처럼 시침을 떼고 자세를 가다듬었다.

"아, 이 보시라요!"

"저어… 말입니까아?"

간헐적으로 들렸던 음성을 서로 확인한 셈이다.

"네에. 저 좀 보시라우요."

"아, 말씀하세요."

"요기 관광으로 오신 분 맞습네까?"

그렇구나, 이자들이 조직적으로 확실한 벌금의 증거를 만들려고 우회적인 방법을 쓰는구나라고 동복은 생각했다. 그러면서 어둠 속에 번쩍이는 불빛처럼, 오리발을 내밀 묘안이 떠 올랐다. 그래 이 자식들아, 가래침을 뱉었으면 어쩔래. 너희들이 똑똑히 봤냐. 증거를 갖다가 내게 보여 봐. 칠흑 같은 어둠 속의 바닷물에 지금쯤 소금물과 버물어져 용해되었을, 가래침 샘플을 채취라도 하겠다는 거냐. 처음과 달리 약간 불안했던 동복의 심중은 술기운과 더불어 갑자기 용기를 얻었다.

"그렇습니다만. 왜요?"

두 번째의 대답은 훨씬 더 가라앉고 여유로웠다. 경비병들과 떨어진 거리는 오십 미터쯤 되었다. 바람까지 불어 큰 목소리로 질러야 했고 북녘에서 쓰는 억양을 얼른 알아

듣지 못했다. 동복은 경비병에게 최대한 가까이 다가서려고 모서리 진 곳으로 갔다.

"혹시 담배 한대 얻을 수 없습네까?"

그 말을 듣는 순간, 동복은 우선 안도의 숨을 쉬었다. 담배를 요구하는 것으로 보아서 벌금과는 무관하다는 판단이 앞서자, 오장육부 어디부턴가 오히려 스멀스멀 자신감으로 채워졌다.

"저는 담배를 안 피우는데요."

"그렇습네까? 그렇다맨, 한 갑만 사다줄 수 없쉐요?"

경비병의 목소리는 얻어먹는 입장치곤 아주 당당했다. 동복은 만성기관지염 때문에 담배를 끊은 지 오래였다. 이해를 못하는 건 아니지만, 경비병의 당연한 듯한 부탁이 못마땅했다.

아들 생각이 불시에 떠올랐다. 녀석이 담배를 피운 것을 안지는 얼마 안 되었다. 녀석은 집안에서는 전혀 담배 냄새를 풍기지 않았기 때문이다. 동복은 순간 경비병에게 가엾은 마음도 들었다. 그러자 초소가 어두움 속에서 흔들리는 것 같은 느낌이 들었다. 그 너머 희끄무레한 건물을 바라보았다. 관광객들에게 줄을 세우고 가방을 검색하였던 C, I, Q건물이었다.

"사다 드릴 테니까 잠깐만 기다려요."

동복은 갑판을 돌아서 호텔의 출입문을 열고 안으로 들어갔다. 써늘한 바깥과는 달리 훈훈한 기운이 금방 온몸을 핥았다. 여전히 일행들은 끼리끼리 노닥거리며 술을 마시고 있었다. 초저녁부터 시작했던 필리핀인 3인조 밴드는 쉬지 않고 계속 음악을 연주했다. 메기의 추억과 베사메무쵸였다. 동복은 민 교수가 손을 까불자 고개만 까닥하고, 카페 가운데를 질러 면세점의 유리문을 밀고 들어갔다. 면세점 출입구 바로 오른 쪽이 담배 진열장이었다. 동복은 괜히 급한 마음으로 대뜸 말했다.

"담배 한 갑만 주세요."

"무슨 담배를 드릴까요?"

북한 말투의 높은 억양으로 웃음을 바르며 여종업원이 다가왔다.

"그냥 뭐 국산담배 한 갑만 줘요."

동복은 추리닝 바지 주머니에서 지갑을 꺼냈다. 여종업원은 동복을 빤히 쳐다보았다.

"요기서는, 낱 갑으로는 안 팔고 한 보루씩만 팝네다."

"그럼, 국산으로 한 보루! 얼만가요?"

"네예, 십사 불이야요."

미처 그 생각을 못 한 것이다. 면세점은 동네 가게처럼 담배를 낱 갑으로 팔지 않는다는 것을. 동복은 겸연쩍은 표정을 애써 감추고 지갑에서 10달러짜리 두 장을 빼주었다. 그러나 이내 크고 기다란 담배 곽을 받아 들고는 다시 난감해졌다. 그도 그럴 것이, 주머니 속에 집어넣을 수도 없을뿐더러 손에 들고 가기조차 애매했다. 거스름을 받으려다 선반에 진열된 양주병을 보았다. 순간 동복의 뇌리를 퍼뜩 스치는 것은, 추운 날씨에 떨고 있는 경비병들이었다. 납작하고 앙증맞게 생긴 술 한 병을 샀다. 동복은 쇼핑백을 마다하고 추리닝 저고리의 지퍼를 내려 담배상자를 가슴에 넣었다. 대책이 없었다. 쇼핑백을 들고 나간다면 누구나 이상하게 볼 것이기 때문이다. 영락없는 배불뚝이였다. 술병은 포장지를 벗기고 바지 주머니에 쑤셔 넣었다.

걸어 나가는 동복을 카페에 앉아있던 손님들이 의아하게 쳐다보았다. 동복의 온몸은 술기운에 절어있었고 머릿속은 적당하게 알딸딸한 상태였다. 부자연스런 행동을 자기 자신은 그다지 느끼지 못했다. 호텔 문을 열기 전, 오른 쪽에서 꼬치구이를 팔려고 서있던 여종업원이 껑충한 키를 오그리며 뜨악한 눈으로 동복을 훑어보았다. 고기 익는 냄새가 나는 이동 바에서 돼지고기 꼬치구이를 두 개나 샀다.

바깥으로 나오자 찬바람이 몰려왔다. 동복은 서서 경비초소를 바라보았다. 초소 주변을 서성거리고 있는 경비병도 총을 멘 채 이쪽을 바라보았다. 종아리까지 덮고 있는 외투가 경비병을 짓누르듯이 보였다. 그러자 지니고 있는 이물질이 가슴팍으로부터 느껴졌다. 동복은 호텔과 연결된 다리를 지나 뭍으로 내려섰다. 그제야 다른 경비병 한 명이 초소 안에 있는 것이 어렴풋이 보였다. 그들과 동복이 서있는 거리는 열대여섯 걸음 정도였다.

"담배를 가져왔는데, 어떻게 할까요?"

동복의 말소리가 허공에 흩어지기도 전에 아까의 경비병이 대답했다.

"저 건물에 가져다 놓으시라우요. 건물 뒤로!"

경비병은 그렇게 말해놓고도 우뚝 서있기만 했다. 자세가 꼿꼿한 것은 물론, 갑자기 누군가를 의식한 듯한 딱딱한 말투조차 오히려 동복을 의아하게 했다. 어쩌면 경비초소 부근에 몰래 카메라 같은 감시 장비가 작동할지도 모른다는 생각마저 퍼뜩 들었다.

동복은 도로를 가로 질러 걸었다. 호텔과 C, I, Q건물 사이의 황량한 평지에 썰렁한 바람이 불어왔다. 건물 뒤 높은 둔덕 위로 촉수가 낮은 조명등들이 띄엄띄엄 졸고 있었다. 동복은 건물 뒤를 조심스럽게 살펴보았다. 네모난 스테인리스 재질의 옥외 소화전이 건물 벽에 붙어있었다. 옷 속에서 담배를 꺼낸 동복은 소화전 옆에 바짝 붙여 세워두었다. 술과 꼬치구이는 초소에 들려서 주려고 염두에 두었다. 그리고 다시 사위를 둘러보았으나 모든 것은, 캄캄한 칠흑 속에 묻혀있었다.

　동복은 아무 일도 없었던 것처럼 시치미를 떼고 성큼성큼 걸어갔다. 술기운으로 뜨거웠던 몸이 금세 증발한 느낌이었다. 자기 자신도 모르게 긴장했다. 건물을 뒤돌아보던 동복은 갑자기 우뚝 섰다. 경비초소에서 무슨 말소리가 들려왔기 때문이다.

　"뭐라고요?"
　"왜 그냥 돌아오옵네까? 건물 안에다 갔다 놓았습네까?"
　무슨 말을 하는지 얼른 납득이 안가서 동복이 큰소리로 대답했다.
　"놔두었다구요! 소화전 옆에다 세워두었다니까요."
　"밖에다 두면 어떡합네까아."
　"아니? 건물 안에는 못 들어가지 않습니까?"
　"아닙네다. 들어갈 수 있습네다. 문이 열려있습네다. 안으로 들어가시라우요!"
　오도 가도 못하고 당한다는 게 이런 상황을 두고 하는 말이었다. 동복은 어처구니가 없었다. 담배를 사다 놓았으면 되었지, 이건 또 무슨 개뼈다귀 같은 수작이랴 싶었다. 더구나 경비병은 얻어먹는 주제에 숫제 명령조로 자신을 닦달하고 있지를 않는가. 그렇지만, 이왕 사온 거 뭘 못하겠냐 싶어 그의 말을 따르기로 마음을 고쳐먹었다.

　빠른 걸음으로 건물로 되돌아 갔다. 그리고 놔두었던 담배를 다시 집어 들어 출입문으로 다가섰다. 유리문을 슬쩍 밀었다. 문이 안으로 밀렸다. 건물 안은 어두웠다. 동복이 더 안으로 들어가니 창문 밖에서 비춰는 불빛 때문에 칸막이와 긴 테이블 같은 구조물이 어슴푸레했다. 사물의 윤곽이 한눈에 들어왔다. 동복은 휑하니 넓은 공간 어디에 담배를 놔둘지 자리를 고르느라 살펴보았다.

　그 때 어디선가 텅텅 유리창을 세게 두드리는 소리가 들렸다. 호텔이 마주 보이는 창문 중에서 일정한 간격으로 뚫린 맨 끄트머리였다. 다가가니 창문 밖에 웬 검은 물체가 바짝 붙어있었다. 물체는 움직이더니 다시 문을 두드렸다. 인민군 병사의 목소리는 홑 유리창을 뚫고 뚜렷이 들려왔다.

　"문 좀 열어 보시라우요."

　동복이 꼬치구이를 바닥에 놓고 창문의 걸쇠를 눌러 문을 잡아당기자, 밖에서 경비병도 동시에 문을 열었다. 메고 있었던 소총을 들고 경비병이 창을 넘어서 안으로 발을 내디뎠다. 경비병은 멀리서 보았을 때보다 훨씬 키가 작았다.

　두 사람은 마주보았다. 동복은 긴장이 되었다. 바로 눈

앞에 무장을 한 북한 인민군이 우뚝 서 있지를 않는가. 밖에서 들어온 불빛이 경비병의 얼굴을 비췄다. 육중하게 빵이 큰 인민군 정모가 참외만한 경비병의 머리를 짓눌렀다. 긴 외투의 견장은 아주 작은 별이 박혀있었다. 장교는 아닌 것 같았다. 그렇지만 동복은 생각했다. 이곳에 뽑혀 올 정도라면 사상과 자질이 검증된 투철한 정예의 군인을 일 것이라고.

"담배는?"

경비병은 동복이 들고 있는 담배를 내려다보면서 물었다. 담배를 내밀자 경비병은 당연하다는 듯이, 한 손으로 냉큼 받더니 외투주머니 속으로 집어넣었다. 짙은 눈썹과 콧날이 선 작고 갸름한 얼굴이었다. 깡마르고 광대뼈가 툭 튀어나온 인민군의 인상만을 연상했던 동복이었다. 아랫입술이 두툼한 경비병은 아들 녀석을 떠올리게 했다. 그에 대한 긴장감이 슬며시 풀어졌다.

"당신, 몇 살이야?"

분명히 동복의 입에서 물음을 뱉었다. 아무리 술김이지만, 대책 없이 불쑥 튀어나온 말을 다시 주워 담을 수는 없었다. 북한 땅에서, 한 밤중에, 총을 든 인민군 앞에서 죽으려고 환장한 것이다. 그렇지만 반말로 툭 던진 동복의 물음에, 한 박자 쯤을 들인 조용한 북한 말씨가 메아리처럼 돌아왔다.

"스물세 살 이야요."

"내 아들은 스물다섯인데, 군대에 있지. 그러고 보니 아들 뻘이군 그래."

동복은 다시 녀석의 얼굴이 떠올랐다. 녀석은 점호준비 아니면, 보초근무로 캄캄한 밤하늘을 보면서 제대 날짜만 지우고 있을지도 모르리라. 당장 눈앞의 현실이 겹치면서 동복은 또 물었다.

"이름이 뭐요?"

"박정식 이라고 합네다. 저도 고향에는 부모님이 계십니다."

"박 씨라고? 그럼 본관은?"

경비병이 손을 만지작거렸다. 가만히 있는 경비병에게 동복이 다시 물었다.

"어디 박 씨냐니까?"

"아, 성 씨 말이외까? 아버지가 그러시는데 밀양 박 가라고……."

경비병은 동복이 묻는 본관이라는 낱말을 얼른 헤아리지 못한 것이 분명했다.

"나도 밀양 박 씨요. 그럼 돌림자 항렬은 어떻게 되시나?"

"고 거는 잘 모르겠습네다. 처음 들어 본 말같습네다."

동복은 설명을 하려다 그만두었다. 말해서 무엇을 하겠는가. 다만, 북녘 땅에도 먼 피붙이가 살고 있었다는 느낌이 밀물처럼 가슴으로 들어왔다. 유리창들이 덜컹거리며 텅 빈 공간을 울렸다.

"우리 잠깐 저쪽으로 가서 앉읍시다."

냉랭한 분위기가 가라앉고 조금 씩 여유를 찾았으나 동복은 뭔가 조급한 마음이 들었다.

"이제는 가야 합네다."

경비병의 말투가 아까처럼 다시 냉랭하게 달라졌다.

"아니, 추운데 계속 서서 근무했을 거 아니요. 그래서 내가 술을 한 병 가져왔어요. 저쪽 긴 탁자에 잠깐 앉았다가 가면 좋겠는데……."

"지금은 근무 중이라 절대로 안됩네다."

"추우니까, 그냥 한 잔만 하라니까!"

동복은 그렇게 말하는 순간, 어디서 갑자기 힘이 용솟음쳤는지 왼손으로 경비병의 소매를 확 잡아끌었다. 총을 멘 경비병도 아무 말 없이 못이기는 척 동복을 따랐다. 구석진 곳에 회의용 테이블 하나가 썰렁하게 놓여져 있었다. 함께 걸어가면서 경비병을 돌아보니 자기 자신보다 더 작았다. 두꺼운 외투와 작은 체구가 따로따로였다. 동복이보다 아들 녀석이 한 5센티미터쯤 더 크니까, 경비병은 같은 또래의 녀석보다 훨씬 작은 것이다.

물론 그 두 사람의 차이로 남과 북 병사들의 전체 평균 신장을 비교할 수야 없지만, 가늠이 되는 건 어쩔 도리가 없었다. 영양실조에 걸린 북한 어린이들의 영상이 떠올랐다. 단절된 상태에서 계속 핏줄의 교류가 이루어지지 않는다면, 유전자의 형질도 서로 다를 거였다. 언어와 생각, 육신의 모양새까지 달라질 때 과연 단일민족이라고 할 수 있을까. 여러 가지 짧은 생각들이 퍼덕이며 동복의 뇌리를 스쳤다.

"기런데, 말씀을 디릴 게 있시요."

테이블에 기대 선 동복에게 경비병이 다시 입을 열었다. 동복은 꼬치안주를 놓고 아무런 대꾸도 없이 그를 바라보았다. 바깥 불빛에 살짝 드러난 경비병의 얼굴은 뭔가 주저한 표정으로 말을 꺼내기 어려운 듯 뜸을 들이며 망설였다.

"말해봐. 뭔데? 자 우선, 술이나 한잔 들라고."

동복은 주머니에서 납작한 술병을 꺼내어 병뚜껑을 비틀어 땄다. 그리고 뚜껑에다 술을 부어 건넸다. 꼬치구이에 슬쩍 눈길을 준 경비병은, 고개를 돌려 두 손으로 받은 술을 마셨다. 꼬치구이를 냅다 집어서 경비병에게 건네준 동복도 한 잔을 딸아 마셨다. 고기를 허겁지겁 씹어 먹는 경비병의 모습을 보고 아들 녀석을 첫 면회할 때 생각이 떠올랐다. 한 창 먹을 나이에는 쇠붙이인들 못 먹으랴 싶었다.

"부탁 말씀을 드리려고 합네다. 제가 금방 휴가를 가는데, 돈이 필요해서요."

경비병은 서슴없이 말했다. 순간 동복은 어리둥절했다. 담배를 사다 주니까, 이제는 서슴없이 돈까지 달라고 하지를 않는가. 이게 무슨 짓이냐 싶어 물었다.

"돈이 왜 필요한데?"

"고향에 계신 아버지가 생신인데, 선물을 사가지고 갈려고 합네다."

"아버지가 몇 살인데?"

"오십 네 살 입네다."

"알았어. 돈은 줄 테니까, 뭐 좀 물어보자고. 아, 그리고 내가 당신한테 반말하는 거 말이야. 기분 안 나쁘지? 내 아들 같아서 그래. 자, 술 한 잔만 더 할 수 있지?"

"근무 중에는 안됩네다."

"추운 날씨니까 괜찮아. 지금까지도 마셨잖아. 나도 예전에 군대에서 보초를 설적에는 상관 몰래 라면을 끓여서 소주 여러 병을 깠어. 춥고 배고프면, 새끼들… 누구든지 다 필요 없는 거야."

"고렇게 말하시면 안됩네다."

"왜? 누가 무서워서?"

"고거이 아니라……."

"알았어! 알았다니깐!"

대번에 술이 확 깨었다. 동복은 어쩐지 이상한 생각이 들었다. 벌써 이쯤 되었다는 말인가. 암암리에 먹이 사슬이 연결되었을 지도 모른다는 의심도 들었다. 지난 세월 남한에서 오염되어 썩어문드러진 부패의 독소가, 이들이라고 피해가지는 않으리라는 것이었다. 아무리 완벽한 이념도 사람의 본성을 거슬릴 수는 없는 법. 사람의 본성은 동물의 본능에서 출발하는 것이고, 모든 일의 변화는 아주 사소한 것에서부터 시작되리라. 마치 벽돌 한 개가 빠져 집이 무너져 내리 듯. 그렇지만 이것은, 자기 자신의 짐작이 맞는다 치더라도 분명히 경비병 혼자만의 잘못은 아니라는 것이다.

동복은 알 수 없는 분노가 뜨겁게 치밀어 올랐다. 병뚜껑으로 몇 잔을 더 마신 술 때문만도 아니었다. 그리고 추리닝 바지 주머니에서 지갑을 꺼냈다. 미국 달러가 스무 장 남짓 들어있었다. 그 중에서 반을 꺼내서 경비병에게 성큼 내밀었다. 경비병은 동복의 얼굴을 보다 말고 고개를 수그렸다.

"왜? 돈이 적어서 그래?"

"아닙네다. 요기서 저하고 했던 일을 아무한테도 말해서는 안됩네다. 선생님께서 약속을 확실히 지킬 수 있습네까?"

"그래, 알았어! 이제는 여기서 나가자고. 술이 남은 것은 밖에 보초서는 동료에게도 좀 갖다 줘."

술병을 집어주면서 동복이 일어서자 경비병은 엉거주춤했다.

"선생님, 고맙습네다."

"알았어! 알았다니까!"

처음 들어온 창문 쪽으로 걸어가던 경비병이 뒤를 돌아보았다. 동복은 몇 걸음을 걷다가 말고 고개를 돌려서 말했다.

"이봐, 정식이! 한 마디만 더 물어보자? 너 말이야. 정말로 솔직히 말해서 네 아버지하고 장군님하고 누가 더 좋으냐?"

동복이 던진 말소리가 공간을 썰렁하게 울렸다. 검은 물체는 거의 창문 앞으로 걸어갈 때까지 아무 말이 없다가 한마디로 받았다.

"고거는 비교할 수 없는 문젭네다."

검은 물체가 사라졌다. 뭔가 둔탁한 물건에 맞은 것처럼 머리가 어뜩했다. 사위는 캄캄했다. 동복은 길을 되돌아오면서 경비초소 쪽으로는 고개를 전혀 돌리지 않고, 호텔

출입문을 향하여 빠르게 걸었다. 명치끝이 뻑적지근했다. 바다에서 불어오는 바람은 더욱 세차고 추웠다. 어두움 속에서 허연 해금강 호텔이 갸우뚱 흔들거렸다.

비극적 세계인식의 역설적인 힘
- 최성배의 소설에 부쳐

김종회
(문학평론가, 경희대 교수)

1. 지천명 세월의 삶과 작가의 운명

최성배는 오랜 군문의 생활과 작가의 길을 걸어 이제 지천명의 세월을 넘겼다. 작가에게 있어 연륜이라고 하는 것이 꼭 작품의 미학적 가치나 성과에 비례하는 것은 아니지만, 사실주의적 세계관을 바탕으로 하여 주로 체험적 사실에 소설적 형상력을 부여해 온 작가에게 있어서는 그 겪으며 살아온 날들의 중량이 결코 가벼울 수 없다.

외형적으로 보이는 객관적 현실만 가지고 말하자면, 최성배는 여러모로 작가가 되기 어려운 환경조건 아래에 있었다. 그런데 무엇이 그로 하여금 소설을 자기 삶의 가치 가운데서 가장 오른쪽으로 내세우도록 영향을 미쳤을까? 문학, 소설을 버리고 보다 이문이 많은 세상의 저잣거리를 향해 달려가는 발걸음에의 유혹이 그에게는 없었을까?

아닐 터이다. 작가로서 소설 창작에 자기 삶의 중요한 고리를 걸어두는 것은 대개 그의 기질이나 성격, 아니면 작위적인 의지에 의해 강압되고 단련된 '운명'과 같은 것이다. 이는 작가 스스로도 회피할 수 없는 경우가 많아서, 글쓰기의 고통을 알면서도 그로부터 벗어날 수 없는, 그야말로 운명적 존재양식의 지배를 받는 형국인 셈이다.

지금까지 이 작가는 두 권의 시집과 세 권의 소설집을 상재했다. 그의 소설들은 앞서 언급한 바와 같이 자신의 삶과 그 굴곡 가운데서 마주쳤던 체험적 사실들을 바탕에 두고 있으며, 문학과 현실의 상관성 또는 그 관계의 핍진성에 초점을 맞추고 있다.

그의 장편 『침묵의 노래』는, 군문의 정보기관 근무를 경험하지 않았더라면 쓰기 어려운 소설이다. 그는 전체주의적이고 억압적인 세계 가운데서, 한 인간의 진실이 얼마나 속절없이 무가치하게 무너져 내릴 수 있는가에 주목했다. 뿐만 아니라 그것을 문제로 제기하거나 개선할 수 있는 여지가 전혀 없는 우울한 상황을 목도하면서, 그에 저항하는 '문제적 개인'의 절박한 내면의식을 펼쳐 보인다.

이번에 펴내는 여기 이 소설집에 실린 작품들도 그 삼분의 이가 군문의 문제와 관련되어 있다. 그리고 그것이 5.18의 광주와 같은 현대사의 가장 첨예한 쟁점들에 연계된 경우도 있다. 우리가 임철우의 『봄날』이나 고원정의 『빙벽』을 읽으며 만났던, 그 낯설고 허망하고 때로 기상천외한 한계상황들이 이 소설집 여러 곳에 복병처럼 잠복해 있다.

그의 세계인식 방식은 다분히 어둡고 비극적인 채색으로 드러나 있으며, 그의 소설은 그와 같은 현실의 구조적 근원을 적시하고 그에 부딪쳐 파산하는 인간의 모습을 보여주는 데서 머무는 것에 익숙해 있다. 이것은 다른 문학 장르로서는 어려운 소설의 특유한 문제 제기 유형이다. 작가는 현실의 어려움을 보여주는 데서 머물고, 그것을 넘어설 인식의 판단력은 독자 스스로 확보하도록 하는 것. 이를테면 서사 장르로서 소설이 독자와 의미 있게 악수하는 것을 말한다.

그러기에 최성배의 소설에는 비극적 세계인식의 역설적인 힘이 매설되어 있다. 이 숨은 힘의 존재는, 시대 현실을 작품 속에 잘 갈무리한 이 작가의 건실한 노력과 관련이 있다. 우리는 이 책에 실린 소설들을 읽으면서도 그러한 힘의 존재와 운동력을 발굴하는 시각을 견지하도록 노력할 것이다.

2. 역사의 현장을 보는 비판적 시각
- 「찢어진 밤」과 「한순간」

「찢어진 밤」은 제3공화국에서 제5공화국으로 넘어가는 그 숨 가쁜 역사의 현장에 대한 소설적 기록이다. 대통령이 시해되고 계엄사령관인 육군 참모총장을 연행하는 합수부와 보안사 부대원들의 실행 장면을 아무런 여과장치 없이 그렸다.

기실 이러한 우리 현대사의 가장 민감한 부분을 소설로 쓸 수 있을 때까지는 20여년의 시간적 흐름을 필요로 했다. 이는 마치 임철우가 단행본 5권 분량의 장편 『봄날』을 써내는데 10여년의 시간을 필요로 했던 것과 유사하다.

1980년 광주민주화운동 당시 전남 대 영문과 4학년에 재학 중이었던 임철우는, 작가가 되고서도 이 전대미문의 사태를 소설로 쓰지 못하고 그 주변 언저리를 울리는 단편 몇 편과 같은 제목의 「봄날」이라는 짧은 단편 한 편을 썼을 뿐이었다. 이는 작가 자신이 이를 자신의 내부에서 익혀내는 시간이 필요했을 뿐 아니라, 그것을 소설로 발화할 수 있는 정치·사회적 환경의 성숙에도 그만한 시간이 걸렸기 때문이었다.

최성배의 시대현실 체험도 이와 다를 수 없었을 것이다. 정보기관의 내부에서 목격한 이 엄중한 사태를 소설문법으로 치환하는 데 있어서, 그에게 인간적인 고민이나 주저가 없었을 리 없다. 그 외형적 또는 심정적 제한 조건을 넘어선 것은, 말하자면 작가로서의 기록욕구를 넘어 상찬해야 할 용기라고 할 수 있다.

이 소설에서 작가의 눈을 대신하는 목격자는 중사 김순식. 사령부의 조직이 급작스레 커지는 바람에 전방 부대에서 차출되어 서울로 오게 된 경위를 가졌다. 그는 원래 보안사 요원이 아니었으며 사단 내에서 사격 솜씨가 제일 낫다고 하여 차출된, 미리 계획된 작전의 요구에 따라 인사명령을 받은 경우이다. 이 김 중사는 총장 공관을 침범한 결정적 순간에 상대방을 쏘지 못한다.

그는 이틀 동안 감찰관에게 조사를 받았다. 고의적으로 범법자들을 두둔하여 정당방위를 한 부대원들에게 위험을 초래하게 했다는 혐의였다. 인사위원회에 회부되어 부대원으로 자질이 없다는 이유로 부적합 판정을 받았다. 인사명령(을) 9호 타 부대 전출. 육군 중사 김순식. 일변 및 신고 일자 1월 29일부.

거기에 그에게는 총격 시 상대방이던 G소령과 '같은 남도출신'이라는 혐의도 부가된다. 그는 상관인 신남기 준위에게 '호랑이는 죽은 고기를 먹지 않는 법'이라는 선문답류의 답변을 남겨둔다. 당시로서는 그만큼만 해도 엄청난 각오를 요하는 말대꾸였을 것이다.

이 소설의 김 중사는 한 사람의 목격자 수준에 머물러 있으되, 그의 시각은 결코 한 조직원의 그것이 아니다. 역사적 진실 그 자체, 그리고 그 진실이 가진 본질적 성격을 탐문하는 준엄한 사필 가운데 하나가 이 소설의 문면이라 해야 옳겠다.

이와 유사한 방식으로 씌어진 소설 「한순간」은 12·12사태의 전방 병력을 서울의 군사 쿠데타에 동원하는 야전 사단의 상황을 그리고 있다. 여기의 목격자는 사단장의 전속 부관인 '대학물 먹은 장교'인 중위. 사단장과 육사 동기생으로 중도에 예편한 아버지의 부탁으로 부관이 되었다. 중위는 사단 병력이 출동 준비를 하는 순간에 사단장에게 입바른 소리로 저항한다.

"제 말은 군율 집행자는 모든 공적인 언행은 물론, 사적인 행동의 일부까지라도 그것이 아무 의심 없이 따르는 부하들에게 누를 끼칠 경우에는 잘못이라는 비난을 면치 못할 것이라는 겁니다. 완벽하지 않은 군율을 그나마 적절하게 쓸 수 있는 것은 지휘관의 양심이라고 생각합니다. 너무 어렵게 말씀드린 것 같습니다. 죄송합니다. 그러나…."

사단장인 아버지의 친구 '장군'은 중위의 입을 틀어막기 위해, '큰 일이 시작도 되기 전에 일 날 뻔' 했다는 평가와 함께 서슴없이 중위의 사살을 명한다. 이 소설의 중위나 앞 소설의 김 중사는 모두 이 엄청난 현실의 목격자이되 그 중심세력권에서 비켜선 국외자이다. 그러한 입지가 아니면 발현할 수 없는 비판적 시각, 그것이 이 두 소설 가운데 걸쳐져 있다.

3. 소외된 자의 아픔, 또는 슬픈 곡절
- 「개밥」과 「새벽 버스」

「개밥」은 우리 시대 하층 계급 사람들의 삶을, 그 어려움과 아픔을 진솔하게 드러내면서 소설의 행간에 이를 바라보는 따뜻한 시선을 숨기고 있는 작품이다. 소설의 중심인물은 실직해 있다가 빌딩 경비원으로 일하는 남자. 주차장 김씨와 함께 일하는 도씨 영감의 손을 거쳐 갈 데 없는 애완견 푸들을 돌보기도 한다.

도씨 영감이 교통사고로 병원에 입원한 다음에야 빌딩 지하실에 영감이 숨겨둔 푸들을 보게 되는데, 이 소설에서는 버림받은 동물에게서 마음을 돌리지 못하는 화자를 통하여 동시대를 아프고 슬프게 살아가는 사람들을 어떻게 끌어안아야 할 것인가를 환기한다.

나는 근무 교대자도 없이, 열흘 이상을 계속 혼자서 빌딩을 지켰다. 집을 지키는 개는 밥값을 해야 한다. 야생으로 돌아갈 길은 없다. 도둑고양이처럼 쓰레기봉투를 뒤지고 살 수 없다면. 며칠 동안 관리소장은 내가 인사를 해도 본 척 만 척 했다. 그리고 오늘 아무 말이 없더니, 새로 채용한 경비원 두 사람을 데리고 와서 나더러 인수인계를 하라고 지시한 것이다.

빌딩의 관리소장이라고 해서 반드시 이러한 악역만이 마땅한 것은 아닐 터이다. 그러나 이 소설에서는 하층 계급 하류 인생의 내부에서 부당한 권한으로 군림하는 사회악의 축소된 모습을 대변하고 있다.

「새벽 버스」 또한 이처럼 소외되고 무력한 사람들의 이야기를 다루고 있는 소설이다. 이 소설의 화자는 군무원의 직업을 갖고 있었으나, 부정한 일에 발을 담그지 않기 위해 사표를 냈다. 다시 어렵게 구한 직장을 유지하느라 그는 가족과 떨어져 지내야 하는 '기러기 아빠'가 되고, 그의 아내는 재래시장이 있는 골목 안에서 반찬가게를 하고 있다.

그릇 대신 뭔가 손에 걸렸다. 통장들이었다. 아내는 자신 몰래 통장들을 만들어 놓았던 것이다. 자신의 이름으로 가입해놓은 생명보험 통장도 섞여 있었다. 매월 적잖은 금액이 꼬박꼬박 적립되어 있었다.

이 통장들은 아내의 생활력을 말해주면서 동시에 남편에 대한 불신을 의미하기도 한다. 군무원을 했던 시절의 부대장이 나중에 장군으로 승진했다는 소식을 듣는 화자는, 올곧은 가치관의 소유와 더불어 현실적응력의 부족을 함께 드러낸다.

이처럼 허약한 명분주의자의 삶은, 그로 인해 불이익을 감수해야 하는 가족들에게 어떤 의미를 갖는가? 그리고 정작 그 자신에게 있어서는 어떤 손익계산을 가져오는가? 여기서 살펴본 두 편의 소설은 이와 같은 문제에 대한 작가의 인식을 반영하고 있으며, 그것은 곧 사소하고 보잘 것 없는 인생에 대한 이 작가의 정동 적 휴머니티를 끌어안는 일이 된다.

4. 죽음에 이르는 길의 두 가지 모습
- 「잿빛 그림자들」과 「세탁기와 숨소리」

「잿빛 그림자들」은 안개, 고양이들, 쓰레기를 뒤지는 늙은이 등 그야말로 '잿빛 그림자들'로 소설의 서두를 연다. 이들을 관찰하는 화자의 일상 또한 잿빛이기는 마찬가지. 남편에게 버림받은 음울한 빛깔의 이모와 급성 백혈병으로 죽은 이모의 딸 은영이, 암으로 세상을 떠난 어머니와 그다지 신통할 것 없는 회사 등속이 소설의 제목이 예시하는 바를 충족시키고 있다.

은영이의 죽음도 그렇거니와 쓰레기를 뒤지던 늙은이의 처참한 죽음은, 마치 이 소설이 '어두운 것들의 축제'를 위한 한마당으로 여겨질 정도로 일률적인 측면이 있다.

늙은이는 이모의 시어머니였을까. 알 수 없었다. 이모의 얼굴이 늙은이의 모습을 덮으며 내게서 사라졌다. 내가 알

앗던 모든 이들은, 그들과 알았던 인연만큼, 시간만큼 흘러야 잊혀질까. 누구나 이승에서의 질긴 인연이 저승까지 이어질지, 그건 모를 노릇이었다. 내 육신이 의식을 지탱하고 있는 이후에도.

 늙은이와 이모를 연계하지 아니한 것은, 소설적 리얼리티에 대한 이 작가의 조심성일 터이다. 그리고 소설 전편을 지배하고 있는 잿빛을 그대로 유지하는 데도 유효하다. 그러나 이 소설에서 완강한 패퇴와 멸절의 감각을 보다 역동적으로 활용하자면, 소설의 구조가 보다 드라마틱해서 안 될 바는 없어 보인다.
 왜 이 작가는 이토록 집요하게 어둠의 세계를 향해 나아가려고 할까? 거기에 작가 스스로 발양할 수 있는 소설적 장점이 있기 때문일까? 아니면 그처럼 세상의 눈길 손길이 닿지 않는 곳에 자기 소설의 푯대를 세우는 것이 비소설적 환경에서 소설을 시작한 자신의 소임이라고 생각하고 있는 것일까?
 「세탁기와 숨소리」 또한 이러한 그의 소설적 영역을 벗어나지 않은 작품이다. 빌딩 청소원의 직업을 가진 '복순'이라는 인물이 소설의 중심에 있고, 그에게는 제비족 출신으로 이제 중풍에 걸려 병석에서 운신도 하지 못하는 영감이 있다. 그 복순의 생애를 작가는 다음과 같이 요약해 두었다.

남편이라는 작가가 그 모양인데, 자식들인들 잘될 리 만무했다. 콩가루 집안이 따로 없었다. 딸은 공장에 다니다가 같은 공원과 동거생활 중이고, 큰아들은 서른이 넘었는데 나이트클럽 종업원이었다. 아들은 눈이 맞은 술집 아가씨와 결혼식도 안올리고 살다가 예삐를 낳아놓고 그만 이혼해버렸다. 막내아들이 군에서 제대하여 화물차 운전을 하며 겨우 생활비를 조달해주는 형편이었다. 복순은 그간 식당 일이며 공장 일을 다녔지만, 그것도 나이가 들어 계속하기 힘이 들었다. 그래서 오륙 년 전부터 청소부 일을 다닌 것이다. 다 팔자려니 하고 살다보니 벌써 쉰 중반이었다.

 여기에 이 인용문을 가져다 둔 것은, 복순의 팔자가 기구한 형편이 한국판 최성배판 '여자의 일생'인 까닭에서이다. 복순의 남편이 죽기까지 마대자루가 부러지거나 숟가락이 부러지는 복선은 마치 현진건의 「운수 좋은 날」과 닮아 있다. 남편이 죽고 고장 난 세탁기 때문에 수리 센터 직원이 다녀가는 동안 복순은 그 죽음을 숨겨야할 만큼 자기 인생의 무게에 짓눌려 있는 캐릭터이다.
 이 소설의 관리소장도 소설의 마지막 대목, 장례식장에서 복순의 해고 소식을 전해온다. 세상의 그늘에서 아픔을 아픔이라고, 슬픔을 슬픔이라고 모두 말하지 못하고 살아가는 사람들의 편에 이 작가는 서 있다. 어둠의 세계를 강조하면 그 반대편 밝음의 세계가 가진 속성들이 조명되기 마련인데, 이 작가의 이 어두운 채색의 소설들에는 그러한 역설적인 힘이 숨어 있다.

5. 이 작가에게 있어 '악의'의 존재방식
- 「한파주의보」와 「어둠 속의 사마귀」

「한파주의보」는 해병대 중사 출신의 '진식'이라는 사내와 그 친구인 '만길'이라는 사내의 대화로 시작된다. 이들의 대화는 '해병대 김 병장', 김 사장이라는 자에게 집중되어 있다. 진식이 제대 후에 가지고 있던 조금의 경제적 여유를 그에게 사기 당하고 찬탈 당한 때문이었고 사정은 만길에게 있어서도 비슷했다.

그 예의 김 병장은, '한 사람의 영업사원이 자꾸 새로운 사람을 끌어들여 소비자에게 직거래를 하는 회사', 곧 다단계 회사의 운영자였고, 진식은 고향 친구 만길도 그 회사에서 만났다. 문제는 김 병장이란 자의 교묘한 사기 행각인데, 뜻밖에도 이 소설에서는 그 '악의'의 부분에 대해 크게 적의를 드러내지 않는다. 대신에 고달픈 인생살이의 한 국면에서 함께 부대끼며 살아가는 삶의 수준으로, 요컨대 보다 우호적인 관점으로 이를 바라보고 있다.

김 병장은 아내 옆에서 자기 자신의 짧은 머리를 자꾸만 만지작거렸다. 진식은 김 병장의 겸연쩍은 듯한 모습을 보면서 이상한 생각이 들었다. 남의 돈을 사기한 철면피 같지 않았다. 부끄러움을 느끼리라는 그녀는 아주 자연스러운 반면, 남편이 오히려 수줍은 내색을 하고 있었기 때문이었다.

김 병장의 '악의' 적 행위에 대한 화자의 관점은, 이 작가가 근본적으로 끌어안고 있는 인간중심주의 때문인지, 아니면 군 출신으로서 사회에 적응하는 문제에 대한 동병상련 때문인지 잘 알 수가 없다. 그러나 분명한 것 한 가지는, 그냥 지인을 배신한 사기꾼의 면모를 그리기보다 이처럼 이중적 성격을 가진 불명확한 인간의 면모를 그리는 것이 훨씬 더 문학적이고 소설적이라는 점이다.

「어둠 속의 사마귀」는 이 작가의 작품 세계 가운데 보기 드물게 매우 굴곡 있는 이야기 거리를 내장하고 있는 소설이다. 화자는 대공분실의 계장 출신이며, 지금은 가족과 떨어져 직장을 다니고 있다. '국가와 민족'을 위해 일하던 시절에 함께 있었던 김성애란 여자와 불륜의 관계에 있고, 소유욕이 확대된 그녀로부터 과거 조총련 간첩 강기만을 죽음에 이르게 했던 일로 협박을 받고 있다.

이 소설은 화자와 김성애가 열차 여행을 떠나는 장면으로부터 시작된다. 화자는 은연중에 이번 여행에서 김성애를 처치하려는 살의를 품고 있다. 그녀는 여전히 강압적이고 일방적이며 자기중심적이다. 화자는 '시장 골목에서 돈 한 푼에 목을 매는 아내'를 배신할 만큼 악한도 아니고, 그렇다고 김성애의 살해를 주도면밀하게 준비할 만큼 악한도 아니다.

여름 날 밤 초등학교 운동장에서 그녀와 다툰 '나'는 불면에 시달린다. 그녀의 공갈과 협박이 지난 정권들의 더러운 치부와 맞물려 청춘을 소모했다는 잠재의식에 칼을 들이댄 것과 마찬가지였기 때문이다. 나의 '음모'는 실행의 이유를 찾았고 그 실행의 환경을 만들기 위해 여행도 떠나왔지만, 과거의 경력에 비하면 턱없이 순진한 음모의 실행에 그친다.

그녀의 행위를 '사마귀라고 부르는 버마재비', 곧 자기 몸과 결합된 수컷을 먹어치우는 암컷 버마재비의 생태에 비교한 것은 대단히 강렬하고 또 적절하다. 이 먹이사슬의 운명적 얽힘에서 벗어나려면 암컷을 먼저 죽일 수밖에 없는데, 그녀의 '악의'와 화자 자신의 '악의'가 상승작용을 일으키는 지점에 화자의 실행이 있다.

순간, 시장 골목에서 장사를 하는 여인과 풀 죽은 아이들의 모습이 아득히 떠올랐다가 사라졌다. 나는 일어났다. 그리고 나를 유혹하였던 그녀의 팔을 붙잡았다. 벌떡 일어선 그녀가 내 **뺨**을 후려쳤다. 무엇이 화끈하게 얼굴을 스쳐 지나갔다. 그래, 우리는 같은 동족끼리 서로 저주하고 죽이면서, 자신들의 새로운 생명들을 끊임없이 만들어내려고 쾌락의 욕심에 눈이 먼, 한낱 야수와 다를 바 없는 척추동물일 뿐이다. 아니 어쩌면 본능에 충실한 곤충보다 더 못한 야비한 동물일 것이다. 나의 적의는 발끈하면서 온몸을 감전시켰다. 그녀의 가느다란 목덜미가 흐릿하게 보였다. 나는 두 손으로 그녀의 목을 꽉 움켜쥐었다. 내 손아귀에 걸린 것은 그저 하잘 것 없는 물체였다. 우람한 몸으로 그녀를 창문 쪽으로 밀고 가 손아귀에 더 힘을 주었다. 그녀는 버둥거렸다. 순간 급작스럽게 뭔가 둔탁한 느낌이 머리로 들어왔으며, 어뜩한 혼란스러움이 머리 속을 하얗게 맴돌았다. 나는 이미 항구를 멀리 떠났다. 잘못 선택한 배신의 땅에서는 언제나 예측 못할 변수가 일어나게 마련이다. 그래 나는 어쩌면 늘 배신을 꿈꾸어왔을 것이다. 아내에게도, 이 여자에게도, 아니, 내 자신에게 까지. 나의 몸 어딘가에 도사리고 있는 또 다른 배신의 그림자를 제대로 만난 것이다. 처음 잘못 끼워진 단추처럼, 지극히 작은 선택이 결국에는 막막한 지경으로 끌고 갔다. 어떤 악마적인 원인이 나의 이 사악한 놀음을 부추겼을까.

소설의 결말 부분이다. '이 사악한 놀음'의 원인을 묻는 형태로 끝마친 이 소설의 그 물음은 독자들의 대답을 기다린다.

'처음 잘못 끼워진 단추처럼, 지극히 작은 선택'의 성격과 내용을 보는 각자의 관점이 모두 다를 터이기 때문이다.

6. 남북 간의 접점에 관한 새 방정식
– 「삼일포의 밤」

「삼일포의 밤」은 이 작가의 소설에서 잘 볼 수 없었던 제재, 남북간의 관계와 그 화해의 전망을 다루고 있는 좀 독특한 소설이다. 제목이 말하는 바와 같이 해금강 삼일포 여행 중에 발생하는 이야기가 소설의 중심 줄기를 이루고 있다.

이 소설에는 '동복'이라는 인물이 주인공이고, 그는 '고구려, 발해 역사 지키기' 세미나에 참석하기 위해 50여 명의 일행과 함께 서울을 출발했다. 그는 국방대학원의 도서관장으로 근무하고 있다. 밤잠을 설치고 또 은근한 두려움도 느껴가며 나선 여행길이다.

그의 아들 민준은 군문에 있다. 대학시험에서 낙방했다가 지방대학을 다니다가, 학교를 그만두고 방송국에서 음악 프로를 만드는 일을 돕다가 입대했다. 이 아들이 여행 이야기 중에 등장하는 이유는, 그가 금강산에서 만날 스물세 살의 인민군 병사 '박정식'과 남북 젊은이의 짝을 이루도록 하기 위해서이다. 물론 이 수평적 비교는 그의 의식 속에서만 일어나는 남북 관계의 한 단면이다.

박정식은 북한 인민군 경비병이다. 그는 동복에게 담배를 구했다가 동복과의 대화에 이끌리고, 마침내는 경계의 빛을 조금씩 줄여 담배와 달러 선물을 받아들인다. 동복은 박정식을 보면서 아들을 생각하고, 더 범위를 확장하여 남북문제의 본질과 장래에 대한 생각을 펼쳐 보인다.

대번에 술이 확 깨었다. 어쩐지 이상한 생각이 들었다. 벌써 이쯤 되었다는 말인가. 암암리에 먹이 사슬이 연결되었을 지도 모른다는 의심도 들었다. 지난 세월 남한에서 오염되어 썩어문드러진 부패의 독소가, 이들이라고 피해가지 않을 것이었다. 아무리 완벽한 이념도 사람의 본성을 거슬릴 수는 없는 법. 사람의 본성은 동물의 본능에서 출발하겠지? 모든 일의 변화는 아주 사소한 것에서부터 시작되리라. 마치 벽돌 한 개가 빠져 집이 무너져 내리듯. 그렇지만 이것은, 자기 자신의 짐작이 맞는다 치더라도 분명히 아들 같은 경비병의 혼자만의 잘못은 아니라는 것이다.

동복이 헤어지면서 박정식에게 던진 질문, "이봐, 정식이! 한 마디만 더 물어보자? 너 말이야. 정말로 솔직히 말해서 네 아버지하고 장군님하고 누가 더 좋으냐?"는 질문에, 박정식은 "고거는 비교할 수 없는 문젭네다"라고 답변한다. 이 작가는 금강산에서 만난 인민군 병사와의 작고 사소한 대화를 통해, 민족사의 비극이 가진 근원적 뿌리 한 자락을 들추어 보려고 했다. 이는 분단 시대를 넘어 통일지향의 시대로 향해 가는 당대 작가의 한 사람으로서, 그가 구체적 사실성의 문제에 발을 두고 있다는 하나의 증빙에 해당한다.

7. 다시 그의 소설들과 나누는 약속

지금까지 살펴본 최성배의 소설들은 몇 가지 특징적인 사실들을 보여주고 있었다. 한 작가가 소설로 풀어낼 수 있는 다양한 소재와 주제의식을 논리적으로 정돈해 보이는 것은 그것 자체로 무리한 일일 수 있으되, 그 작가의 특징적 성향과 그의 소설이 이루는 값어치의 집적을 살펴보기 위해서는 불가피한 일이다.

우선 그는 군문의 실제적 체험을 통해 현대사의 아픈 질곡을 정확하고도 세부적으로 형상화해 보였다. 현장의 체험이 없고서는 쓸 수 없는 이야기들이 그 속에 매설되어 있었고, 그는 이를 작가로서 자신이 가진 건실한 비판의식에 실어 표현했다.

그는 일상적인 삶 속에서 어렵고 힘들게 살아가는 사람들에게 지속적인 관심을 보였다. 잔디가 푸른 언덕이나 파란 하늘이 바라다 보이는 집은, 그의 소설 세계에서 찾아보기 힘들다. 이들과 이들의 삶에 그가 부여하는 따뜻한 시각은, 그의 소설이 가진 인본주의적 속성에서 말미암는다.

그의 소설에는 언어유희나 이야기 구조에 대한 실험성 따위는 등장하지 않는다. 그는 사실적인 현실의 모방과 재해석, 이를테면 리얼리즘적 세계관에 익숙해 있는 작가이다. 누가 있어 그에게 "사실주의는 예술의 건전한 경향이다"라는 N. 하르트만의 언표를 강조해 두었던 것일까.

이 사실주의의 눈으로 주변의 일상에 묻힌 아픔에서부터 민족사의 먼 내일까지 내다보려 한 그의 소설들은, 그러나 외형적 의미의 그림을 그리는 이에게서 결여되기 쉬운 묘사와 서술의 세부적 치밀성이 아쉬운 대목도 없지 않다.

에밀 졸라의 사실주의 · 자연주의 소설의 세계가 남루하고 비루한 것들 속에서 당대 하층계급 사람들의 삶을 치열하게 발굴해 낸 것을 참고해 볼 필요도 있겠다. 바라기로는 그의 소설이 더욱 화명하고 유암한 경계를 열어, 우리로 하여금 다음 작품을 기다리는 기쁨을 누릴 수 있도록 해주었으면 좋겠다.

작가의 말

예까지 오면서 나의 칼날은 아직 벼려지지 않았으며, 상대는 흔들리고 흔들린다. 사물을 보는 각도와 시간에 따라서 느낌은 다를 터. 다시 날을 세우고 눈에 힘을 주다 보면, 내일은 뭔가 보이겠지.

나에게 몇 마디

가끔은 세상이 멈칫한 듯 보였는데… 그 사이에 또 시간이 흘렀다.

하늘은 쪽빛으로 서럽게 높아만 가고, 발악하듯 마구 쏟아지는 빛살이 강물에 첨벙 빠져 물결의 비늘로 반짝인다. 시새워 할 것도 없는 허수아비는 누런 벌판 한가운데서 소매를 펄렁이며 건들거린다. 얼굴을 알 수 없는 저 실루엣은 어스름이 밀려오는 지평선으로 이내 잠기겠구나.

머잖아 이 가을도 쓸쓸하다가 이내 스러질 것이다.

아무래도 가는 세월은 막지 못하겠다.

나는 본다, 너를.

한 때는 갈지자로 걸어온 과거가 거추장스러웠고, 인생이 지겹도록 답답했었다. 그 무렵, 모든 기억으로부터 자유롭지 못하여 시나브로 화석이 될 뻔했었지. 눈에 어린 영상들은 비눗방울처럼 둥둥 떠돌다가 꺼졌으며, 사악한 생각들이 쫓아오면 탈출하려고 애를 쓴 일이 어디 한 두 번이었어야지. 그러나 실마리도 잡지 못한 얽히고설킨 업 보이거늘.

하여, 몸뚱어리의 틀 안에서 고작 생각해낸다는 일이, 겨우 이 딴 짓거리였는데 배운 것이 도둑질이라고 아무래도 계속해야만 될 것 같구나.

— 어찌 간단한 말로써 세상 사람들에게 다 설명할 수 있겠습니까.

왕으로부터 죽임을 대신하여, 남근이 싹둑 잘린 채 어두운 골방에서 사람들의 이야기를 거두어 쓴 사내의 넋두리가 떠오른다.

가끔 그가 아팠던 까닭이 퍼뜩 생각날 때면, 바로 물고 물려있는 사람들의 숨소리와 내밀한 관계를 뇌리에서 꺼내어야 했다. 하기야 오래 전 사람들의 짓거리와 지금 사람들 또한 별다를 것이 무엇인가.

잘 그려질 때도 있지만 더러는 미흡하다. 부족한 데를 메우려는 열정이라도 남아있어서 망정이지. 아무튼 여기저기 발표했던 것들을 다시 한권으로 묶었다.

그림을 그려놓고 다시 중언부언하는 것도 쑥스러운 노릇이다.

그림자를 아무리 걷어내도 그 사내는 골방까지 따라와 여전히 내 앞에 서 있다.

예까지 오면서 나의 칼날은 아직 벼려지지 않았으며, 상대는 흔들리고 흔들린다. 사물을 보는 각도와 시간에 따라서 느낌은 다를 터. 다시 날을 세우고 눈에 힘을 주다 보면, 내일은 뭔가 보이겠지.

아무려면 어떠하리.

인생은 원래 그런 것이리라.

가을 문턱을 넘어서